# 三枝昂之アルバム

左上より時計回りに■ 1966 年 3 月、京都厭離庵前にて■早大高等学院三年の1963 年の九州修学旅行■ 2011 年 12 月、京都大徳寺の高桐院で■ 2006 年、群馬県立土屋文明記念文学館の講義風景■ 2012 年 9 月、津和野森鷗外の墓■ 1984 年、40 歳の肖像。自宅にて

▲小学校一年の 1950 年頃、父清浩と三兄宏充、弟浩樹と甲府の自宅

▲5 歳くらい。父との三保の松原

▲中学三年の 1960 年、山梨大学附属中学卓球部。前列左から 3 人目、制服坊主頭

▲中学一年の 1958 年、甲府の武田神社で両親と三兄宏充、弟浩樹、右端三枝

▲ 1967 年、早稲田大学政経学部古賀ゼミ。前列左隅三枝、隣が菅野勝洋氏

▶大学時代の 1965 年頃、渋谷区千駄ヶ谷のアパート、夕食前

▲ 1976 年、札幌雪祭り。左から増谷龍二、賀村順二、永田和宏、三枝、菱川善夫、細井剛

▲ 1969 年の「反措定」時代、八方尾根にて福島泰樹と

▲ 1978 年、長崎雲仙への新婚旅行

▲最初に赴任した都立赤羽商業高校定時制の草野球チーム「ジダラックス」の仲間と。昭和 53 年（1978 年）頃。右から 2 番目が三枝、3 人目が悪友の鹿住春男氏

▲ 1981 年 8 月、北海道旅行函館大森浜の石川啄木像の前で今野と

◀ 1982 年春、吉野にて前川佐美雄と

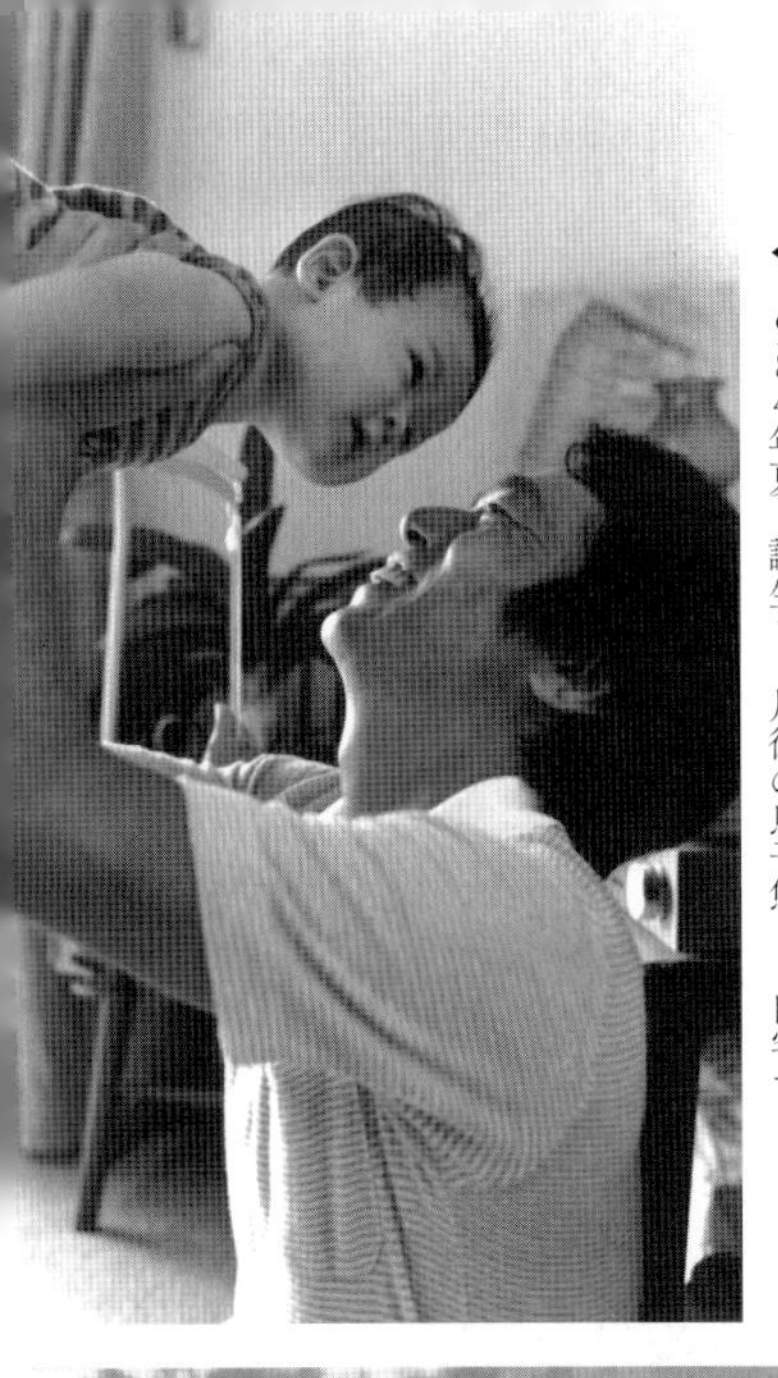

◀1984年夏、誕生7ヶ月後の息子悠と。自宅で

▶1984年、自宅。まだワープロはない。壁の書は村上一郎のもの

▲ 1987 年春、山梨県西湖にて息子の悠と。この頃の愛車はホンダのインテグラ

▲ 1991 年夏、長野県の蓼科湖のサイクリング。悠と

▲ 1992 年頃、岡井隆氏の NHK 短歌にゲストとして。司会は俵万智さん

◀ 1994 年、わが家の夕食風景

▲ 1998 年 1 月 3 日、百合ヶ丘の及川隆彦氏宅の新年会。前列左から三枝、谷川健一、林田恒浩、宇田川寛之、後列及川隆彦、山下雅人、谷岡亜紀の各氏

▲ 1996 年 7 月、橿原市の現代歌人集会シンポジウムで山中智恵子氏と公開対談

▲ 1998 年、山梨県立文学館の鼎談。左から紅野敏郎館長、俳人の広瀬直人氏と三枝

▲ 1999 年 10 月 10 日、天理大学で開催の国際啄木大会にパネラーとして出席。右は会長の近藤典彦群馬大学教授

▲ 2002 年 12 月、都立立川高校定時制での授業風景（日本史）。右の原田さんは日中戦争で召集を受けた経験をもつ

▲ 2001 年頃、三田市の国際短歌コンクールのパーティー、左は春日井建氏

▲2006年3月、山梨県境川の山廬で飯田龍太夫妻と私たち夫婦

▲2003年11月　NHKBS唐津歌会、右から佐藤弓生、加藤治郎、小川真理子、三枝、吉川宏志、首藤絵美各氏

▲2008年6月、NHK学園吟行の旅同行講師。スロベニアのブレッド城。今野、篠澤孝子氏、木内静子氏と

▲2006年11月、日本歌人クラブ国際交流短歌大会でハワイオアフ島

▲2008年9月、越中おわら風の盆で。今野と

▲2008年8月、小学校恩師記念誌編集会議。右が杉田良雄君、坂本淑子さん、左が並木敏君、飯島善一郎君

▲ 2011 年 3 月父の五十回忌の三枝家五人兄弟。左から次兄孝、三兄、弟、長兄健悦、昂之

▲ 2009 年 12 月現代短歌大賞授賞式。佐佐木幸綱現代歌人協会理事長から受ける

▲ 2012 年 3 月山盧の前、龍太が愛した鹿児島紅梅が咲いている

▲ 2011 年関川夏央氏と短歌研究対談の後。本誌 89 ページ～参照

▲ 2013 年 1 月聖心女子大学最終歌会四年生と

▲ 2012 年りとむ編集室。右から千家統子、寺尾登志子、滝本賢太郎、和嶋勝利、北川美江子、岡村彩子、岩内敏行の各氏と三枝、今野

▲ 2013 年秋山梨県立文学館の与謝野晶子展今野寿美講演の後スタッフと。後列右端小石川正文学芸幹

▲ 2013 年俳誌「炎環」記念パーティーで金子兜太氏と

▲ 2014 年落合直文短歌大会のため気仙沼の直文生家煙雲館で鮎貝文子氏と

▲ 2014 年 5 月 2 日、日本歌人クラブ会長引き継ぎ、秋葉四郎氏と

▲ 2014 年 11 月 11 日、飯田龍太文学碑除幕式。県立文学館

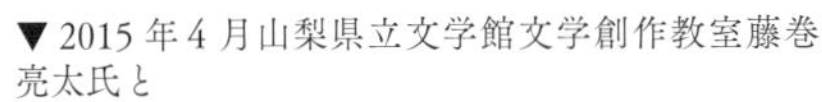

▼ 2015 年 4 月山梨県立文学館文学創作教室藤巻亮太氏と

三枝昻之
シリーズ牧水賞の歌人たち Vol.8

シリーズ牧水賞の歌人たち Vol.8

# 三枝昂之

CONTENTS

表１＝撮影 巖田圭吾
表４、背表紙、本扉、中扉、目次、
インタビュー＝撮影：永田淳
アルバム写真＝提供：三枝昂之

監修 **伊藤一彦**
編集 **和嶋勝利**

牧水賞の歌人たち Vol.8

# 三枝昂之

# 関の彼方　関の此方

Essay●宇多喜代子 Kiyoko Uda

水澄みて四方に関ある甲斐の国　　飯田龍太

甲府盆地は四方をぐるりと高い山々に囲まれている。白根三山はみな三千メートルを超す高さの山だし、八ヶ岳連峰にしてもみなそれに近い。ここはまさしく盆地であり、外部から入り来るものを遮り、内から外へ出てゆくものを遮る。この地勢を「関」あるところと見做したのが飯田龍太のこの句だ。大気が澄み、地が澄み、水沢が澄み、山稜の際立つ秋ならではの句として愛誦しているが、その都度、この飯田龍太の周知の句をもっとも親しく心身に取り込んでいる一人が三枝昻之ではないかと思うことがある。蛇笏も龍太も関を越えることを断念して内にとどまり、若い日の三枝昻之は関を越えて外に出ていった。

この句の「関」は盆地に生まれ育ったものにのみ通じる符牒のような言葉なのではないか。眼前に海、背後に低い山という開けっ放しの山陽に育った私など、蛇笏や龍太の甲斐を遠望しつつ、いいなぁと独りごちるばかりなのだ。

そんな私の相手をしてくれるのが、三枝昻之の甲府盆地での日々を柱にしつつ短く綴った歌論や歌を集めた『こころの歳時記』であり、ほぼ同時期に出された歌集『農鳥』である。もう十年も前の出版だが、現在の甲斐にもナマミの三枝昻之にも強く重なるところがあり、今も繰ることが多い。

『こころの歳時記』で「盆地の底の商店街で育った私の夢は、ここから広い空の下に出ることだった」と心情を披歴しており、甲府からの列車が高尾あたりにさしかかり、関東平野が見えてくると「ああ、世界が見える」と感激したと述懐している。この盆地から外に出ていった多くの青年たちも同様の感想を抱いたにちがいない。

日を経て、そんな三枝昻之に甲斐に戻る気持ちを促したのが飯田龍太であったのだが、これはいい機縁であった。それにしてもと思う。甲斐を出たときも、甲斐に戻ったときも、これは外因によるものではなくごく自然の道筋だったんじゃないの、甲斐と和解したというけれど、甲斐は一度もお前出て行けとはいってなかったのに一人力んで甲斐を蹴って出ていったんじゃないの、どっかりとした山河と、甲斐の一所でブレのない生涯を送った龍太、そんな邂逅が、そこで二度目の「ああ、世界が見える」という好機をもたらしてくれたのではないの、三枝昻之の一身の環境、つまり年齢とか仕事や家庭などの諸々がしかるべき頃合いに至り、その時機が甲斐や龍太に出会うべくしてピタリと出会うように図ってくれたのではないの、こういう出会いを果たすというのは、もしかしたら短歌や論文とはちがうところに潜んでいた才能なのではないの、そんなことを考える。出会いは、時、所などがずれていては叶わないことである。俳人永田耕衣の「出会いは絶景」とは、こういう出会いのことなのだろう。「出会いは才能」でもあろうから――。

歌集『農鳥』に母上を読んだこんな歌がある。私がもっとも親しく思う歌だ。

甲斐が嶺が抱く街並みすももの実わが母の日々みなつつましき

海という言葉母から聞かざりき海なき九一年を過ししか母は

戦後の日本が経済上昇気流に乗る前を知る人であればわかるだろう。例外はあるにしても、偏在する「母」はみな「わが母の日々みなつつましき」であった。三枝昂之の母が父を助け、餺飩を打って子を育てる日々を過ごしたように、どの母もよほどのことがなければ、家を出て自分の時間を楽しむというようなことは、まずなかった。いわば狭い世界で、ただつつましく、言挙げすることもなく生涯を終えていった。歌会や句会でワタクシのフルネームを大声で名乗るような機はついぞなかった。私の母も「母の日々みなつつましき」であったが、そんな母の日々を不幸だった、あわれだったと思ったことは一度もない。

父母(ちちはは)があそぶ気配の朝の庭てんじくあおいがくれないに咲く

三枝昂之の母上にも、私の母にもこんなつつましい「よき日」があったことを思う。たかが朝の庭に「てんじくあおいがくれない」に咲いたほどのことだが、ここで「あそぶ」気分は余人にはわからない。ほんの僅か、こんな日があったから「わが母」たちは黙って生きてこられたのだろう。そんな母が郷愁のなかで生き生きしてくる。

「しかたがない」が最晩年の口癖なりなにが仕方がないかは言わず

「しかたがない」を口数多くあれこれ言えば厄介になる。この「しかたがない」は言うても栓ないという諦めではなく、せめてもの最晩年の生涯肯定のための呪文だったのだと思う。

三枝昂之は甲斐に生まれ、関の彼方に出てゆき、甲斐をこころの居場所として戻ってきた。そんな三枝昂之に甲斐はとてもよく似合うのだ。

**Profile**

うだ　きよこ　１９３５年生まれ。俳人。句集に『宇多喜代子集成』他、著書に『ひとたばの手紙から』他。現代俳句協会、「草樹」などの会員。

# むかしの青空

Essay●木股　知史 Satoshi Kimata

三枝昂之さんにお会いしたのは、国際啄木学会の大会の際だったと思う。だいぶん前になるが、天理や東京での大会などで何度かお会いしている。歌人であり、批評家である三枝さんが、気軽に学会に出てこられるのは、どちらかというと珍しいことに属すると思ったが、そこには、研究者ばかりがメンバーではない国際啄木学会の開かれた雰囲気が作用していたのかもしれない。

私は、いちはやく吉本隆明の『言語にとって美とはなにか』の短歌分析を取り入れた初期の評論で、お名前は存じ上げていた。お会いした時は、初期評論にあった鋭利さよりは、ゆったりとした落ち着きが目立ち、これから、自分にとって重要な仕事を積み重ねていこうという静かな意志を感じた。

『啄木　ふるさとの空遠みかも』（本阿弥書店、平成二一年九月）を読んだときは、正直、「やられた」と思った。啄木は、近代短歌史では、生活派やプロレタリア短歌の先駆という位置づけで、傍系として扱われていたのを、三枝さんの本は、見事に近代短歌史の中央に啄木を置きなおすことに成功していたからだ。私は、「利那」（瞬間）の表現という点で、啄木は象徴主義の流れにあり、生活を表現した点で自然主義と交差したという見方をとっていたが、それでは短歌史上の位置づけはできなかったのである。三枝さんは、折口信夫に発する心の微動論と篠弘によるその拡張や、窪田空穂の歌論を踏まえながら、「平熱」の抒情といううまい言い回しで、啄木の抒情を短歌史の上に着地させたのである。

三枝さんの啄木論は、短歌批評の醍醐味を味わえる名著であるが、研究文献への目配りも十分になされている。私事で恐縮であるが、研究者として私の文献学的出発点となった「へなぶり」についての指摘については、繰り返し言及していただいている。ある時期、啄木は、読売新聞の記者であった田能村秋皐（朴念仁）が考案した「へなぶり」狂歌の影響を受けて、まじめな自己像を意図的に壊そうとした歌を作っているが、その過程で歌を編集するという視点の位置が明確になった。三枝さんは、へなぶり歌の編集的な発想が、前川佐美雄のモダニズムに重なるところがあると指摘している。

『昭和短歌の精神史』（本阿弥書店、平成一七年七月）は、学問的な著作といってもいい綿密さに基づいている。この文章を書くために、角川ソフィア文庫版『昭和短歌の精神史』（平成二四年三月）を読み返してみたが、戦争とその後の時間を歴史としてつなぐとても重要な試みだと再認識した。たとえば、対米開戦後に緊急特集を組んだ「短歌研究」一月号に、出征している四男の昱（いく）について、与謝野晶子は、「水軍の大尉となりて我が四郎み軍（いくさ）にゆくたけく戦へ」という歌を寄せている。三枝さんは、「冬柏」一月号の晶子最後の詠草「峰の雲」から、「戦（いくさ）ある太平洋の西南を思ひてわれは寒き夜を泣く」という一首も引いて、最初の歌が「建前でこちらが本音と読みたい人も多いだろうが、晶子の心情はどちらにもある」と述べている。三枝さんは、晶子には、「国の戦いを支えようとする意志」と「子の無事をひたすら願う母の心」の両方があって、「歌はそうしたごく自然な心の分裂を反映している」と指摘している。

三枝さんは、もう少し踏み込んで、多くの歌人が対米開戦にわきたつという共通の反応を示したことについて、「時局便乗とか判断停止といった批判が占領期になされ、今も変わっていないが、それが昭和十六年十二月八日の正述心緒だったという観点は持っていなければならない」と述べている。こうした理解については、たとえば、治安維持法のもとでの拘束を考慮しなくてよいのかといった批判がありうるだろう。しかし、三枝さんのこの本は、戦中から戦後へと断絶なく、読者を導いてくれる。それは、三枝さんが、「大東亜共栄圏の神話」と「戦後民主主義の神話」から、自由でありたいと願っているからである。私は、この本によって、自分の中に埋め込まれている戦後意識のねじれとゆがみについて、自覚させられた。晩年の江藤淳のように、戦後を虚偽として全否定するのでなく、ねじれとゆがみをいだきつつ、あの戦に歴史をさかのぼっていくような読後感があった。

三枝さんは、「正述心緒」という、万葉集に由来する言葉を用いているが、心のままを歌にするということは、短歌という「精神」のあり方に沿ったものでもあるのだ。言うまでもなく、単に主観的理解を重視することではなく、二つの神話が交錯する場に、「精神史」という、表現の歴史に作用する力の多角的なはたらきを可視化して見せたところに『昭和短歌の精神史』が学問的な仕事であることとの根拠があるのである。短歌史への深い愛情と、共感力がなくてはできない仕事である。

この文章の表題は、三枝さんの歌集『甲州百目』（砂子屋書房、一九九七年一二月）の一首からつけた。「ゆっくりと悲哀は湧きて身に満ちるいずれむかしの青空となる」。

Profile
きまた　さとし　甲南大学文学部教授　一九五一年生まれ。著書『画文共鳴『みだれ髪』から『月に吠える』へ』（岩波書店）。『石川啄木・一九〇九年　増補新訂版』（沖積舎）。

# 四男坊の面目

Essay ●小石川　正文
Masafumi Koishikawa

私が山梨県立文学館に勤務した二年目、平成二十五年の館長が三枝さんです。最初にお目にかかったのもその時です。もっとも、歌誌「樹海」の歌人でもある義母(はは)からその名は聞いており、自分では既に知人であるかのような思い込みがありました。

着任されて最初の企画展が「与謝野晶子展　われも黄金の釘一つ打つ」、既にこの企画展はご着任以前から決められていて、縁(えにし)、巡り合わせの深さを感じないではいられません。この企画展に際しては、奥様の（三枝さん流では「つれあい」）今野寿美さんにも、「あらためて読む『みだれ髪』」と題してご講演をいただいています。

続く二年目の「村岡花子展　ことばの虹を架ける　~山梨からアンの世界へ~」は本領発揮となりました。村岡花子というと、『赤毛のアン』を中心とする翻訳への功績にスポットが当たりがちなところを、創作活動のベースにあったものが短歌、佐佐木信綱門下の歌人としての花子に着目され、朝の連続ドラマとの相乗効果もさることながら、新機軸を打ち出しての企画の成功は、三枝さんの手腕、歌人としての面目躍如といったところです。入館者数の３万４８４４人は、文学館開館以来歴代二位、一日平均の入館者数は、一位という快挙です。
「人使いが荒くて……」とこぼしながらも、言葉とは裏腹にニコニコしながら、手許の企画書には丹念に目を通され、実務を担う学芸課に的確な指示、ついで関係機関に素早い対応と、見事な差配ぶりです。

山梨県立文学館の館長就任の要請に応じられた一つの理由として、飯田龍太さんが設立に深く関わった館というのがあります。文学館のホームページの館長挨拶には、「幸いなことに当文学館は飯田蛇笏・龍太二代の遺産を受け継ぐ短詩型文学の大切な拠点です。ジャンルは違いますが、私の師というべき龍太が設立に尽力したのが当文学館でした。」とあります。

ある日の私との会話に、三枝さんは四男坊ですね。同じく飯田蛇笏の四男坊の、敬慕する飯田龍太さんも。そこまではよかったものの、私はつい調子に乗り、摂関家の藤原兼家の四男（五男説も）道長をあげてしまい――彼についての評価は難しいところ、さてと、思案はしたものの、三枝さんは全く意に介せず、いつも通りに静かで上品な笑みを湛えてくれて、ほっとしたことがあります。

もっとも我が恩師の坊城俊民は道長六男の御子左長家の末裔、冷泉家の流れ、さてこまったことです。披講会会長の故坊城先生とのご縁からか、私は、平成三年、今上陛下の登極後初の歌会始の陪聴の栄に浴し、今、三枝さんご夫妻も歌会始の選者と、縁の深さ、有り難さを感じています。

三枝さんは政治経済学部に学ばれながらも、「卒業は早稲田短歌会だから……」と、佐佐木幸綱、伊藤一彦ら諸氏と切磋琢磨された熱い日々をうらやましく思います。平成二十五年秋、その母校にご一緒する機会を得ました。小川洋子さんらが受賞の、第四回早稲田大学坪内逍遙大賞授賞式です。授賞式と続く祝賀会、祝意を述べ、サインを求める人たちの長蛇の列のため、小川さんは立ちっぱなし、とうとう食事は口にされなかった、というより、できなかった。私と三枝さんは、それらが終了したのを見定め、ご挨拶に参上、そこでようやく、小川さんは三枝さんの用意したオードブルを少しだけ召しあがった。三人でわずかな時間と空間を共有し、話題は専ら文学と学生時代のことで、小川さん、高校時代には短歌を作っていたことなども話されました。時折、思い出すともなく思い出したりしながら、三人で撮った写真を出してはひそかに楽しんでいます。三枝さんも同じだといいます。ここで、三枝さんの早稲田大学を詠んだ短歌を二首、『それぞれの桜』から。

よく雨となり春学期終わりたり大隈侯に会釈して辞す

ご無沙汰が長生きの秘訣　章一郎先生の笑みを思い浮かべる

私は近くで接して、三枝さん、青春の純情と潔癖を生涯持ち続けている、また、一面、なかなかのお茶目である、と感じています。

結びに、三枝さんの短歌の中から、私の好きな作品を一首、

ひとり識る春のさきぶれ鋼(はがね)よりあかるくさむく降る杉の雨

時あたかも春、これからの出立を前に、願いと不安が入り交じる。抑制された決意の中、初句には強い自負、矜持をみます。第二歌集『水の覇権』「断片的桜花抄」中の作。

歌人としても、しておきたいこと、しなければならないことがまだまだあるはず。どうぞ、おからだにはご留意され、ますますご活躍ください。

今、同じ干支の稲門の後輩は、三枝さんとの邂逅を静かに喜び、「六男」としての弟をも期待しています。

Profile

こいしかわ　まさふみ　1956年生まれ。元山梨県立文学館学芸幹・前山梨県立富士河口湖高等学校校長・都留文科大学特任准教授　著書に『歌会始陪聴記』（私家版）。『完訳用例古語辞典』（学習研究社）、『日本国語大辞典第二版』（小学館）等に分担執筆。

# 三枝昂之を詠み込んだ歌

試験運と云ふことあれば今日の試験に困りてやゐむ四男昂之
『三枝清浩歌集』

ももしきの甲斐の穂坂の御馬(みま)なれやさきくさの花貴(むち)に咲くとふ
山中智恵子（私信の祝婚歌）

黒き蝶海に出でむとためらへり次なる書(ふみ)をわれは待ちつつ
「三枝君に二首」から
岡井隆『人生の視える場所』

ただ一度三枝昂之泣きたりきゴールデン街かの夜の闇
永田和宏「塔」（平成24年10月号）

たのしみは早稲田に通ひ週一度三枝昂之の歌評聴くとき
平塚宗臣『八國山』

りとむすきだってたのしいさいぐささんなんで57577ですか
わじまともろう「りとむ」（平成21年1月号）

こどもより興奮してゐる三枝氏いくつになつても闘ひさなか
今野寿美『め・じ・か』

# 三枝昂之

## 手探りする短歌

2015.5.31　於：ホテル・アゴラリージェンシー堺

### 文学館館長として

**伊藤**　今日は話を聞くのを楽しみにしていました。本当にしばらくぶりですよね。
**三枝**　あらたまって二人で向き合って話すのは、初めてですよね。
**伊藤**　初めてだね。特にアルコールなしでというのは。いまはすごく充実して仕事をされているじゃないですか。ふるさとの山梨県立文学館の館長としての仕事は、どうですか。
**三枝**　県立美術館はほとんどの県にあるけれども、県立文学館はたしか十数県です。山梨県のような小さな県が美術館と文学館を持っているのはやっぱり志だと思うんです。県立文学館館長は、初代も二代目も近代文学の大家なんです。
**伊藤**　紅野敏郎先生。
**三枝**　初代は三好行雄氏。古典中心の東大国文科で初めての近代専攻でした。二代目が紅野先生。
**伊藤**　素晴らしいお仕事をされました。
**三枝**　紅野先生は、僕が『昭和短歌の精神史』に悪戦苦闘して、雑誌で分からないことがあって教えを請うと、電話口ですぐ教

# 伊藤一彦

## 日常のなかで文学の主題を

えてくださった。
**伊藤**　紅野先生は雑誌の初出を大事にされた方ですよね。
**三枝**　館長の打診を受けた時にはやはり研究者が適任、自分の役割ではないとは思ったんですが、ある人が「文学館をつくるのが飯田龍太の夢だったんだ」と教えてくれた。ジャンルは違うけれども、僕にとって飯田龍太は、大切な師でもあるんです。
**伊藤**　入院中、三枝さんは「ともかく飯田龍太の俳句に出会って、すごく大きなものを得た」と書いておられますよね。
**三枝**　師の夢を担うのはうれしいことと思って、館長を引き受けることにしました。
　伊藤さんの牧水記念文学館もそうでしょうけど、県立文学館は県民の税金で運営されているから、どうやって県民向けのサービスを心がけ、県民に還元するかということが、常に求められるんです。だけどもう一方で、文学はいまだんだん片隅に追いやられている。
**伊藤**　大学で文学の講義が減るとかね。
**三枝**　文学部そのものがない大学も増えていますから。
　そういった中で、どう文学館の舵取りを

## たった一人の雨の日の至福、それも文学館の使命じゃないかな（三枝）

するか。これは県庁とメディア向けに言っていることですが、文学館は来た人に幸せを感じて帰ってもらうところだと思うんです。例えば、雨の日にたった一人の入館者しかなかった。だけど、その入館者が三時間くらい展示とじっくり向き合って、何か自分の人生に対する小さなヒントをもらったとする。そういう、たった一人の雨の日の至福、それも文学館の使命じゃないかな。

**伊藤**　本当にそう思います。ご存じのように牧水記念文学館も、日向市のかなり山あいのところにあるじゃないですか。それを関東、東北から、一人とか二人でわざわざ訪ねてみえる人がいます。この大切さは、やっぱり人数の問題じゃない。

**三枝**　牧水の文学館には行くことそのものに志を感じますね。大切ですよね。山梨県立文学館は「芸術の森」という公園内にあって、美術館と向き合っている。美術館に行ったから、ついでに文学館にも顔を出してみようかという流れを作りたいんですね。

**伊藤**　そういう意味では、地の利が非常にあるわけですよ。わざわざ訪ねてくれる人はありがたいですよ、本当にね。

**三枝**　もう一つは、やはり文学は敷居が高いんです。「文学」という言葉自体が。だから、できるだけ敷居を低くしようと、いろいろ手探りしています。

　例えば、二〇一三年の与謝野晶子展では、晶子の歌に出てくる、恋のいろいろな悩みをおみくじにしたんです。何番を引くと、この歌ですからあなたの恋はこうなるというような。そんなお神籤に近い遊び心を交えながら。

**伊藤**　それは三枝さんの提案ですか。

**三枝**　学芸課に教育普及という部門があり、そこが考えました。

　僕が考えたのは、歌に投票してもらう企画です。全国を回ると、鉄幹と晶子の歌碑が並んでいる場所が多い。啄木記念館の敷地にも二人の歌が並んでいる。すると僕の悪い癖で、どちらの歌がいいかと比較しちゃうけど、かなりの確率で鉄幹の方に軍配があがる。そういう経験を活かして、与謝野晶子展では同じテーマの歌を並べて入館者に投票してもらいました。すると、富士山を歌った鉄幹の歌に高校生が「鉄幹、やるー」と感動して一票入れる。こういう遊びを通じて展示に親しんでもらうことも、大事にしています。

　文学館には県民向けの文学創作教室もありますが、これもより身近な詩への入り口にするために、レミオロメンというロックグループの作詞作曲とボーカル担当の藤巻亮太を講師に招きました。専門の詩人だけではなく、もうちょっと身近なところにも、きらっと光る詩はある。中島みゆきやユーミンのように。藤巻氏の詞がなかなかいいんですよ。僕が詞について質問し、藤巻氏に作詞の工夫の仕方を語ってもらう。そうしたトークを通して、若い世代に詩作の楽しみを実感してもらおうと思った。これは角川の杉岡氏の橋渡しがあって実現したんですが、共同通信が記事を全国配信し、反響の大きい企画でした。こうした、文学へのルートをいろいろ広げたいと思っています。

だけど、一つの悩みは、月に五日、文学館に行かなければいけないことです。それが条件ですから。伊藤さんは何日行っていますか。

**伊藤**　僕は随時だね。行くときは行くけれども、行かないときは行かない。

**三枝**　月に二日が多いようですよ。僕の場合、毎週一日と、どの週かは一泊二日ですから。

**伊藤**　でも、館内の決済とかは、ちゃんとした別の人がいるんでしょう。

**三枝**　副館長が県の役人ですから、決済は彼ですね。

もう一つ、寄託というものがありますよね。寄贈されたものは、そのまま文学館の所有なんだけど、寄託されたものは申し出があれば返さなければならない。寄託のなかには樋口一葉や井伏鱒二など貴重な資料もあるんです。外に売りに出したら、かなりの金額になる。なるべく寄託を続けてもらうためにいい関係を続けることが重要なんです。

**伊藤**　井伏家から寄託されているんですか。

**三枝**　井伏家だけでなくそういうものが結構多い。時には館長が挨拶に行かないと。

**伊藤**　でも、館長の大事な仕事ですよ。県立文学館からすると、有名な文学者の先生に来てもらうのは、そのネームバリューも含め、他に対するアピールになりますよね。そういう意味では、三枝さんは縦横の活躍をしている。

**三枝**　日本歌人クラブの仕事もあるし。

**伊藤**　日本歌人クラブの会長だしね。

**三枝**　変ないきさつで、そうなって。

**伊藤**　でも、衆目の一致するところ、歌人クラブの人から聞くと、「次は三枝さんがいるから」と言って。

**三枝**　僕は無関心だったんですよ。神作光一さんが会長のときに、秋葉四郎さんを通じて「ぜひ歌人クラブの中央幹事に」と頼まれたけど「それは勘弁してください」と。挨拶のつもりで「秋葉さんが会長になったら手伝いますよ」と言ったら、本当に秋葉さんが会長になった（笑）、それで「男の約束だから」と。秋葉さんとは茨城県の常総市が主催している長塚節文学賞の選考委員仲間として付き合いが長いんです。

まあ、変なきっかけですよね。ただ、引き受けたからには責任をもってやらないと。現代歌人協会はプロの集団ですが、歌人クラブは親睦団体、そして短歌愛好家をサポートする組織だと僕は思っています。全国に支部組織があって裾野が広い。塚本邦雄さん、岡井隆さん、伊藤さんのように、短歌をどれだけ表現の極限まで深めていくかという、「文学としての短歌」という領域を意識している層とは別の、日々の暮らしのなかの、日記代わりの短歌を楽しむ層、楽しみながらレベルアップも図りたいという層があり、そういう層を支えることが、短歌自体を支えることにもなるのではないか、と考えています。

**伊藤**　文学の敷居をなるべく低くする、短歌を愛好していらっしゃる日本歌人クラブの方たちをサポートするという考えは、いつごろから強くなったんでしょうか。

**三枝**　『昭和短歌の精神史』を書き継いでいたときからでしょうね、きっと。専門歌人の歌はやはり素晴らしいけれど、イデオロギーとは無関係に、毎月投稿するのを楽しみにしている人々の作品にも胸を打つ戦中戦後の暮らしの声が少なくない。前衛短歌の尺度だけでこういう作品の評価を低めてはまずいと考えるようになりました。それからはイデオロギーからなるべくフリーになろうと思って、歌へのアプローチの仕方も変わったと思います。

**伊藤**　イデオロギーからフリーになるのは、われわれより上の年代にはなかなか難しいことじゃないですか。

**三枝**　塚本さんや岡井さん、あるいは近藤芳美さんや宮柊二さんたちが、イデオロギーとどう向き合うか、大格闘したから僕らは「短歌って、まだ大丈夫だ」と思えましたね。

　だって、僕らが歌を始めたときは、短歌は日陰者の文学だったでしょう。

**伊藤**　そうでしたね。

**三枝**　だから、山手線の中で短歌の雑誌とか歌集は開けなかった、恥ずかしくて。あの青年は何んであの奴隷の韻律に親しんでいるのだろうか、と見られそうで。

**伊藤**　盆栽と同じぐらいのレベルで見られていましたよね。

**三枝**　そういう困難を克服するために塚本さんと岡井さんは闘ってくれた。僕は早稲田短歌会で塚本さんと岡井さんを読んだから、佐佐木幸綱さんの新鮮さもよく見えてきた。

　つまり、前衛短歌の時代は、第二芸術論とどう向き合うかという時代ですよね。だからイデオロギーと向き合わざるを得ない。だけれども、それは一つの戦後的な尺度であって、今日も有効かどうかは、また別の話ではないかと。別の担い方をすることが、いまの短歌を担うことになるのではないかと思っています。

**伊藤**　そのお話は後程ゆっくりうかがいたいので、さっきの山梨県立文学館に話を戻しましょう。

　山梨県民の文学に対する関心、甲斐の国の文芸・文学に対する関心はどうなんですか。僕はあまり詳しくないんだけど。

**三枝**　不思議なことなんだけれども、甲斐の国は俳句の風土なんですよ。長野は短歌の風土ですよね。

**伊藤**　面白いね。山梨と長野は隣同士じゃないですか。こっちは俳句の国、あっちは短歌の国。

**三枝**　長野県は太田水穂、窪田空穂、島木赤彦と近代短歌の大家が揃っていて、それが土壌として根付いている。山梨県にも歌人はいますが、飯田蛇笏、龍太の存在が大きい。その系譜が今も豊かに広がっています。だから松山は「俳句王国」、山梨は「俳句の聖地」と言う人もいる。僕もそう思っていますが。

**伊藤**　でも、蛇笏と龍太がいるのは、確かに聖地と言っていいような存在ですよ。

**三枝**　山梨は、深沢七郎や太宰治など小説にもゆかりがあるけれども、文芸の風土としては、やはり俳句の風土ですね。だけど、面白いことに、空穂系の雑誌が結構活発なんです。

## おやじの遺歌集から

**伊藤**　そうなんですね。ではここでお父さんのお話も。山梨で商売をされながら、歌をつくっておられたんですよね。

**三枝**　甲府は江戸時代、天領の城下町だったんです。魚町、工町（たくみまち）があって、横近習町、縦近習町があって。商人たちの町は、柳町、桜町、紅梅町など。父はその桜町で衣料品店をやっていたんです。当時の商店は、朝早くから夜遅くまでなんですよ。セ

ブンイレブンができたとき、画期的だと言われていたけど、僕の感覚だと、おやじのころからセブンイレブンだよと（笑）。

**伊藤**　よく分かる。僕も父が宮崎市で薬屋をやっていて、夫婦と、時に手伝いの人が来て、朝早くから夜遅くまで、休みなしで働いていましたよ。甲州人がよく働くというのは、よく聞きますよね。

**三枝**　そうなんです。休みは盆暮れ以外に二日だけ。その休みは短歌の集まりに合わせていた。「東京で空穂会があるから」といったぐあいに。

**伊藤**　ええっ、じゃあ、歌の勉強に。

**三枝**　歌の刺激を受けるためでしょうね。どうして短歌をつくり始めたのかは、丁稚をしていた店の関係者の影響らしいです。

**伊藤**　影響があるにしても、歌心というか、文芸に対する心がなければ、すぐにやめてしまいますよね。それをずっと続けられて、少ない休みの日に東京へ行かれて、空穂会に参加されていたのは、やっぱりお父さんは歌心、文芸の心をお持ちだったんじゃないですか。

**三枝**　そうなんだろうと思います。働きづめの暮らしの中で短歌が唯一の息抜きで、趣味だったでしょうね。だから、家にある本は歌集や短歌雑誌ばかりだった。窪田空穂や直接の先生の植松寿樹、歌仲間が甲府に来ることも多く、家で歓待したりしましたね。

**伊藤**　それは覚えていますか。

**三枝**　よく覚えています。子どもにとっても嬉しい機会です。ごちそうが用意されてお裾分けがこちらにも来る。だから歌人は子供心にも歓迎でしたね。あるとき父に、短歌の一番偉い人は誰だと訊いたら、「一番が窪田空穂、二番が植松寿樹」と明快だった。後から考えると、本当かなとも思うけど（笑）。

**伊藤**　二人とも大した歌人だけども（笑）。

**三枝**　父は短歌の仲間や先生を大切にしていたけれど、僕が短歌に関心を持つことには繋がらなかった。きっかけになったの

## 短歌という形式で表現されると、独特の存在感を持って迫ってくる（伊藤）

は、高校一年が終わる三月におやじが亡くなって、歌仲間が雑誌に発表した作品を集めて遺歌集を出してくれたんです。おやじの遺歌集ですから、一応、読まないとまずいですよね。読んでいくと、昭和三十六年の作品に僕の高校入試を心配している歌があった。「試験運と云ふことあれば今日の試験に困りてやゐむ四男昂之」と、もろに出てくるんですね。これが奇妙に心に染みた。親が子どもの受験を心配するのは当たり前ですが、それが日記だったら、おやじも心配してくれたんだという程度で済んだはず。しかし短歌になると心に染みる度合いが一歩深いと感じて、短歌って結構いいものだなと思った。それがきっかけでしたね。

　それで、昔父と見た川が懐かしいという、挽歌とも言えないような歌を、高校三年のときに朝日歌壇に投稿した。その歌を五島美代子さんが採ってくれて、これはいけるかもしれないと錯覚したんですね。

**伊藤**　いまのお話で興味深いのは、日記に書かれていたのではなく、歌になっていて、歌集にまとめられている。日常のことを、話したり書いたりしても大したことはないんだけど、それが短歌という形式で表現されると、独特の存在感を持って迫ってくるという。歌というものの不思議さですよね。

**三枝**　不思議なものですよね。あの歌、ほとんど散文ですよ。試験には運・不運があるから、大丈夫だろうかと心配しているだけの歌ですから。

**伊藤**　でも、「四男昂之」が結句に来ているところがポイントで、ここに愛情が出ていますね。だから、お父さんはちゃんと歌を心得ておられるし、やっぱりすごいですよ。印象に残りますよね。

**三枝**　つぶやきのようなものでも、短歌形式をとると一歩味が深まる。不思議ですよね。

**伊藤**　そうですよね。僕も歌をやっていて、ありふれた日常が作品になることはありますね。

　ちょっと話が前後しますが、短歌を投稿するようになった高校時代よりも前、小学生とか中学生のときは、どんな子どもだったんですか。

**三枝**　僕は昭和十九年の一月生まれで、学年は伊藤さんと同じ。だから、戦争のことを本当は知らないんですよ。僕の戦争の記憶というのは、後から植え付けられた。甲府の空襲は二十年の七月七日、七夕空襲といっています。母親が一歳半の僕を背負って、次男と三男の手を引きながら焼夷弾のなかを甲府駅の近くの川まで逃げたらしい。夏になると、母親がそれを何度も話してくれる。すると、僕は母親の背中で花火を見るように七夕空襲を見ていたように思えてきて、それが「記憶にない記憶」の発端だと思いますね。

**伊藤**　本当は脳に刻み込まれているんだろうね。われわれが思い出さないだけで。そういう記憶もあるのかもしれないね。

**三枝**　伊藤さんはどうですか。

**伊藤**　僕はあんまり小さいときのことは覚

えていないんですよ。宮崎にも空襲はあって、僕は二歳近くだったんだけど、覚えていないですね。幼稚園に行くぐらいからしか記憶になくて。だから余計に人のことが聞きたくなるんです。三枝さんのような記憶の在り方は、たとえお母さんから聞いたものであっても、ほとんど自分自身の記憶になる必然性みたいなものがあるんだと思いますね。

**三枝**　僕は高校の教師になって、最初は政治・経済、最後は日本史を教えていた。日本史はだいたい明治維新で終わっちゃうんです。だから、できるだけ昭和の歴史を教えていた。テレビ番組を録画して、映像を見せながら、戦争について授業をしていたんですね。その中のひとつに、大阪大空襲で、赤ん坊を背負ったまま焼夷弾の中を逃げ回った母親が、気が付いたら赤ん坊の頭がなかったというドキュメンタリーがあるんです。あの赤ん坊は自分だった可能性もあると思うと、母親から聞いた甲府の町を彩った花火は、すごく大切というか、重い記憶になるというか。ただ、僕は子どものころから虚弱児でね。

**伊藤**　すごくけがをして大変だったと。

**三枝**　もう病気のプロですから。僕のすぐ上の兄貴は、一家の中で一番頑丈なんですよ。母親が面白いことを言うんです。「昂之ちゃん、悪かった」と謝る。なぜかというと、「私が子どもを産むときの体力は、みんなヒロミツちゃんに取られちゃった」と。「もう残っていないときに、おまえが生まれてね。だから、おまえには本当に悪い」と言われて。そう言われるとますます自分が虚弱児に思えてくる（笑）。

**伊藤**　いまはこんなに元気じゃないですか。

**三枝**　伊藤さんや永田和宏と二、三日一緒にいたら、もうとても駄目ですよ（笑）。

**伊藤**　僕だって同じですよ（笑）。

**三枝**　小学校の低学年のときは幼児結核をしたし、その結核菌が残っていて、二階から落ちて背中を打って、骨にちょっとひびが入ってそれが脊椎カリエスになって二年間寝たきりになったりして。病弱な子どもでしたからね。

**伊藤**　作家たちはよく、幼少期の病気や事故や、何らかの出来事がその後の自分の、ものの見方、考え方に影響を与えるというけど、そういったことはありますか。だって、二年間伏せっていたらね。

**三枝**　背中にギプスをして、天井を向いているわけですよ。板張りの木目が奇妙な形に見えたり、雨が降ると隣の家の瓦が非常に光ったり。体調が悪いときには、すごく反応過剰になりましたね。だけど、それが自分の感受性にどんな影響を与えたかは、あまりないように思います。記憶としては鮮明なんですけどね。

**伊藤**　ある意味では、強いということですか。

**三枝**　いや、どうですかね。よく分からんですね。

**伊藤**　そのころ、本はよく読んでいましたか。

**三枝**　本を読むのが唯一の楽しみでした。少年少女向きの世界文学全集とか、『源平盛衰記』、『義経物語』、『太平記』とか、少年少女向きの歴史ものをよく読んでいました。漫画は「冒険王」の「イガグリくん」。

**伊藤**　じゃあ、そのころから歴史に関心が強くて。

**三枝**　そうかもしれないですね。小学四年生の五月から二年間寝たきりになって、小学校に戻るとき、学校側は五年生でも六年生でも好きな学年を選ばせてくれたんです。だけど、母親と父親が、そんなに焦って進級する必要はないと決めて五年生から始めたんです。二年ダブると、友達ががらっと変わる。これはかなり不思議な経験で、自分にとってどういうことだったんだろうと思いますね。よく分からんけどもね。あんまり深くものを考える方じゃなかったけれど。

**伊藤**　五年のほかの者からしたら、なんだかすごいお兄ちゃんが来たと。小学生で二つ上といったら、相当お兄ちゃんですよね。中学一年生がいるようなものですよ。

**三枝**　そうそう。ただ、担任の先生が面白い男で、僕をみんなに溶け込ませるのがうまかった。結構生意気な文学青年の担任でね。あの頃はいろいろな事情のある生徒も多くて、サーカスの子が興行の二カ月間だけ編入して、終わると転校していくとか。

**伊藤**　昔はそういうのがあったんだよね。

**三枝**　そういう子や、僕みたいに二年遅れで入った生徒は、クラスを運営するうえで、扱いが一番難しいはずですよ。学校経営としては学年の一番ベテランの先生に割り当てるのが順当なんだけど、一番若くて生意気な先生のところにいった。

**伊藤**　校長はどういう経営方針だったのでしょう。

**三枝**　分からない（笑）。ただ、担任の先生は、生徒一人一人の長所を褒めるのがうまかったんです。彼に「三枝は詩を書くといいよ」と言われたのが、後々まですごく自分を勇気づけてくれた。ある同級生には、「杉田はコイルの巻き方がうまい。電気系統の勉強をするといいよ」と言っていて。その杉田君はいま、工学分野で特許を取って、山梨大学の特任教授です。

**伊藤**　先生は子どもの素質を見抜く目があったんですね。

**三枝**　彼は僕らが卒業すると、小説家になりたいと仕事を辞めて、東京へ出て働きながら小説や詩を書いていた。

**伊藤**　これ（『こころの歳時記』）に出てきますよね。

**三枝**　そう。小澤貞夫先生。先生が、僕をクラスの中に非常にうまく溶け込ませてくれた。それはいまでも感謝ですね。

**伊藤**　素晴らしい先生ですね。だから、先生の恩に報いるように、卒業生たちが先生の本をつくろうと言ってね。『こころの歳時記』の中で、感動的な物語ですよね。

**三枝**　先生が亡くなったとき、先生の作品が山と残っていた。我々が預かって、みんなで回し読みをして遺稿集を作った。弟の浩樹が驚いていましたよ。「俺たちの担任の＊＊だったら絶対につくらないよ」と。

**伊藤**　小澤先生がこんにちの三枝昻之を見たら、「俺の目は間違いなかった」と絶対に言うはずだよね。

**三枝**　生きていてほしかったですね。六十三歳で亡くなりましたから。

**伊藤**　「あいつは本当に才能があったし、そのとおりになった」と言って。山梨県立文学館の館長になったといったら、先生は本当にあの世で喜んでいるでしょうね。

**三枝**　ほかのことでは褒めてくれなかったけど、いまだったら、少しは褒めてもらえそうですね。やっぱり先生の力は大きいですね。

**伊藤**　先生に「三枝は詩がいい」と言われたのが、心の中に残っていることもあって、文学を仕事にしていけると思ったんですか。

**三枝**　そこまでは思わなかった。小さいステップとしてはおやじの短歌ですね。

## 集団には収まりきれない自分

**伊藤**　それで、早稲田高等学院三年生のときに朝日歌壇に入選して、やはり自分は歌でやれると。
**三枝**　朝日歌壇に出したら、これは大丈夫じゃないかと錯覚するでしょう。
**伊藤**　朝日歌壇って、そういう力がありましたよね。
**三枝**　毎日歌壇でもよかったんだけど、毎日歌壇は窪田空穂が選をやっていて、弟が先に投稿していたんです。空穂がわりと採ってくれていて。そこへ出すわけにはいかないじゃないですか。向こうが採られて、こちらが駄目だったら、兄貴のプライドがないから。
　だから、朝日に出した。それで、短歌って面白いなと思って、高等学院の図書室で、窪田章一郎編の『現代秀歌』を読んでいると、いいなと思った歌人がいて、作者紹介を見ると、僕の通っている高校の国語教師と。これは驚いた。
**伊藤**　武川忠一さんですね。
**三枝**　そう。おいおい、あの古典の教師じゃんと。
**伊藤**　授業を受けていたわけですか。
**三枝**　「古事記」の授業を受けていました。それで、先生に『氷湖』を読みたいと。
**伊藤**　武川さんの第一歌集ですね。
**三枝**　「子のわれを誰ぞと問いて…」の歌だった。武川先生は父の名前を知っていたんです。「まひる野」と「沃野」は兄弟誌ですから。それで最初に読んだ現代歌集が、武川先生の『氷湖』だったんです。それもあって、大学では早稲田短歌会に入りたいと思った。当時の早稲田短歌会は佐佐木幸綱さんが頑張っていて、「週刊新潮」でも記事になった。たしか学生のセックス短歌が話題だった。「童貞でもセックスを歌う」と。いま思えば当たり前のことだけど、なんだかすごい連中がいるな、週刊誌も注目するんだからここに入るしかないと。佐佐木さんは大学院生だったけれども、早稲田短歌会の歌会に時々来ていました。
　だけど、早稲田短歌会に入ったら、それまで僕が読んでいたものとは、違うものを皆読んでいた。僕が読んでいたのは、文庫版の宮柊二とか近藤芳美、武川先生の歌。それが塚本邦雄や岡井隆じゃなきゃ駄目、でしょう。これが現代短歌だと。一所懸命背伸びをしていたんです。だから、あのころの僕の歌なんか、めちゃくちゃですよ。
　伊藤さんには習作期というのがない。いきなり完成度が高い歌じゃないですか。若いころの同人誌を見ると、下手で青くてというのが通り相場だけど、伊藤一彦はそれがない。
**伊藤**　僕もありますよ。
　だいたい僕は、四年生の九月に早稲田短歌会に入っていて、まったく異例なんですよ。僕は入らないと言ったけど、福島泰樹が「いまからでもいい」と言うから。みっともないけど、入ったらすごく面白かった。歌会も激烈にやっていたしね。
**三枝**　伊藤さんは哲学科だったこともあって、ものの存在感みたいなものを見る目が最初から深かった。
**伊藤**　その存在感を出したかったけど、なかなか歌えなくて。
**三枝**　そんなことはないですよ。こちらは青くて、とても恥ずかしいです。
**伊藤**　いやいや。でも、六十六年頃はあまり歌を出されていなくて、評論の方が多い

# ためらいのようなものが、自分の主題（三枝）

ですよね。

**三枝**　伊藤さんもそうだと思うけれども、歌をつくるだけでなくて、評論もしなくてはと。

それがごく自然な思い込みでしたね。短歌はまだどこかで日陰者の文学で、なんでこんなものをやるのかと自分なりに納得をさせなきゃいけなかった。

**伊藤**　自分が歌をやるのは本当に意味があるのか、ほかのことをやった方がいいんじゃないかという、自分の中での戦いだったでしょうね。

**三枝**　自分を納得させなければ歌と向き合えない時代、理屈を立てなきゃいけない時代でしたね。佐佐木さんが典型だけど、歌をつくることと、なぜ歌をつくるのかという問いの二刀流が当たり前だった時代ですよね。

**伊藤**　確かにそうですよね。

僕は四年生のときに入ったから一回限りだけど、「早稲田短歌」という、年刊歌集を出したんですよね。

**三枝**　そうでしたね。年刊歌集の「早稲田短歌」があり、佐佐木さんが岡井さんの「木曜通信」などをヒントに始めた年に四回ほどの「二十七号室通信」があった。

伊藤さんは西洋哲学専攻だったから専門だろうけど、あの当時、僕らはマルクス主義より実存主義だった。

**伊藤**　そうでしたね。早稲田哲学科でも実存主義の先生が多かったです。松浪信三郎さんとか、川原栄峰さんとかね。

**三枝**　あのころ実存主義で一番話題になっていたのは、サルトル‐カミュ論争。サルトルの方が理路整然としていて正論なんだけど、僕はカミュが好きだったな。

**伊藤**　闘争の歌があるし、『やさしき志士達の世界へ』もそうだけど、そういうことをテーマにしていたから、そこから一歩、距離を置いている歌だよね。

僕は「反措定」で『やさしき志士達の世界へ』の評を書いたんですけど、「やさしき志士へ」ではなくて、「やさしき志士達の世界へ」であって、そこから一歩距離を置く、逡巡する自分。ほかの志士たちと一体化したあなたを中心に書く人もいたけど、そうでない、逡巡する自分がものすごく出ていて。

**三枝**　伊藤さんが批評してくれたタイトルを覚えていますよ。「樫と髪と」。

**伊藤**　そうそう。そうだった。つまり、樫の木の歌と髪の歌がすごく実在感を持って歌われているということを書きました。

**三枝**　樫は大地に根を張っているものへの憧れみたいなものだったんでしょうね。だから、確かに闘争の歌もあるけれども、本当はそういうところに入りきれない、ためらいのようなものが、自分の主題だったかなと思います。

**伊藤**　短歌はそういった気持ちを表わすのに非常に適していたわけですよね。でも、時代が時代だったから、三枝・福島は闘争世代、闘争の歌というキャッチで捉えられて、論じられたけど、すごく印象に残る歌がありました。

あのころよく引かれた、

夜となれば青年の瞳に鉄カブトひかりとなりて涙のごとし
サーチライトがわれよぎりゆきわが影がはいつくばっている　祖国
とか。

**三枝**　現実との距離を感じざるを得ないというか。当時で言うと、集団と個という、集団には収まりきれない、はみ出してしまう自分を見つめているということなのかな。

**伊藤**　東京で三枝さんと福島が中心になって、雑誌を一緒につくろうということになって、宮崎にいる僕にも呼びかけが来て。「反措定」は十号まで出たのかな。

**三枝**　公式には十号までです（笑）。

**伊藤**　十号は出ていない？

**三枝**　十冊はそろっていない。七十年安保のころの、ガリ版のアジビラみたいなものもカウントしているから。それも欲しいと冨士田元彦さんに言われたんだけど。

**伊藤**　十号は浩樹の歌集評だった。あれで終わったような気がしたけど、途中がないのか。さばを読んでいる（笑）。

それで今度は、「反措定」で叢書をつくろうという話が出ましたよね。

**三枝**　懐かしいですね。その話が出たのは宮崎の串間でしたね。福島と僕が串間の伊藤さんの新婚家庭へ押しかけた。

**伊藤**　しかも、福島が先に串間に遊びに来ていた。あなたは屋久島かどこかに。

**三枝**　奄美大島出身の教え子がいて、「夏は俺のところへ来てよ」と言うので。串間から鹿児島へ、そこから船に乗った。

**伊藤**　そのころ僕が住んでいた串間って不便なんだよ。宮崎市から電車で二時間半ぐらいかかるところに訪ねてきてくれたんです。福島は前日から来ていて、三人で飲んで騒いでいるうちに……これは前もって企画の話があったのかな。

**三枝**　いや、ないない。

**伊藤**　突然、あの場で。

**三枝**　大言壮語が得意な福島が「現代短歌は俺たちが担わなきゃいけない」と。酒の勢いで、三人で「そうだ、そうだ」と「じゃあ、叢書を出そうじゃないか」と。

**伊藤**　福島はもう、第一歌集の『バリケード・一九六六年二月』も出していたね。

**三枝**　彼はもうスターでしたね。酔っ払った勢いで、「じゃあ、出そうじゃないか」と。

**伊藤**　金がないから、一人五万円ずつ出して、二十万円で資金をつくって第一弾を出して、その売り上げで第二弾を出すという話をしたんですよね。

**三枝**　そうそう。そう決まったのが串間の伊藤一彦の新婚家庭というのがいい（笑）。

**伊藤**　新婚だったかな。

**三枝**　まだ新婚でしょう。

**伊藤**　むさ苦しい家だったけどね。

**三枝**　あれは青春ですね。ああいう勢いで叢書が出て。

**伊藤**　第一弾が『やさしき志士達の世界へ』。

**三枝**　あのとき、伊藤さんが第一弾でもよかったんだけど、なんか慎重になったんだよね。

**伊藤**　歌集ができなかったんじゃないかな。

**三枝**　じゃあ、三枝が第一弾だと。僕だって歌がないから、一所懸命書き下ろしをしたんです。めちゃくちゃな歌だったなあ。

**伊藤**　でも、第一弾はやっぱり『やさしき志士達の世界へ』でよかったですよ。反措定のイメージ。

**三枝**　いまから考えると、とんでもないタイトルですよ（笑）。

**伊藤**　あの時代の雰囲気と、われわれの青春がこもっていますよね。

**三枝**　その次が『瞑鳥記』というのがいいよね。第一弾がとんがっているので、第二弾が、瞑想しながら世界を見つめている奥行きを感じさせる。

**伊藤**　第一弾と第二弾のタイトルからすると、イメージが違うよね。

**三枝**　その幅が「反措定叢書」のいいところでね。

**伊藤**　「反措定叢書」は、福島が若い歌人の解説を書いていて、判型も工夫した、ちょっと縦長のね。

**三枝**　横が四六で、縦がＡ５なんですね。冨士田元彦さんが提案してくださった。福島のリーダーシップも大きかったですね。

**伊藤**　福島が「（タイトルを）『浪漫叢書』にしよう」と言ったら、冨士田さんが反対したんだよね。「そんなのは戦前の右翼の浪曼派みたいだ、日本浪曼派みたいだ」と。でも、福島は「浪漫叢書がいい」と言っていたね。

**三枝**　いまだったらいいかもしれないんだけど、やはり「浪漫」は日本浪曼派に直結するイメージがあったから。

**伊藤**　イデオロギーめいた言葉ですからね。

　でも、叢書をつくろうという話がなければ、われわれは歌集を出せなかった。まだ角川の短歌叢書もできていないわけだからね。

　「茱萸叢書」もこの後だよね。だから、若い人の解説つきの叢書は、「反措定叢書」が最初なんです。

**三枝**　角川の「新鋭歌人叢書」は、「反措定叢書」の解説を参考にしてつくられたわけだから、自画自賛ではないけど、やはり「反措定叢書」は先駆的なアイデアでしたよね。福島のアイデアだった。

**伊藤**　そうですね。情熱的に。

**三枝**　だから、オーバーに言えば、串間の夜が青年歌人たちの歌集の出し方を決めた。

**伊藤**　日本の南端で。

**三枝**　早稲田短歌会の、そういったつながりは大きかったですね。

**伊藤**　僕なんかは宮崎に帰っても、三枝さんや福島が常に声をかけてくれた。でなければ、僕は歌をこんなふうに熱心に続けていなかったかもしれません。

**三枝**　いま日本の短歌の大黒柱だから、伊藤一彦は。早稲田短歌会のエネルギーは、

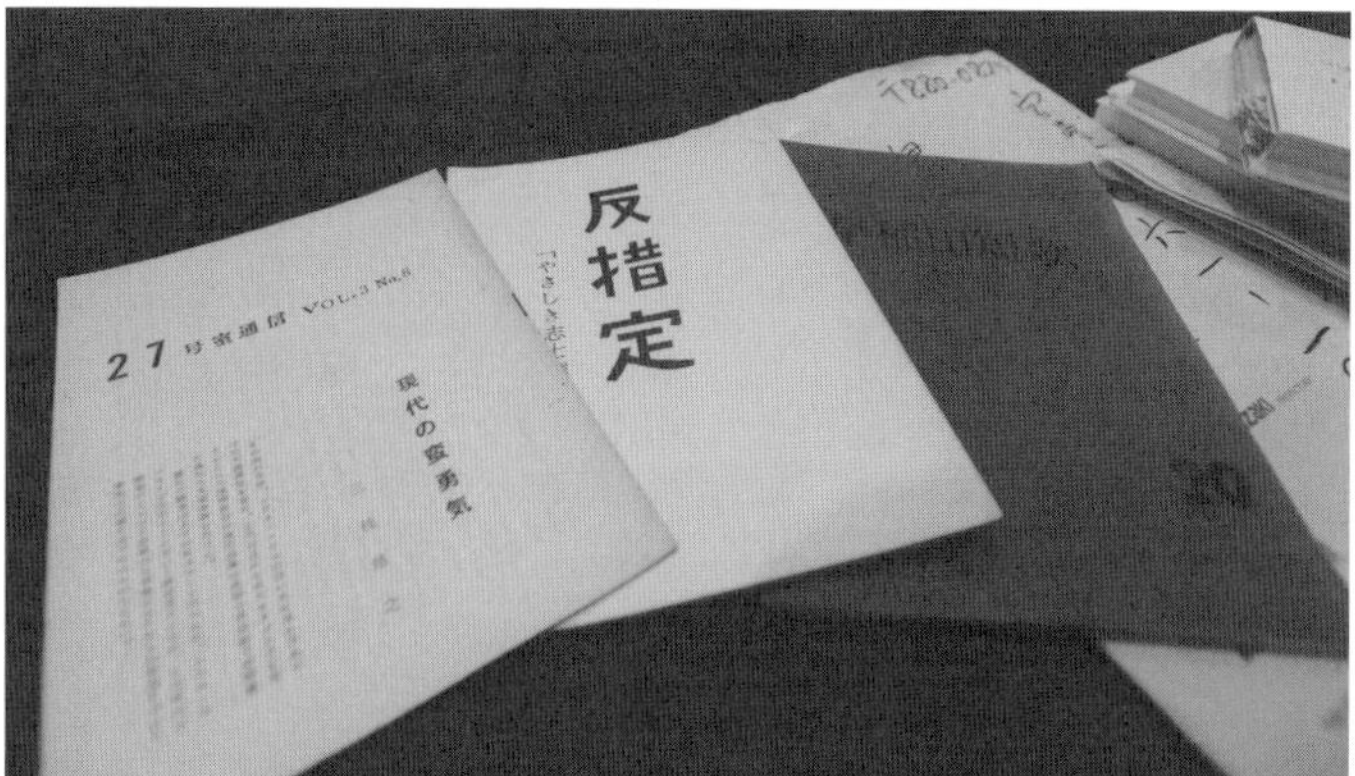

いろいろなかたちで広がりましたね。

**伊藤**　福島にしても、三枝さんにしても、僕にしても、もちろんほかにも歌人はいたけど、同時期に活躍した者が、ずっと短歌の仕事を、実作で、評論で続けているのは、なかなかありがたいことだなと思います。

**三枝**　相互刺激が大きいですね。僕が早稲田短歌会に入ったときに一番ショックを受けたのは、佐佐木幸綱さんの作品と評論ですよ。塚本さんや岡井さんは前衛短歌の、思想としての短歌。それと佐佐木さんは違う。青春のすこやかさを奪いかえそうとしていた。後から考えると、あの違いは大きかったなと思います。

**伊藤**　佐佐木さんの歌と評論ですね。「早稲田短歌二十七号通信」に書かれています。

**三枝**　佐佐木さんについて印象深いのは、学生会館の二十七号室で歌会をやるのは夕方でしょう。もう暗いのに、佐佐木さんはサングラスをかけて現れた。僕は素朴な地方出の青年ですから、「佐佐木さん、もう暗いのに、どうしてサングラスを掛けているんですか」と訊いたら、彼の言葉がすごくて、「俺は有名人だから」と（笑）。

**伊藤**　ははは。そう言ったの。

**三枝**　短歌は片隅で人に隠れてやるものじゃないんだ、胸を張って、肩で風を切ってやらなきゃ駄目なんだよという、シグナルでもあったと思う。短歌は大言壮語が似合う詩型だと言いたかったのかもしれない。

## 龍太を通じて甲斐と和解

**伊藤**　佐佐木さんはシャイなところがあるから、ちょっとはにかみながら言ったのかもしれない。僕らより五つぐらい上の世代に、佐佐木さんがいたというのは大きいですよね。

その後も三枝さんはずっと歌をやってきて、いろんな歌集を出されたけど、今回は牧水賞を受賞した歌集、『農鳥』について聞かせてください。

牧水賞の選考委員会で、全員一致で『農鳥』と決まって。『農鳥』は、あのときのピークの歌集じゃないかなと思って、僕らはいい歌集を選ばせてもらったと思っているんですけど、いま自分で振り返ってみてどうですか。

**三枝**　あのころ僕は大病がまだ完全には治らなくて、四十代は入退院を繰り返していた。そういうこともあって、『農鳥』の受賞は大きな励ましでもあった。

**伊藤**　僕らも心配していた時期ですよね。

**三枝**　子どももまだ小さくて、僕が山梨医大に入院した日が、息子の幼稚園の入園式の日でしたから。

**伊藤**　それはつらかったですね。

**三枝**　とにかく働かなきゃいけない、五十歳まではなんとか教員をやって、子どもを育てなきゃいけないと思いながら、闘病生活をしていたんです。それが転機になって、考えたことが二つあります。一つは、他を措いても自分が本当にしたい仕事をしようと。評論では前川佐美雄さんの評伝を書きたいと思った。

**伊藤**　なぜ前川佐美雄について書きたいと思ったんですか。

**三枝**　やっぱり佐美雄の歌が好きだったから。それから、それまでの佐美雄に関する短歌史的な評価がおかしいと思ったのも大きいですね。もう一つは、病院のベッドで飯田龍太の作品を読んだときです。それまで僕は甲斐の国が嫌いだったんです。だって、日本で一番高い山があって、二番目に高い山があって、山にぐるっと囲まれているでしょう。京都の盆地とは違うんです。誇張して言うと、かなり顔を上げないと空が見えない。とにかくここから早く抜け出したいと思っていた。

**伊藤**　東京の早稲田高等学院に行ったのも、それがあるんですか。

**三枝**　それが大きいです。だけど、飯田龍太は山と向き合う暮らしの中から俳句を紡ぐ。その俳句を読んで、山と向き合う生活は、こんなに奥深いものかと教えられたんです。

例えば、

水澄みて四方に関あり甲斐の国

秋の透明感が少しずつ増してくると、水が澄み大気が澄み、山々の一筋一筋がくっきり見えてくる。そんな麗しい国ですよ、甲斐の国は、と甲斐を愛でる句ですね。じっくり向き合うと山々の奥の深さが見えてくる。それで、甲斐の国は山に囲まれているんじゃなくて、山々に抱かれていると思うようになった。僕は龍太の作品を通じて、甲斐の国と和解をしたんです。

前川佐美雄と龍太体験が非常に大きくて、それからは、できるだけ故郷の豊かさを意識して歌をつくろうと思った。『農鳥』は農鳥岳という南アルプスの山の名を借りている。季節が動いて雪が溶けはじめると鳥の形が山肌に現れ、それが農業を始めるシグナルになる。山と暮らしとが一つになった山ですね。山との暮らしが、自分の中でとても大切な主題になった。『農鳥』で腰を据えて故郷と向き合うようになった。だから、『農鳥』が牧水賞に選ばれたのは、とてもありがたいことですよね。母の挽歌もあるし。

**伊藤**　お母さんの、とてもいい歌が入っていますよね。

牧水賞の選考会では、本当に全員一致して『農鳥』に決まったんだよね。例えば、

甲斐は峡にして貝の国はろばろと舌がよろこぶ煮貝のあわび

とか、ふるさとのオマージュみたいなものが、素直に歌われている。

**三枝**　牧水賞受賞を、飯田龍太がすごく喜んでくれたんです。龍太は、若山牧水と飯田蛇笏の結び付きをすごく大切にしているから。

**伊藤**　蛇笏が「俳句をやめる」と言うと、牧水は「俳句をつくれ。そして東京に出てこい」と言って、蛇笏のところへ寄るんですよね。

**三枝**　牧水が蛇笏を訪ねたのは、失恋したからでしょう。

**伊藤**　そうだよ。まだ恋の悩みの真っ最中ですよね。明治四十三年の十月かな。

**三枝**　牧水は、蛇笏のお蔵の二階に十日ほど滞在、その間に蛇笏のお母さんか祖母が亡くなるんでしたね。ところが、飯田家は牧水に気づかれないように振る舞っていた。わざわざ出掛けて「文学続けなければ駄目だよ」と言う牧水もすごいけど、気づかせないようにもてなす蛇笏もえらい。知ったら牧水はすぐに出ていっちゃうから。

牧水は飯田家の土蔵の二階に滞在していたんですが、土蔵はその後売って他へ移築した。ところが、龍太の息子さんで今の当主の秀實さんがまた買い戻したんです。

**伊藤**　珍しいね。一旦売っちゃったものを。

**三枝**　蛇笏との繋がりがあるから龍太氏は牧水賞をとても喜んでくださった。龍太体験は『農鳥』というネーミングにも繋がって、龍太は僕の大切な師ですよ。

**伊藤**　あと、病気をされたときも、奥さま

の支えはすごく大きかったでしょうか。やっぱり今野寿美夫人のことは聞かないと。新婚の三枝さんの家に、僕と小紋潤とで押し掛けたんだから（笑）。覚えてる？

**三枝**　そうだっけ。

**伊藤**　小紋が「伊藤さん、三枝さんのところに行きましょう」と言って、夜遅くに押し掛けて、結局、一晩泊まったの。

**三枝**　ああ、そうだったなあー。

**伊藤**　きのう今野さんに、「あれは結婚して一週間ぐらいだったですかね」と聞いたら、「いや、そんなに早かったですかね」と言われたけど。もうずいぶん昔。厚かましく行ったんだよね。

**三枝**　新婚家庭に来た歌人は、小紋潤、伊藤さん。それから、岡井さん、馬場さん、永田和宏、河野裕子。六人だったかなあ。

**伊藤**　錚錚たるメンバーが行っているんだな。

**三枝**　僕が病気になってからの今野は大変だったと思いますよ。食事は一日三十種類と主治医が言うと、それを忠実に実行する人ですから。子どもを預けて学校へ行って授業してと、よく気丈にこなしたなと思います。

**伊藤**　倒れずに頑張られましたね。

**三枝**　あの人は不思議な人で、すごく食が細くて、ハーゲンダッツとゴディバで生活しているような人なんだけど（笑）。

**伊藤**　ええ！？（笑）

**三枝**　でも、持久力があるんですね。高校生のときマラソンで全校二位だったとか。今も丹沢の夜間登山を楽しんでいる。あんなに体重が少なくていいのかと思うけど持久力がある。自分がやると決めたらとことんやる人ですね。仕事でもそうで、「りとむ」の特集号の「みだれ髪語彙」や「赤光語彙」。

**伊藤**　徹底した調査がされた、すごい仕事ですよね。

**三枝**　あれは彼女の意志の強さそのものですね。ああいう分析は楽しいらしい。

**伊藤**　本当にいい仕事をされていますよね。

**三枝**　大病をした四十代の僕を支えてくれたんですけど、彼女が偉いのは、学校をやめるんですよ。普通だったら、こちらのリスクが大きいときに学校をやめない。だけど、やめてカルチャーセンターをいくつか持って時間をつくり、僕のフォローをし、子育てをする。背水の陣をしいたんですね。

**伊藤**　決断力、実行力がすごいんだね。

**三枝**　今野がいなければ病気を克服できなかった。不思議なことに、五十代に入ったらすっと体調が戻って。

**伊藤**　本当によかったね。

**三枝**　今はまったく問題ないから、毎日飲んだくれていますが（笑）。あの時期は今野にとっても試練でしたね。永田和宏が河野さんを支えていたのとは比べものにならないけど、やはり夫婦でなければできないことですね。

**伊藤**　生活面ではまったくそのとおりですが、歌人の夫婦としてはどうですか。永田家でいうと、裕子さんは全部永田に見てもらうとか。三枝家では、お互いに作品を見せ合うことはありますか。

**三枝**　作品を出すときは見せ合っています。近頃はお互いに忙しくてできないときもありますが。今野は添削がうまいんです。佐藤佐太郎も、奥さんの志満さんに見せて、志満さんも添削がうまいんだそうですよ。添削して、添削料を取るんだって（笑）。秋葉四郎さんから聞いた。

伊藤　夫から添削料を（笑）。

三枝　「この助詞をこうしたら」といったぐあいに、今野のアドバイスは結構効果的です。僕は添削しないで感想を言う。ただ、お互いの言い回しはかなり違うから、そこには触れない。助詞、助動詞、名詞一語、ちょっとしたサポートは結構してもらっています。

　僕が彼女の役に立ったのは評論でしょうかね。「これじゃ駄目だ」と厳しく言う。彼女が若い頃のことですが。

伊藤　評論研究をするうえで、今野さんは三枝さんに感化され、影響を受けたということだね。

三枝　その点ぐらいは彼女の役に立ったかなと思いますね。村上春樹は書いたものを奥さんに見せて、奥さんの反応だけを大切にしているという話を聞きましたけど、それに近いものはありますよね。

## 馬場さんとの出会い

伊藤　話が前後しますが、大学を卒業して、赤羽商業高校に赴任した。そこに、たまたま馬場あき子さんがいたんでしょう。

三枝　僕は高等学院で武川さんと出会ったでしょう。大学へ入って、福島や佐佐木さん、伊藤さんとも出会った。大学を卒業して教員になるんだけれど、政経学部から都立高校へ就職する学生なんて、いないわけですよ。

伊藤　少なかっただろうね。

三枝　合格者名簿に載れば自動的に採用の連絡が来ると思っていたんです。卒業前の二月に入ってからかな、キャンパスで偶然に窪田章一郎先生と会ったんです。「君、就職はどうしたの」と問うから、「都立高校の合格者名簿に載っていますから、そのうち採用連絡がくると思います」と言ったら、先生は驚いて「君、そんなものではない」と。

伊藤　教員試験に受かっても、採用される者と、採用されないで、また試験を受けなくちゃいけない者とがいるんですよ。

三枝　後から聞いた話だけど、教育学部は、合格者名簿に載った人間と早稲田出の校長の面接会をやって、そこで就職先を決めていたらしい。当時は、校長が採用を決めていたんですよ。

　窪田先生が急いで早稲田出の都立城北高校の校長に連絡してくださったけれどもう全日制はどこも決まっていて、空きがあったのが赤羽商業の定時制。四月から勤め始めたらなんと馬場さんの職場だった。

伊藤　それ以前に馬場さんに会ったことはあったんですか。

三枝　何か短歌の集まりで会っていますね。不思議な縁ですよ。高等学院で武川さんと会って、大学では短歌会顧問の窪田先生と会い。

伊藤　今度は職場で馬場さんと出会うという。人の縁に恵まれていますね。

三枝　馬場さんにはいろいろ教えていただいて、その縁で今野とも知り合いましたからね。人の縁は不思議なもので、節目節目で大切な人と出会うことができて、ありがたいですよね。

伊藤　そうですね。

　最後に、牧水についてもお話をうかがいたいです。さっき蛇笏と牧水の話も出たけど、三枝さんは牧水をどう評価していますか。

三枝　牧水は、評価するのが非常に難しい歌人です。石川啄木はキーワードが見つけやすい歌人ですね。斎藤茂吉も同じだと思う。牧水は、こういう角度に絞ったら自分なりの牧水論を書けるなという、その角度が見えない。牧水はそうしたつかみどころのなさを持っている歌人ですね。初期から晩年まで歌は好きだけども、牧水論は書く角度がうまく捉まえられない。どうしてだろう。

**伊藤**　三枝さんが牧水賞を受賞されたときに講演されて、その記録がここにあるんだけど、読み返してみて思ったことが二つあります。一つは、自然に対する親愛感。

それは、近代文学の中でべつに目新しいものではないし、特に自我というもの、自分というものを打ち出して、自然との緊張関係を大事にする中では、牧水の自然に対する親愛感は、どう評価していいか分からないところがありました。

でも、その自然に対する親しみや、自然に入り込んでいくことを、三枝さんはすごく価値があるんじゃないかとおっしゃっています。

あと、年を取ってからの牧水の歌が、立派な老人の歌、覚悟した老人の歌じゃなくて、構えない、ありのままの自分を見せている、ユーモアのある老いの歌だとおっしゃっていて、僕は非常に印象に残ったんです。

**三枝**　「楽しむ牧水」という演題でしたね。

**伊藤**　そうそう。

そういうものは、対立関係・緊張関係を主な柱とする近代文学の中では、何かのどかで、あまり現代性がないんじゃないかという見方がありますよね。

**三枝**　近代短歌は一所懸命なんだよね。鍛錬道でも、実相観入でも。

**伊藤**　肩に力が入っているんだよね。

**三枝**　そう。一所懸命な歌でいいのかというところですよね。もっと豊かな水脈があるはずだけど、その水脈を歌の中でどう再発見していくか。そのキーワードになるのが牧水なのかもしれませんね。そうか、なにかルートが見えて来そうな気がします。

**伊藤**　僕は、窪田空穂の日常歌も、もっと論じられていいと思うんですよね。なんでもないことのようだけれども、空穂らしいきちんとした、張りのある文体で日常を歌っているじゃないですか。ああいうものをもうちょっと見ていくと、違った短歌の側面が見えるかなと思ったりしますよね。

**三枝**　空穂論で決定打はないですね。

**伊藤**　僕は大岡信さんの書いた『窪田空穂』が印象に残っています。「空穂はこういう人だ」と一冊にまとめたものは、三枝さんが書かなくちゃいけないね。

**三枝**　僕は、三枝浩樹に書いてもらいたいと思っています。「沃野」を背負っていますからね。

**伊藤**　植松寿樹、窪田空穂ね。浩樹さんもよく頑張っている。「沃野」は内容が充実してきて、誌面が変わりましたよね。

**三枝**　浩樹をスカウトしたのは大英断ですよね。

**伊藤**　それにしても、三枝家は昂之も浩樹もよく働くね。やっぱり甲州人だね、この働きは。

**三枝**　いや、働くといったら、永田和宏と伊藤一彦じゃないですか。

**伊藤**　僕は日向でのんきだから。

**三枝**　そんなことはないよ。

**伊藤**　でも、永田和宏さんは本当によく働くよね。

**三枝**　僕は、最後は体力だと思っている。だって、伊藤一彦だって、永田和宏だって、僕から見れば疲れ知らずですよ。

**伊藤**　すごい体力ですよ、永田さんはね。

**三枝**　永田と三日付き合ったら身体が壊れ

る（笑）。伊藤一彦と付き合っても同じ。

**伊藤**　僕はそんな体力はないな。

**三枝**　福島泰樹も毎日お経を上げているのがいいのかな。

**伊藤**　彼も元気で体力があるよね。

**三枝**　永田、伊藤、福島と体力・持久力を比べると、僕は虚弱児ですから。

**伊藤**　いやいや。いまの仕事ぶりを見ていると、とてもそんな感じじゃないですよ。

**三枝**　あっぷあっぷですよ。

**伊藤**　みんな似たようなものですけどね。

**三枝**　そうなんだけどね、体力的には、もう限界ですね。

## これからについて

**伊藤**　でも、山梨県立文学館の館長のお仕事も意欲的にしている。

　もう話をする時間がなくなったけど、日本歌人クラブの会長の仕事とか、「りとむ」の仕事、あとはいろんな短歌史の仕事もしている。僕らの年代は、三枝さんがいるから短歌史の仕事の見直しができるので、期待されている分、いよいよこれから大変ですね。

　お互いに七十過ぎちゃったから、体は大事にしないといけないですけど、今後どういう仕事をしていきたいですか。

**三枝**　歌でいうと、やっぱり前衛短歌体験が非常に大きいから、前衛短歌の表現意識を生かしながらの日常詠。これを深めたいと思います。文学の最大の主題は、自分は誰か、なぜ生きているのか、ということだけれども、それを日常生活のルートの中で手探りするのが、短歌の一番得意な領域だと思う。

　評論に関して言うと、本当は『昭和短歌の精神史』の続編を書こうと思っていたんですが書けない。自分たちが当事者の時代を書くときはどうしても党派的なゆがみが出てくる。だから無理だろうなと思っています。ただ、『昭和短歌の精神史』で取り上げた時代より前の動きを視野に入れた近代短歌百年、これをどう風通しのいい見取り図にできるか、それはやりたいと思っているんですよ。五年かかるか、十年かかるか分からないですけど。

**伊藤**　三枝さんは従来の短歌観、短歌史観を変える評論、論文を書いているから、ぜひ期待したいですよね。

**三枝**　さっきの牧水の話、いいヒントになりますね。

**伊藤**　どういうふうに位置付けるかということね。

**三枝**　「アララギ」系の歌人は、自分のキャッチフレーズをうまく出しているから、それを足がかりにして論を立てやすいけれど、キャッチフレーズのない歌人は難しい。けれど、そういった歌人をうまく論じられなければ、駄目ですね。

　伊藤一彦は、これからどうしますか。

**伊藤**　個人的には、もちろん歌をつくることがあるんだけど、やっぱり牧水顕彰。

**三枝**　佐佐木信綱研究会は牧水研究に刺激を受けて生まれたはずですので、僕も会員ですが、地道な研究をつづけていますよ。牧水研究の本気度はすごいですよ。伊藤さんがあれだけ本気になって書いている。

**伊藤**　本当は、牧水研究から近代短歌研究に発展させたいんです。窪田空穂論や与謝野鉄幹論、斎藤茂吉論があったりね。ただ、それを書く会員がなかなかいない。

**三枝**　牧水に特化したからよかったんじゃないでしょうか。あれだけ本気が伝わってくる雑誌は他にない。

**伊藤**　一応、二十号までは年二回発行しようと。二十号まで出したら、年一回になるかもしれないけど、継続しようという話になっています。
　あとは、三枝さんにお願いした「みやざき百人一首」とかね。宮崎は、幸いバックアップがあるから、牧水賞も含めて、牧水関連の行事がいろいろできるんです。
**三枝**　それも伊藤さんが働き掛けをして広げたからで。
**伊藤**　動いてくれる人がいてね。
　三枝さんの牧水賞受賞式では、堺雅人が朗読をやったんです。いまはとても無理だけれど、あのころはまだ頼めたんですよ。あれは一回きりの、三枝さんの受賞式だけのトピックですね。
**三枝**　ラッキーでしたね。楽しかったですよ。その後はやっていないんですか。
**伊藤**　もうやっていない。いまは事務所に何を言っても駄目ですよ。
　真田幸村ですよね。『半沢直樹』もあったしね。
**三枝**　いま一番オファーが取りにくいと聞きますね。
**伊藤**　そうです。事務所が全部断ってきますよね。あのときはうん十万円でなんとかやったんだけど。いまでも「あのときのビデオはないですか」とか結構来るんですよ。
**三枝**　ないの？
**伊藤**　いや、固定カメラで撮っていて、いろいろなアングルで撮っていないから、映像があまりよくないね。
　その後、三枝さんは日向、延岡で講演もしましたよね。
**三枝**　あのときの県の役所の担当は早稲田の人で、今も年賀状のやりとりをしています。
**伊藤**　大岡信さんは、もう選考委員ではなかったけど受賞式に来てくれたし、もちろん今野さんもいらしてね。やっぱり大事な行事ですよね。
**三枝**　宮崎が本気になってくれているのが大きいですよ。
**伊藤**　それは間違いないね。いまの知事もそうですよ。
**伊藤**　いまでも宮日新聞に見開き二ページあるというのはね。
　今年、二十回記念で「みやざき百人一首」をつくる企画ができたり、牧水のおかげですね、やっぱり。
**三枝**　それは伊藤一彦のおかげでもありますよ。牧水はもちろん大きいけれど、それを顕彰しようという人がいないと、できないですからね。
**伊藤**　飯田龍太はどうですか。もちろんお弟子さんたちはおられるけども、雑誌がないし。
**三枝**　後継誌が二誌あります。「郭公」と「紺」。文学館では、その後継誌を大切にすることを通してバックアップしたいと思っています。
**伊藤**　廣瀬直人さんはまだお元気？　ちょっと病気か。
**三枝**　徐々に回復なさって、もう一息と聞いています。
**伊藤**　いい句集をね。
**三枝**　龍太人脈は生きています。山脈は大丈夫ですよ。

# 三枝昂之ゆかりの地めぐり

甲府市街地略図

【甲府】

①山梨県立文学館
平成元年に建設され、二十五年四月に四代目の館長に就任。ミレーで有名な県立美術館と同じ芸術の森公園にある。月に五回登館。

②育った場所
洋画の電気館や東映、東宝、日活など映画館に囲まれ、銀座や仲見世もある甲府商店街の中心だった。

③春日小学校
校歌が「甲斐が嶺巡る甲府市の舞鶴城にほど近く」と始まる中心街の学校。病気のため八年在籍したが最後は担任と級友に恵まれて幸福な二年間を過ごした。

④スコット（お気に入りの店）
オムライスが絶品の洋食屋さん。ここの海老フライでワインを楽しむのがわが至福のひととき。

⑤壇（お気に入りの店）
小中学時代の友人の割烹。料理も酒も評判で予約がなかなかとれないのが難点。

⑥山梨大学附属中学
高台にあり二階の教室から甲府盆地がよく見渡せた。「連山桜の雲に霞み」と始まる校歌は土岐善麿の作。小学校から大学までの校歌ではここの校歌が一番好きだった。

⑦山梨医大附属病院
7Fの病室からは笛吹川と釜無川が合流して山峡を駿河に出て行く風景が見えた。ここで飯田龍太の俳句とエッセイを熟読、山国の豊かさに目覚めた。歌人としての転機の場所。

【上京後】

⑧緑苑荘
高校時代から十三年間住んだアパート。終電を逃しても新宿からなんとか歩いて帰れたからベストの場所だった。

⑨所沢の住まい
狭山茶の畑が広がる安普請の一軒家。新宿に遠く、数年で音を上げた。それでも小中英之、福島泰樹、伊藤一彦、永田和宏・河野裕子夫妻が泊まりに来た。

⑩新婚時代の住まい
最寄駅は東上線成増。十階建て十階の南東北をバルコニーが囲む3LDKのマンション。眺望がよかった。

⑪早稲田大学高等学院
全員早大へ進学できるから授業への熱の入れ方が片寄るところが難点の男子校。総武線、山手線と乗り継いで高田馬場発八時十五分発の西武線急行に乗るとぎりぎり間に合った。

⑫早稲田大学
文学は独学と考え経済を専門に選んだ。ゼミは労働市場がテーマ、ゼミ論は「日本型賃金の特徴」だったか。短歌会の部室は大隈講堂と向かい合う学生会館27号室。詩人会、俳句会と共用、短歌会は火曜と金曜。

⑬都立赤羽商業高校定時制
赴任当時は今の西が丘サッカー場はまだ廃墟のままでこんな場所に生徒がくるのだろうかと驚いたが素直で向学心旺盛な夜学生に大いに刺激を受けた。担当は政治経済。

⑭都立明正高校定時制
世田谷の住宅地という環境もあってか世慣れた生徒が多く、生活指導が難しかった。

⑮都立立川高校定時制
担当は日本史。日中戦争に召集され敗戦は小笠原の父島で迎えた生徒もいて楽しかった。ここでの教材研究が『昭和短歌の精神史』に反映している。

⑯日本歌人クラブ事務所
五反田駅徒歩五分、飲み屋やラブホテルに囲まれた集合ビル2階。月に数回通う。

⑰歌会会場　新宿モノリス
新宿西口高層ビル街の一画、東京都の福利厚生施設だった。

⑱歌会会場　明治大学駿河台校舎
研究棟4階。モノリス閉鎖のため移った。

⑲自宅
翌年からの子育ての環境を考えて移った多摩丘陵尾根筋の坂の町。

# 三枝昂之のキーワード

**表１：既刊歌集におけるキーワードの傾向**

（＊数字は当該歌集の中の使用回数を示す）

| （歌集名）<br>（キーワード） | 『やさしき志士達の世界へ』 | 『水の覇権』 | 『地の燠』 | 『暦学』 | 『塔と季節の物語』 | 『太郎次郎の東歌』 | 『甲州百目』 | 『農鳥』 | 『天目』 | 『世界をのぞむ家』 | 『上弦下弦』 |
|---|---|---|---|---|---|---|---|---|---|---|---|
| **昭和** | | | | 2 | 6 | 12 | 8 | 6 | 8 | 5 | 4 |
| **甲斐** | | | | 3 | 4 | 4 | 7 | 10 | 3 | 9 | 1 |
| **あわれ（なり）** | | | 2 | | | 8 | 19 | 5 | 6 | | |
| **年齢に関する言葉** | | | 3 | 4 | 15 | 19 | 23 | 3 | 14 | 13 | 11 |
| **四肢** | | | | 6 | 13 | 5 | 4 | 1 | | | |
| **傘** | | 2 | 7 | 1 | 5 | 2 | 1 | 4 | 3 | 2 | 1 |
| **孤独** | | | 4 | 7 | | 2 | | 2 | 1 | 9 | 1 |
| **母** | | 3 | 1 | 5 | 2 | | 19 | 21 | 11 | 9 | 4 |
| **空** | | 6 | 7 | 20 | 36 | 38 | 43 | 29 | 40 | 32 | 27 |
| **暮らし（生活）** | 1 | 4 | 6 | 5 | 3 | 5 | 18 | 6 | 10 | 12 | 2 |
| **酒** | 2 | | 2 | 5 | 5 | 2 | 3 | 9 | 3 | 16 | 9 |
| **国家** | 3 | 3 | 12 | 3 | 3 | 21 | 7 | 16 | 7 | 17 | 15 |

| （歌集名）<br>（キーワード） | 『やさしき志士達の世界へ』 | 『水の覇権』 | 『地の燠』 | 『暦学』 | 『塔と季節の物語』 | 『太郎次郎の東歌』 | 『甲州百目』 | 『農鳥』 | 『天目』 | 『世界をのぞむ家』 | 『上弦下弦』 |
|---|---|---|---|---|---|---|---|---|---|---|---|
| 水 | 3 | 1 | 17 | 35 | 30 | 25 | 38 | 23 | 13 | 15 | 12 |
| 山 | 3 | 7 | 7 | 9 | 14 | 45 | 33 | 29 | 25 | 37 | 20 |
| 歌 | 4 | 8 | 10 | 9 | 8 | 8 | 22 | 16 | 11 | 22 | 10 |
| 風 | 4 | 6 | 2 | 3 | 2 | 18 | 12 | 6 | 14 | 11 | 15 |
| 父 | 4 | 6 | 10 | 14 | 23 | 22 | 10 | 5 | 10 | 8 | 21 |
| 雨 | 5 | 16 | 13 | 11 | 18 | 24 | 9 | 12 | 10 | 10 | 10 |
| 男 | 6 | 1 |  | 1 | 4 | 13 | 19 | 14 | 15 | 22 | 21 |
| 川（河） | 6 | 2 | 5 | 16 | 9 | 24 | 9 | 5 | 8 | 8 | 7 |
| 星（星座） | 6 | 3 | 14 | 17 | 8 | 7 | 12 | 2 | 11 | 11 | 10 |
| 髪 | 17 | 16 | 5 | 5 | 3 | 2 | 2 | 1 |  |  | 5 |
| 樹木 | 22 | 16 | 39 | 38 | 36 | 33 | 97 | 32 | 79 | 45 | 69 |
| 季節に関する言葉 | 37 | 40 | 83 | 57 | 90 | 105 | 106 | 39 | 56 | 65 | 78 |

## 【母】

三枝昂之にとって「母」は、望郷を象徴する存在である。第二歌集の『水の覇権』には〈傘のひと群れその彩りにわずかづつ遅れて母は古稀を越えしや〉という歌があり、古稀を越えて足取りがおそくなる母、わずかずつ時代から離れていく母を意識する歌がある。顕著な変化は『甲州百目』だろう。『甲州百目』には「母」の歌が十九首ある。〈母が待つ甲斐と思えど行きがたし生活皐月のくるしきわれは〉という歌にふれると、母の存在を遠く感じながら、日々の忙しさに足が遠のく。母への〈思い〉と〈現実〉との狭間にくるしむ三枝の姿がみえる。続く歌集『農鳥』は母の晩年とむきあう歌が心を打つ。〈逢いにゆく月々なれど少しずつ小さく寡黙になり給う母〉は、お見舞いに病室を訪れたときに見える母が、少しずつ小さくなる。その命を見守っているのだ。…母が亡くなったのち、『世界をのぞむ家』では〈母の恩歳を重ねて身に沁みる遠くになれば心が分かる〉と、歳を積むようにして母の恩がみえてくる。それを頭ではなく心でわかるようになってきたと歌は言う。その心が、三枝の望郷への思いをより深くしているのであろう。

岩内　敏行

## 【暮らし】

三枝昂之の歌は、おおまかな流れとして、初期の思想的・抽象的な作品から、徐々に日々の暮らしを題材とした作品へと移行してきている。このことは、「くらし（生活・たつき）」というキーワードの使用頻度からも裏付けることができる。第一歌集から第六歌集までの前半の六冊の合計二十四首（平均四首）に対し、第七歌集から第十一歌集までの後半の五冊には合計四十八首（平均九・六首）で使用されており、後半の歌集に頻出のキーワードとなっている。

窓のむこうにひらひらとある生活を哀しみの鷹翔びて帰らぬ　『やさしき志士達の世界へ』

歌書けど書けども山はちかづかぬ丘の生活も十年となる　『甲州百目』

満ちて欠け月が上りて灯がともるそうして街に暮らしが積もる　『世界をのぞむ家』

一首目、第一歌集で観念的に詠われた「生活」も、二首目のように歌に向き合う日々の中で、次第に実感に満ちたものとなった。そして三首目のように、自己の暮らしから、同時代を生きる人々の暮らしへとゆるやかに繋がっていくところが、近年の三枝の歌の一つの特徴と言える。

田村　元

## 【酒】

三枝昂之の「酒」の歌は、第一歌集から第六歌集までの前半の六冊の合計十六首（平均二・七首）に対し、第七歌集から第十一歌集までの後半の五冊には合計四十首（平均八首）ある。若き日には早稲田短歌会や「反措定」の同人たちと飲み歩いていたはずだし、四十歳のときに三枝は、「短歌新聞」（昭和五十九年一月号）の「歌壇酒徒番付」で西の前頭として入幕している。こうした時期よりも、後半の歌集のほうが「酒」の歌が多いのはやや意外だった。

ロシア酒を乾さば明るきあかがねの漁夫のかなたのシベリアみゆる　『やさしき志士達の世界へ』

集まりて酒飲むことに故なけれど故なき酒の一夜楽しも　『農鳥』

ワインなら二人、日本酒なら一人いずれがよきかそれは決めない　『世界をのぞむ家』

一首目は、「ロシア酒」を介して革命の地へと思いを馳せる浪漫的な歌だ。対して二首目、三首目からは、日々の暮らしを肯定する思いが伝わり、友や妻などの親しい他者の横顔が見えてくる。三枝が杯の向こうに見るものも、歳月とともに大きく変わってきている。

田村　元

## 【山】・【川】

富士や榛名や筑波。そして歌集のタイトルともなっているふるさと甲斐の農鳥岳、天目山。その他にも三枝の歌には多くの山が登場する。川は固有名詞なら三枝の生活圏を流れる多摩川が多い。実際の山川の姿に励まされることもあれば、ふるさとの山川の記憶を心の拠り所として、思いを深めることもある。

手をひたし川と呼吸をあわせゆく　多摩川に布われに夕焼け　『暦学』

甲斐が嶺の神代桜咲きなむか心で会いて春を逝かしむ　『甲州百目』

いずれにしても、日常の中で立ちどまり、山や川に心をひととき映してまた歩み始める。山川の景は一人の見ている景でありながら春夏秋冬を生きる万人が見てきた景でもある。だから、山川の歌を読む時、その景を思い浮かべて、歌の心に深くうなずくことができる。

坂東の荒き水辺に仰ぎたり富士をさびしきまほろばとして　『甲州百目』

天地（あめつち）に視線を遠く遊ばせる川幅がこころの幅となるまで　『天目』

里見　佳保

## 【雨】

『暦学』に〈もろもろの帽子陽を鎖し雨を鎖し一つったなく自らを鎖す〉や〈雨が地に還らんとしてあげる声樹や屋根や人しかと応えよ〉と歌われているように、「雨」は三枝短歌の印象深いキーワードである。

しかし、三枝昂之を真の歌の雨男にしたのは、〈ひとり識る春のさきぶれ鋼(はがね)よりあかるくさむく降る杉の雨『水の覇権』〉である。『水の覇権』には、〈首都は驟雨〉で始まる歌が三首あるにも拘わらず、である。この存在感は大きい。

実は、この作品には、〈駅の広場を自転車を打ちとじる目のなべてあかるき杉を打つ雨『塔と季節の物語』〉及び〈ふたむかしむかしに春のさきぶれとひとりながめし杉の雨あり『太郎次郎の東歌』〉という続きがあった。ただ、これらの作品は、塚本邦雄の読者を意識した「山川呉服店」シリーズや、ビートルズが自らの作品をパロディにしたような作品とも違う、その時その時の切実な心象を真摯に詠んだものであり〝続き〟というような軽いものではない。

なお、『上弦下弦』には〈不機嫌な雨が走ってまた止んでナショナリズムは単純でない〉という歌があり、三枝の修辞には欠かせないキーワードとして「雨」が用いられている。

**和嶋　勝利**

## 【星】

夜空を仰ぐと照り輝く星。それは美しいものだが、昼の太陽の光とは異なり、輝きだけではないほの暗さやはかなさを思わせるところがある。

星二つ三つ四つとひかりそめひかる悔しき生涯もあれ　『水の覇権』

こころざし棄ててこそ輝る群星(むりぶし)と八重山に見て今帰仁に見る　『太郎次郎の東歌』

三枝は星に志を重ねて思ったのだった。しかし実現、達成されたものではなく、むしろかなわなかった思い、過ぎ去ってしまった時間、輝くことができなかった人々に心を寄せているようでせつない。名前をよく知られた明るい星よりも、小さな名もなき星々を多く歌にしていることからもそれがうかがえる。

初期の歌集では星の歌が多かったが、年齢を重ねるにつれて月の歌の方が多くなってゆく。巡りゆく季節の中に月を見上げて、その折々の暮らしのうるわしさを、わずかな変わり様を、また変わらなさを認める生活者の姿が見える。

満ちて欠け月が上りて灯がともるそうして街に暮らしが積もる　『世界をのぞむ家』

**里見　佳保**

## 【髪】

「髪」の歌は、『やさしき志士達の世界へ』に十七首、『水の覇権』に十六首ある。これは男歌には多い方であろう。

初期の歌の「髪」は、多くはナルシシズムの象徴でもあるが、〈弓なりに樹木そよげばおそらくは髪も炎となりて戦げる『やさしき志士達の世界へ』〉や〈はやぶさも識らざる国の中空に火の髪昏れていまだ戦ぐと『水の覇権』〉のように、メタファーを構築するための重要なキーワードでもあった。

『地の燠』以降、「髪」の歌は激減するが、その少ないなかで用いられるのが、「髪膚」という語彙である（「髪膚」は、髪というよりは「身体」を表わす語彙であるが、ここでは「髪」のある作品としてカウントした）。

この語彙が三枝作品に現れる背景としては、三枝の愛唱する〈水無月のみどりの風がふきさらす身体髪膚あわれなりけり　坪野哲久『碧巌』〉からの影響が窺えよう。

『上弦下弦』では「髪」の歌は五首歌われ、〈髪の毛は染めなくていい　ハマ風（かぜ）のデキシーランドがわれにささやく『上弦下弦』〉と、三枝のナルシシズムの象徴となって復活を遂げている。

和嶋　勝利

## 【樹木】

樹木の歌が多いのは三枝昂之の特徴でもあろう。〈冬の樫　あれは砦にあらざれば窓に炎の髪うつしいる〉など、歌集を追っていくと、特に『やさしき志士達の世界へ』には二十二首におよぶ樹木の歌があり、そのうちの十五首に〈樫〉は詠まれている。〈樫〉は三枝の若い頃のシンボルツリーと言える。後に、トルストイの『戦争と平和』に出てくる樫の老木をみながら兄弟が自分たちの運命を語り合う場面の印象から、「わが自問自答の折々に、対者として樫を択ばせたのだと思う」とその深層を言っている。その後『暦学』『塔と季節の物語』のころには樫の歌はすくなくなり、〈樹々〉という言い方が増える。一本の樹木ではなく、視野をひろげ、樹木を通してよりふかいところを詠う。〈逢いしことなき友情もある……陽を鎖して樹々はふかめる八月の闇〉。陽を鎖せばいよいよ濃くなるみどりを「闇」と表現するなど、見えないものを心にみようとする変化がうかがえる。また、全歌集を通してもっとも多い樹木は〈桜〉だろう。『甲州百目』の〈甲斐が嶺の神代桜咲きなむか心で会いて春を逝かしむ〉は、神代桜と郷里を心に引き寄せ、「逝かしむ」と季節を大胆にとらえている。

岩内　敏行

# - 人物名編 -

## 表2：既刊歌集におけるキーワード（人物名）の傾向

（＊歌集名は、や…『やさしき志士達の世界』、水…『水の覇権』、地…『地の燠』、暦…『暦学』、塔…『塔と季節の物語』、太…『太郎次郎の東歌』、甲…『甲州百目』、農…『農鳥』、天…『天目』、世…『世界をのぞむ家』、上…『上弦下弦』を示す。数字は当該歌集の中の使用回数を示す）

| 人物名 | 歌集 | 回数 | 人物名 | 歌集 | 回数 | 人物名 | 歌集 | 回数 |
|---|---|---|---|---|---|---|---|---|
| 青山半蔵 | 太 | 1 | アキノ | 塔 | 1 | 秋野千江子 | 天 | 1 |
| 秋山真之 | 甲 | 1 | 朝青龍 | 上 | 1 | 飛鳥涼 | 甲 | 1 |
| 東富士 | 上 | 1 | 油井則彦 | 甲 | 1 | アベベ・ビキラ | 暦 | 1 |
| 絢香 | 上 | 1 | 荒正人 | 甲 | 1 | 在原業平 | 地 | 1 |
| アルバート・アイラー | 暦 | 1 | アルベール・カミュ | や | 1 | 飯田蛇笏 | 世 | 1 |
| 飯田龍太 | 太 | 1 |  | 地 | 2 | 石川節子 | 甲 | 1 |
|  | 世 | 8 |  | 世 | 1 | 石川啄木 | 甲 | 4 |
|  | 上 | 1 | 板垣一雄 | 世 | 1 |  | 世 | 1 |
| 市川眞砂 | 世 | 1 | 伊藤信吉 | 天 | 1 |  | 上 | 2 |
| 伊藤嘉夫 | 甲 | 1 | 猪口邦子 | 上 | 1 | 茨木のり子 | 世 | 1 |
| 岩内敏行 | 農 | 1 | 植松壽樹 | 農 | 1 | 臼井吉見 | 甲 | 1 |
| 歌川広重 | 太 | 1 |  | 上 | 1 | 宇田川寛之 | 農 | 1 |
| 宇野千代 | 上 | 1 | 大口昭彦 | 上 | 1 | 大隈重信 | 上 | 1 |
| 大島史洋 | 農 | 1 | オーデン | 塔 | 1 | 大西民子 | 甲 | 2 |
| 岡井隆 | や | 1 | 尾崎佐永子 | 農 | 1 | 織田信長 | 世 | 1 |
| 尾上菊之助 | 世 | 1 | 折口信夫（釈迢空） | 塔 | 1 | 折口春洋 | 塔 | 1 |
| 鏡里 | 上 | 1 |  | 太 | 3 | 春日真木子 | 農 | 1 |
| 鹿住春男 | 世 | 1 | 桂三枝 | 世 | 1 | 桂信子 | 世 | 1 |
|  | 上 | 1 | カテリーナ・マヌーキアン | 上 | 1 | カール・マルクス | 塔 | 1 |
| 川平ひとし | 世 | 1 | 亀井藤野 | 農 | 1 |  | 太 | 2 |
| 川涯氏 | 上 | 1 | 河野裕子 | 農 | 1 | 岸上大作 | 地 | 1 |
| 北一輝 | 太 | 1 | 北原白秋 | 世 | 1 |  | 太 | 6 |
| 喜多見花野 | 甲 | 1 | 北村望 | 農 | 1 |  | 上 | 1 |
| 木下杢太郎 | 農 | 1 | 木俣修 | 天 | 1 | 空海 | 天 | 1 |
| 葛原妙子 | 太 | 1 | 屈原 | 太 | 1 | 国木田独歩 | 農 | 1 |
| 窪田空穂 | 甲 | 2 | 久保田万太郎 | 甲 | 1 | クルプスカヤ | 塔 | 1 |
|  | 農 | 3 | 桑田佳祐 | 上 | 1 | ゲーテ | 水 | 1 |
|  | 天 | 1 | ゲバラ | や | 2 |  | 地 | 1 |
| 小泉純一郎 | 上 | 1 |  | 地 | 3 | 小中英之 | 農 | 3 |
| 小山輝基 | 甲 | 1 | 西行 | 塔 | 1 | 三枝昻之 | 太 | 1 |
|  | 天 | 2 | 西東三鬼 | 太 | 1 |  | 甲 | 2 |
| 斎藤茂吉 | 塔 | 1 | 坂口弘 | 太 | 1 |  | 世 | 1 |
|  | 太 | 5 |  | 上 | 1 | 坂田博義 | 塔 | 1 |
|  | 農 | 2 | 酒鬼薔薇聖斗 | 甲 | 2 | 佐佐木信綱 | 甲 | 1 |
|  | 天 | 3 | サダム・フセイン | 太 | 2 |  | 農 | 2 |
|  | 世 | 6 | 佐藤佐太郎 | 太 | 1 |  | 世 | 1 |
|  | 上 | 2 |  | 甲 | 1 |  | 上 | 3 |

| 人物名 | 歌集 | 回数 |
|---|---|---|
| 佐藤春夫 | 甲 | 1 |
| 静夫さん | 上 | 1 |
| 島田修二 | 天 | 2 |
| 水津幸一 | 世 | 1 |
| ダ・ヴィンチ | 暦 | 1 |
| 高橋和巳 | 暦 | 1 |
| | 塔 | 3 |
| | 農 | 1 |
| 田中角栄 | 塔 | 1 |
| 土屋文明 | 甲 | 3 |
| | 農 | 2 |
| | 天 | 1 |
| | 世 | 3 |
| 東洲斎写楽 | 太 | 2 |
| トメさん | 上 | 1 |
| 永井堂亀友 | 太 | 1 |
| 永田明子 | 世 | 1 |
| 夏目雅子 | 農 | 1 |
| | 世 | 1 |
| 長谷川少尉 | 上 | 1 |
| ハリー・ベラフォンテ | 天 | 1 |
| 藤純子 | 塔 | 1 |
| 藤原純友 | 甲 | 1 |
| ベッヒャー | 太 | 1 |
| ホーネッカー | 甲 | 1 |
| 堀辰雄 | 甲 | 1 |
| 前登志夫 | 太 | 1 |
| 正富汪洋 | 農 | 1 |
| 又三郎 | 甲 | 1 |
| 松尾芭蕉 | 地 | 2 |
| | 暦 | 1 |
| | 塔 | 1 |
| 宮柊二 | 太 | 1 |
| 森鷗外（林太郎） | 農 | 1 |
| 安騎野志郎 | 上 | 1 |
| 柳澤桂子 | 上 | 1 |
| 日本武尊 | 暦 | 1 |
| 山下達郎 | 太 | 2 |
| 山田徹 | 天 | 1 |
| 与謝野鉄幹（寛） | 農 | 3 |
| ルソー | 太 | 1 |
| 若山牧水 | 塔 | 1 |
| | 天 | 3 |
| 渡辺美里 | 甲 | 1 |

| 人物名 | 歌集 | 回数 |
|---|---|---|
| 沢尻エリカ | 世 | 1 |
| 信夫山 | 上 | 1 |
| 島田少年 | 農 | 1 |
| 素戔嗚尊 | 暦 | 1 |
| 平清盛 | 甲 | 1 |
| 高浜虚子 | 甲 | 1 |
| 竹山広 | 上 | 5 |
| 立松和平 | 農 | 1 |
| チャイコフスキー | 上 | 1 |
| 坪野哲久 | 太 | 4 |
| | 甲 | 1 |
| | 天 | 1 |
| ツルゲーネフ | 太 | 1 |
| 冨樫榮太郎 | 世 | 1 |
| 永井荷風 | 太 | 1 |
| | 甲 | 1 |
| 永田和宏 | 太 | 1 |
| ニーチェ | 地 | 2 |
| ニュートン | 暦 | 2 |
| 浜崎あゆみ | 上 | 1 |
| ピタゴラス | 太 | 1 |
| 藤田親昌 | 甲 | 1 |
| プラトン | 水 | 1 |
| ヘルダー | 暦 | 1 |
| | 塔 | 1 |
| マーク・スピッツ | 農 | 1 |
| 正岡子規 | 塔 | 3 |
| | 太 | 3 |
| | 甲 | 5 |
| | 農 | 1 |
| | 世 | 1 |
| マルコ・ポーロ | 地 | 2 |
| | 塔 | 1 |
| 泰子先生 | 甲 | 1 |
| 保田與重郎 | 太 | 2 |
| 柳田国男 | 太 | 1 |
| 山口茂吉 | 天 | 1 |
| 山下雅人 | 農 | 1 |
| 山中智恵子 | 世 | 1 |
| 与謝蕪村 | 太 | 1 |
| レーニン | 水 | 2 |
| | 塔 | 2 |
| | 太 | 1 |

| 人物名 | 歌集 | 回数 |
|---|---|---|
| 澤地久枝 | 農 | 1 |
| 島木赤彦 | 太 | 1 |
| 俊寛 | 太 | 1 |
| ソルジェニツィン | 甲 | 1 |
| 高橋晃 | 世 | 1 |
| 武田信玄 | 太 | 1 |
| 太宰治 | 塔 | 1 |
| | 天 | 1 |
| 塚本邦雄 | 塔 | 1 |
| | 太 | 1 |
| | 甲 | 1 |
| | 農 | 1 |
| | 上 | 1 |
| 土岐善麿 | 甲 | 2 |
| | 農 | 1 |
| | 天 | 1 |
| 長塚節 | 農 | 1 |
| | 上 | 1 |
| パシュラール | 世 | 1 |
| 林和清 | 太 | 1 |
| 福田甲子雄 | 世 | 1 |
| 藤村実 | 甲 | 1 |
| フランツ・カフカ | 暦 | 1 |
| ヘルダーリン | 塔 | 1 |
| 朴少年 | 上 | 1 |
| 前川佐美雄 | 太 | 7 |
| | 甲 | 3 |
| | 世 | 1 |
| | 上 | 4 |
| マリー・プレスリー | 地 | 1 |
| マルク・シャガール | 地 | 1 |
| 源実朝 | 地 | 2 |
| | 暦 | 1 |
| | 太 | 1 |
| | 上 | 1 |
| 山川登美子 | 農 | 1 |
| 山崎方代 | 太 | 1 |
| 山田あき | 甲 | 1 |
| 与謝野晶子 | 世 | 1 |
| リルケ | 地 | 1 |
| 魯迅 | 太 | 1 |
| 和嶋勝利 | 世 | 1 |
| 和田さん | 上 | 1 |

# 永田　和宏

三枝昂之

塚本邦雄の影響が強い西の「幻想派」と岡井隆に傾いて時代への志向が強い東の「反措定」。誌名も対照的な１９７０年代前半の同人誌の対立を煽ろうと、前衛短歌運動のプロデューサーだった深作光貞さんが企画したのが関ヶ原決戦。遊び心のある深作さんらしい企画だが、なぜか実現しなかった。お互いに相手が日和ったと思っているはず。

その「幻想派」の永田氏とよく飲むようになったのは彼が京大を卒業して森永の研究所に就職、東京暮らしを始めたから。三冊だけの茱萸叢書を出した青山敏夫という奇妙な編集者と三人のときも多かった。これからの短歌は定型論が大切、担うのはわれら、と二人で青臭く盛り上がりながら、永田氏がよく歌ったのは「カスバの女」だった。

彼の東京時代の不思議な体験を一つ。二人で遅くまで飲んで森永の社宅に転がりこんだことがある。河野さんは留守だった。神田川が近かったはず。翌朝「鍵を新聞受けに入れておけばいいから」と永田氏は出勤した。私は安心してまた眠ったがどのくらい経った頃か、鍵がガチャッと開いてなにかを点検するご婦人の声。襖一つ隔ててなぜか私は息を潜め、やがてまた鍵の閉まる音が届いた。誰がなんのために入ってきたのか。悪いことをしていたわけでもないのに身を固くした、奇妙な数分間だった。そして私は人目を避けてそっと社宅を脱出したのであった。

その後の永田氏との付き合いでは当方の失敗ばかりが蘇る。菱川善夫氏に招かれて札幌のシンポジュウムに二人で出席したのは１９７６年２月。いい機会だから流氷を見ようと網走に回ったのはいいが、前夜の酒豪たちとの酒席で私はすでにダウンしていて、宿に着くとすぐに倒れてしまった。居酒屋で網走の味を楽しもうということになっていたのに。一人になっても行けばいいのに、彼は出なかったはず。あの冬まだ深い最果ての港町の安宿の夜を、永田氏はどう過ごしたのだろうか。酔いつぶれた男と同じ部屋で。

永田と数日間行動を共にすると体が壊れる。あれ以来の教訓である。

これも北海道がらみの話だが、札幌の現代短歌シンポジュウムに参加のため、永田氏と河野さん、それから三枝浩樹が和光市の私のマンションに前泊した。前夜祭よろしく盛り上がったが、翌朝、ラッシュ時の所要時間を私が甘く計算、羽田に着いた時には乗るはずの飛行機がまさに離陸したところ。舞い上がる機体との距離が無限の遠さだった。雁首並べて遅れたのだから、もちろん主催の菱川さんには強く叱られた。

近年の永田氏、河野さんを支える支え方が涙ぐましかったし、仕事も旺盛で見事な成果だが、もじゃもじゃ頭の風貌が独特の雰囲気を醸し出している。聞くところによると床屋に行ったことはなく、髪は自分でカットとか。年齢と実績を重ね、前川佐美雄や近藤芳美が漂わせていた歌人ならではの存在感に近づいたと感じる。

## 交友録

# 長尾　信

三枝昂之

佐佐木幸綱第二歌集『直立せよ一行の詩』を手に取ったとき。それが装幀家長尾信との出会いだった。

『赤光』や『白き山』の文字だけのシンプルな

装幀も悪くないが、よりビジュアルな効果を意識するようになったのが、造本という観点から見た現代短歌だろう。『群黎』が加納光於、『直立せよ一行の詩』が長尾信、『夏の鏡』が司修と続く佐佐木幸綱歌集はそのことをもっともよく示している。

その幸綱歌集の装幀で私が一番好きなのが『直立せよ…』だった。ペーパーバック風の本体は鮮やかな黄色、それを取り外せるハードカバーが包む。ハッとするほど新鮮な一冊だった。機会があればこの装幀家の手になる歌集を編みたい。私のそんな願いは意外に早く、第二歌集『水の覇権』で実現した。

大和書房の佐野和恵さんの紹介で打診した私の依頼を長尾氏はこころよく受けてくれた。「水の覇権」というタイトルを生かして本文の紙は薄い水色、フランス装のデザインも斬新で、期待通りの、いや、期待以上の一冊となった。それから第一評論集『現代定型論』、第三歌集『地の燠』、第四歌集『暦学』と続き、その繋がりが連れ合いの今野寿美の『花絆』、『鳥彦』などへと広がる。私たちの本は高麗隆彦の名の長尾氏の支え抜きでは考えられなくなったわけだが、今野がとりわけ感動しているのが野田弘志画伯の「桃二つ」をA5サイズの歌集全体にレイアウトした『世紀末の桃』。私はワインのコルク多数を水に浮かべた『暦学』の装幀を特に愛している。

平成四年、どんな歌誌になるか先行きの見えないささやかな歌誌「りとむ」を創刊した時、装幀で支えてくれたのも長尾氏だった。水色の蝶も鮮やかなあの装幀を手渡してもらったときの感激は忘れられない。それは創刊時の「りとむ」会員みんなのものでもあった。

私と今野が和光市に住んでいた頃に、長尾氏が結婚（たしか二度目）して隣の市へ来ることになった。作業が一段落したら引っ越しの打ち上げを三枝の家でやりたい、寿美ちゃんの料理ならみんな喜ぶはずだからと長尾氏から連絡。自分のところでやるのが普通だろうが、普通ではないところがこの人のいいところだ。今野が獅子奮迅の準備をして迎えると「ほら正解だったろう」と長尾氏はご満悦、彼の新妻を含めた一同、大いに盛り上がった。
そんな付き合いが重なって、長尾氏とはよく飲んだ。池袋で、新宿で、神保町の人気の寿司屋で。お互いに年取ったこともあって、今は町田で二年に一度だけ。「りとむ」の新しい表紙デザインを受けとりながら。

私がすっかり翁の歌になったときの歌集を装幀してもらう約束になっている。シンプルで枯れても斬新な一冊にしようと、長尾氏はその気になってくれている。歌よりもデザインの方が楽しみだが、さてさて実現するのはいつのことだろうか。

## 藤巻 亮太

三枝昂之

平成二十年夏、静岡新聞に連載を始めた。題して「詩歌逍遥」。毎週日曜日に詩歌をやさしく解説する仕事である。短歌だけでなく、近現代詩や童謡唱歌、Jポップにも広げ、掲載時期に相応しいことも大切だ。

翌年三月に卒業ソングを取りあげようとネット検索すると、当時の卒業ソングランキングベスト1がレミオロメンの「3月9日」。知らないから息子に訊くと「YouTubeで聴けるよ、堀北真希が出てるよ」。さっそく聴いてみるとこれがいい。友人への祝婚歌だが、まず春へと歩む微妙な季節感の表現が細やか。新米夫婦のぎこちなさが残る描写もいい。大きな欠伸をしてふと照れ、そして二人になった幸福を改めて実感するくだりなど特に心憎い。作詞作曲は藤巻亮太。それが発端だった。

山梨県立文学館には年に一度の文学創作教室が

あり、２０１４年は津島佑子氏の小説教室。感激で涙ぐむ高校生もいて、大好評だった。小説の次はと閃いたのが「３月９日」。Ｊポップから詩の魅力を知ってもらうのも近しくて悪くないはずと。

しかしなにしろ相手は人気のロックグループ。当方の予算はささやかだし、とても無理だろうと諦めかけたときに現れた橋渡し役が角川「短歌」の前の編集長杉岡中氏。彼は以前音楽関係の仕事をしていて、藤巻氏が所属しているプロダクションの社長は友人だという。

レミオロメンが解散し藤巻氏が新しい展開を考えいた時期、そして彼が山梨県御坂の出身という条件も重なり、文学創作教室ＯＫとなった。

「３月９日」の歌詞をめぐって私との一問一答がプランの中心だが、友人からは「アーチストははぐらかしますよ、うまく行きませんよ」と水を差された。だが２０１５年４月12日、満員の文学館講堂での藤巻氏の応えは具体的で懇切、招待した高校文芸部の生徒の反応も上々だった。

もっとも後日飲みながら当日の印象を交わしたときの反応は正反対。私には藤巻氏が十二分に語ってくれた九十分と見えたのに、藤巻氏によるとトークのほとんどは館長、自分は「そうですね」と応じただけ。もちろんこれは藤巻氏の謙遜だ。だって山梨日日新聞や共同通信など、どの記事も示唆に富む彼のトークで埋まっているから。

初めて挨拶を交わしたのは前年秋の富士山ホールライブの後。麻布の事務所での打ち合わせとメールでの確認、神楽坂での打ち上げと続き、新しい「旅立ちの日」もレベルの高いミニアルバムだが、特に子の誕生を祝福した「ｂｏｒｎ」が秀逸で、私はすっかり同郷のこの若き詩人歌手のファンになってしまった。

文学館でのイベントの翌月、中野サンプラザでのコンサートがあり、文学館にも来てくれた藤巻ファンも多かった。屈託なく「ああ、館長さーん」と手を振ってくれたグループが三組あって、少し恥ずかしかったが、でも、追っかけ仲間に加えてもらった気分で、なぜかうれしい。

静岡新聞の連載は『夏は来ぬ』（青磁社）と一冊になった。詩歌の身近な魅力を楽しめるはず。機会があれば読んでほしい。

# 遠望する歌人――佐佐木信綱への一視点

三枝　昂之

同時代の表現者たちに見えない風景を見つめながら歩んだ歌人、それが私の中の佐佐木信綱である。風景とはここでは自然の風物のことではない。遠い時代に発する滔々たる歌の水脈のことである。遠望するその視線は、歌人たちには時にもどかしく映り、時に不可解な没時代性と映った。歌人たちの近代的な尺度が信綱を捉えられなかったからである。そんな信綱像を描くための作業を、今回は三点に絞りたい。

## 信綱と前川佐美雄

佐佐木信綱について考えるとき、私が最初に思い出すのは前川佐美雄の「鬼百首」に対する批評である。それは考えられるどんな批評よりも特殊である。いかなる短歌観を持っているとそのような反応が可能なのか、そんな戸惑いを読む者に抱かせる。

「短歌研究」昭和二十九年一月号は「戦後短歌の総決算」と題する特集を組んでいる。久保田正文「戦後短歌史」、木俣修・大野誠夫・坪野哲久・岡山巖による座談会「戦後派の遺産」、荒正人「回想の戦後文学」、百五十六人の歌人の自選十首、そして巻頭作品として前川佐美雄の「鬼百首」という構成である。社会がようやく敗戦期を脱して本格的に動き始めた時代である。戦後という時間を振り返るにふさわしい時期と執筆陣による大特集だったといえる。

佐美雄は昭和二十二年まで活発な歌作活動を見せていたが、敗戦期に批判され続けたことが影響したからだろう。二十三年からは活動がぐんと小規模なものになっていた。だから「鬼百首」は佐美雄にとって、敗戦期における悪評を振り切るための乾坤一擲、といった意味合いを持っていた。作品も『植物祭』時代の狂気が戻って来たような力作で、捨て身のエネルギーを感じさせた。
その乾坤一擲が不評だった。「短歌」昭和二十九年十二月号の年間総括（匿名）は反応を次のようにまとめている。

作者が情熱を傾けた作品に相異なく、気迫は十分観取されたが、歌壇の批評はかなり厳しく、短・研の鬼百首評特集に於いても、坪野哲久、千代国一、鈴木一念、中河幹子の四氏とも、「老衰には愕然とした、遁世的な卑屈さのみ、形に成らぬだらしないのが君の歌だ、難解で頭痛ものだ、編集者の神経を疑う」等々揃って論難している。

発表直後の反応の厳しさが伝わってくるまとめである。「鬼百首」発表の翌月号に掲載された「鬼百首評特集」の現物を読めば、論難の勢いはさらに凄まじい。最初の哲久がいきなり「前川佐美雄の『鬼』百首、この鬼は鬼でもキバがないし、角がない。」と始まって、四人目の中河幹子まで切れ目なく続く。集中砲火、袋だたき、といった趣である。
そこで佐佐木信綱の反応である。信綱が直接「鬼百首」に言及した文章は、調べた範囲では見当たらない。ここでは佐美雄の言葉を通しての信綱の「鬼百首」評である。
「短歌研究」昭和二十九年二月号の座談会「美を守る者」から引用する。「鬼百首評特集」と同じ号だから、悪評を読まない時点での信綱発言ということになる。

記者　前川さんのお歌にも、わからないとかこんなのは日本語じゃないという批評がしばしば今まであったんじゃないですか。
前川　ところがきのうね、佐佐木先生を久し振りにお訪ねして……川田順さんと一緒に呼んで下さって三人が話した時に、先生が「鬼百首」を読んで下さってね、これはちやんと文法も守っているし、仮名づかいもちゃんと守ってる、正当な歌だ。しかしながら現代の歌壇の歌とだいぶ違うんですね。これをちゃんと歴史的に評価づける批評家がいなければいけません、と言うんですよ。

座談会の初めに、久しぶりに上京した前川さんを囲んで気軽な話を、といった記者の言葉がある。記者は中井英夫、座談会の日時は記されていないが、一月十七日である。佐美雄が話題にした師弟三人の懇談は、以下のような経緯から生まれた。
昭和二十九年の宮中歌会始の陪聴を求められて佐美雄が上京することになった。戦後の東京歌壇の動きに愛想づかしをしていた佐美雄にとって、久しぶりの上京である。この機会に信綱に会いたいと考えた佐美雄が都合を打診し、それを信綱が喜んで、近くの辻堂に住む川田順にも声をかけたのである。師弟三人が久しぶりによもやま話に花を咲かせたのは一月十六日である。大作「鬼百首」の発表から間もない時期でもあり、話題はおのずからそれに及んだのだろう。その時の信綱の感想を佐美雄が翌日の座談会で紹介したというわけである。

佐美雄経由のその信綱の「鬼百首」評価を再確認したい。文法も仮名遣いも正しい正当な歌、だが今の歌壇の歌とはだいぶ違う歌、というのが信綱のそれである。キバも角もない鬼の老衰ぶりに愕然とする哲久、表現の追求をいい加減なところで止めた不徹底を批判する千代、解らないものが半数以上と嘆く中河、同じ号に載った四人の「鬼百首」評と信綱の反応はかなり違う。四人が否定しているのに信綱は肯定している、ということを言いたいのではない。信綱の反応には、そういう肯定否定とは次元の違うニュアンスが感じられる。そこが信綱らしいのである。

「鬼百首」が話題になったとき佐美雄は五十一歳である。十八歳のときから短歌を本格的に作り始め、この道三十三年のベテランである。そのベテランの力作に対して、文法も仮名遣いも正しい歌だ、といった批評は普通は行わない。いや、行えない。それは基礎の中の基礎、正しくて当たり前なのであって、その上の主題や修辞に関して何か反応を返すのが、普通には批評というものである。

おさへつつ捻ぢ伏せてをりこの時をわれは数行の涙こぼしつ　前川佐美雄

哲久たちが嘆き、戸惑うこうした作品に対して〈文法や仮名遣いの正しい歌、現在の批評の尺度では間に合わない歌〉と反応を返すとき、信綱は彼らとは違う歌の尺度を視野に入れながら、「鬼百首」を読んだのである。それでは、哲久たちに見えなくて信綱には見えるその尺度とは何か。信綱に関する二つの言葉を思い出したい。

「おのがじしに」とは、個性の動くままにといふほどの意である。一つの主義主張で拘束し、統一しようとするのではなく、作者各々その得る所に従つて進むべきであると思ふ。わが竹柏会から、異彩あり特色ある、少なからざる歌人を出したのは、その作者の天分に由るのではあるが、かういふ会の方針がその天分を自由に伸ばし育てたともいへるであらうと思ふ。

自分は現在及び将来の歌壇に向かつても、等しく「おのがじしに」といひたいと思ふ。口語歌、定型を破つた歌、新しい思想的短歌、新芸術派短歌など、それぞれに存在してよいのである。

（「広く、深く、おのがじしに」）

先生には方々により揮毫の依頼があった。いつもお筆をお執りになる前、年のためとてわかり切ったような字でも、一々辞書を見直しになることもあったとのこと、先生は筆力余って万一、一点一画と雖も、間違った筆方は許せないとの真剣な御態度であつた。

（安藤寛「竹柏園先生の思い出二つ三つ」）

前者は『佐佐木信綱文集』から、後者は昭和三十九年二月号「短歌」の佐佐木信綱追悼特集からである。「心の花」昭和六年八月号掲載の「歌に対する予の信念」が前者の初出だが、「少なからざる歌人」の部分が初出では木下利玄など具体的な名前になっている。『佐佐木信綱文集』は少し整理され過ぎている。読者には初出重視の信綱歌論集が出るとありがたい。

さて、一人一人個性を尊重しながら破調歌、口語歌、モダニズムなどを広く許容する信綱と、一字一画をも疎かにしない信綱と、二つを重ねて見えてくるのは、言葉自体には厳しく、歌の在り方には寛大な信綱の姿である。つまり正当な歌とは信綱にとって、なによりもまず、言葉のルールを守っている歌のことである。一字一句の解説に命を賭ける文献学者佐佐木信綱の面目が、そこには反映している。

口語もよし、破調もよし、モダニズムもよし、という認識をたんなる寛容と読むのは間違いである。措辞はあくまで正しくなければならないが、形式そのものは奥の深い包容力を持っている、という認識がそこにはある。詩型へのこうした信頼、それが哲久たちになくて、信綱にあったものである。「鬼百首」において、哲久たちは眼前の乱調しか見ていない。しかし信綱は乱調の向こうにある佐美雄の定型信頼を見たのである。その信頼をよしとしたのである。そうした観点を持った批評家の不在を嘆きながら。

「鬼百首」に対する信綱の反応は、千年を越える歌の水脈を視野に入れている者ならではの眼力、と私には映る。

こうした信綱の短歌観から連想されるのは『植物祭』後記における「日本の短歌は、日本の短歌なるが故に、もっと西洋的になる必要がある。」という佐美雄の主張である。いかにも佐美雄的で『植物祭』的な短歌に対するこの信頼表明には、口語歌や破調歌やモダニズムなどの異質を認めた信綱の短歌観が、はっきりと影を落としている。

## 二　信綱の開戦

昭和二十一年に臼井吉見が書いた「短歌への訣別」に、開戦と降伏の大きな違いを歌人たちは表現することができなかった、だから短歌形式の無力は明白だ、という主張があるのを歌人はよく知っている。この主張は本当は誤読に発していて、何の根拠もない。「おほ浪のごとくに胸にあふれくる涙かしこしおおみことのり降る」といった臼井が挙げた例歌をよく読むと分かるが、それらは開戦や敗戦という現実を歌うことに主題があったのではない。放送を通じて直接示された天皇の意志に感応することに歌の心はあった。もちろん開戦や敗戦という現実が関心外なのではない。内容はともかく、天皇が国民に向かって言葉を発する、そのことにまず反応する感受性が存在し、臼井が挙げた歌はそれなのである。つまり開戦と敗戦が区別できない事態こそ、例歌の心に適っているのである。文化再建のための火急の時期だったとはいえ、作品のこうした心を見落として訣別を説くところに、臼井のそして敗戦期文化の軽薄がある。

それでは聖断の内容に反応した歌はあるだろうか。開戦時と敗戦時の違いをはっきりと表現した歌はあるのだろうか。もちろんたくさんある。その第一は佐佐木信綱である。現実を正面から見つめ、そして受け止め、信綱は開戦時の高揚を歌い、敗戦時の茫然自失を歌った。

日米戦争開始直前の昭和十六年十二月六日のことである。信綱のもとを読売新聞記者が訪ねてきた。信綱の自伝『作歌八十二年』によると「近く重大なる発表あるべく、その日の新聞に載すべき歌を」という依頼である。依頼は『ある老歌人の思ひ出』では「いよいよ戦争が起らうとしてゐるから歌を詠んで欲しい」と少し具体的である。その後者で信綱は「自分は驚きつゝも、歌はその時の感情から自然に生まれるものゆゑ、予め詠むのはと辞退したが、きいてくれぬ」と回想している。まず辞退し、そして依頼を受けた信綱は、翌日に四首の歌を読売新聞記者に渡した。

元寇の後六百六十年大いなる国難来る国難は来る

その一首目である。歌は九日の朝刊に載った。「三頁のトップに大きく題字風に、『国難来る国難は来たる』と白字にぬき出して、次に第一の歌、『元寇の後六百六十年大いなる国難来る国難は来る。』が揚げてある。」と『ある老歌人の思い出』は説明している。

時間を昭和十六年十二月の開戦時に巻き戻して想像したい。読売新聞三頁を開いて「国難来る国難は来る」と白抜きにされた題字を見た時に、読者は何を感じただろうか。わが国はついに決断をした。それは元寇以来の国難に立ち向かうための大いなる決断だと、そう歌は呼びかけている。題字と歌を受け止めた読者に湧いてくるのは、粛然とした昂揚感だったと思う。八日正午のラジオを通じて流れた宣戦の詔書とは質の違う呪力を題字と歌に感じて、肌を粟立てた読者も少なくなかったはずである。読者を引き込むその呪力において、掲出歌と肩を並べる開戦歌はない。

依頼を受けて信綱は、多分深夜まで沈思黙考をした。心中で国を取り巻く複雑な力学を鳥瞰した。黙考の中に浮かんだのが島国に押し寄せてくる大きな力であり、それは存亡を賭けた遠い戦いの困難に重なって、〈国難〉という言葉を自ずから引き寄せたのである。開戦歌の白眉は多分こうして生まれた。

一つ付け加えておきたい。開戦を生活者の視点から歌った作品にもいいものはある。松田常憲の「開戦のニュース短くをはりたり大地きびしく霜おりにけり」(『凍天』)がその代表である。歯切れのよい二文仕立ての中で事実だけを述べているが、その並列の中から事態を受け止める厳しい覚悟が浮かび上がる。開戦における晴歌の白眉が信綱だとすると、褻の歌の白眉が常憲なのである。

信綱の開戦歌を国策に沿ったもの、と批判するのはたやすいことである。しかしその批判はどんな是非の尺度を用意しているのかを問い返すとき、ことは簡単ではない。信綱の意志は大東亜共栄圏といった即席のイデオロギーを越えたものである。世界の中の日本という観点が切実になった明治という時代の意識が反映したものである。それを近代的な限界として否定するのなら、否定は甘んじて受けなければならない。そこでは私たちは、近代以降に頼む文化なし、という素手の覚悟だけを持って、遠く歩むことになる。

## 三　敗戦歌

昭和二十年の八月を信綱は熱海の西山で迎えた。東京本郷から移ったのは前の年の十二月である。空襲が激しくなって東京が危険になったこと、十八年に生死の境をさまよう大患にかかり、予後の保養が必要だったこと、晩年の著作に専念する環境を欲したこと、などが動機として重なったのである。大患は肺炎である。「死生の間を彷徨すること数日、仰臥数十日、読むなかれ、聞くなかれ、考えるなかれとの医禁を守りつつ」と『作歌八十二年』は記している。

昭和二十年八月十四日の夜、その信綱のもとを訪ねる者があった。早くから閉ざした門を激しく叩いたのは、名古屋の中部日本新聞の記者である。いよいよ明日は大変なラジオ放送があるから歌を詠んで欲しい、という依頼のためである。『ある老歌人の思ひ出』には「思ふまゝの情を述べた作をわたした」とあるから、おそらくこのとき信綱はあまり時間を置かずに歌を作った。翌十五日の正午、信綱はラジオの前に謹座して「御放送を承つ」た。ぬぐっても拭っても涙はあふれ落ちた。その数日間の心を信綱は次のように歌った。

天を仰ぎ地にひれふし歎けどもなげけどもつきむ涙にあらず
わが心くもらひ暗し海は山は昨日のままの海山なるを　（十六日）
なげきあまり熱にたふれし耳の辺に人間ならぬ嗚咽の声す
身に熱あり胸に憂あり門川のたぎつ瀬の音を夜深く聞くも　（十七日）

『山と水と』収録の「八月十五日」全四首である。配置からは、一首目が降伏当日の作品、十六日が一首、十七日が二首ということになる。拭っても涙が尽きない一首目は、信綱の回想に直接つながって悪くない歌だが、敗戦歌としては翌日の作に注目したい。

わが心くもらひ暗し海は山は昨日のままの海山なるを

「くもらひ」は濃淡の変化なしに全面曇っている状態である。〈わが心は曇りに曇って暗く閉ざされてしまった。それなのに海や山は昨日のままの海であり山である。〉と歌は語っている。もっと端的に意訳すれば、国は敗れたのになぜ山は裂け、海は涸れないのかという嘆き、これが歌の心である。

掲出歌の表現には万葉集の「いさなとり海や死にする山や死にする死ぬれこそ海は潮干て山は枯れすれ」が遠く作用しているように思われる。信綱の『評釈万葉集』に従えば、世の中の無常を嘆いたこの古歌は〈海や山は死ぬだろうか、そんなことはない。いや、やはり死ぬのだ。海や山も死ぬから、海は汐が干るし、山は枯れるのである。〉といった意味になる。万葉集古歌と信綱の敗戦歌は、わが嘆きの深さに海山は感応するはずのもの、という心において共通している。嘆きはしかもおのれ一人の嘆きではない。海山と心を一つにしているはずの国の滅びに直面しての嘆きである。それなのに昨日の姿のままに、海は青く静まり、山は沈黙して動じない。だからなぜ海山は国の滅びに感応しないのか、と信綱は嘆くのである。

敗戦という現実に直面したとき、信綱の心の中には〈国破れて山河あり〉はなかった。国が破れるときは、海も山も崩れるときだった。国を支えて来た精神が崩れたときに、そう感じた。この自失の深さは、おびただしい数の敗戦歌の中で、ひときわ丈高く、ひときわ異彩を放っている。

元寇の後六百六十年大いなる国難来る国難は来る　『黎明』

わが心くもらひ暗し海は山は昨日のままの海山なるを　『山と水と』

既に確認したように、前者は開戦時の高揚であり、後者は敗戦時の慟哭である。信綱は背筋を真っすぐに伸ばして開戦を受け止め、海山も崩れる嘆きの中で敗戦を歌った。時代を代表する歌人のこうした作品と向き合うことなしに、〈歌人たちは開戦と敗戦の違いを歌えなかった〉という粗雑な主張が声高く叫ばれ、それがまかり通った昭和二十一年という年は、なんと軽薄な年だったのだろう。敗戦期文化は、調べれば調べるほど時流への迎合が見えてきて悲哀が深まる。それは切ないほどにさびしい確認である。

なぜ信綱の歌は開戦歌と敗戦歌の白眉なのだろうか。彼が心底から国を支えようとしたからである。彼にとって戦争は歌や自分と無関係な政治力学ではなかった。信綱の二つの言葉を思い出しておきたい。

国初以来三千年の間、輝かしい歴史と美しい風土とに培われて来た日本民族の情操生活は幾多独特の国民芸術を生み、育て、成しつゝ、今日に及んだのである。その中にあつて最も古い伝統を持ち、上下を問はず、如何なる階級にも親しまれ、現代もますます隆盛なるものは、和歌である。（略）かくの如き国民詩の上に、常時非常時の区別の存せぬことは固より言ふまでもない。（昭和十六年刊佐佐木信綱『和歌初学』）

私は、心から国につくしたいと思ひました。雪子がずゐぶん大切に保存してゐたフランス時代の思ひ出の品で、かなり良質のダイヤモンドがありました、それも献納せずにはゐられなかつたのです。献納せねば、国に済まぬと思ひました。その心に偽りはなかつたと、今も固く信じてゐます。しかし、をかしなものですね——あんなに心身の緊張した、ひきしまつた状態にありながら、出来た戦時詠には、自分の心にかなつた佳作が乏しいのです。みんなから、何といふのか、妙に威張つたやうな身構への目立つ歌ばかりでしてね。心に滲み入るやうな感懐の出た歌が少ないのです。それが残念でなりません。

（座談会「わが歌を語る—先生を囲んで」）

昭和十六年当時、東京第一陸軍病院には多くの傷痍軍人が入院していた。彼らの歌作指導を信綱がしており、その案内書として書かれたのが『和歌初学』である。軍人、特に傷痍軍人を対象とした入門書だから戦時における短歌の意義を意識して強調している書だとはいえる。しかし、そのために信念と違うことを言っているということはない。歌は日本を代表する国民芸術であり、国民芸術だから常時非常時の区別がないものという認識は、彼の心底からのものだった。その心は座談会における述懐からもよく納得できる、

座談会は昭和三十六年四月に熱海の信綱邸で行われた。林大、村田邦夫、遠山光栄、石川一成といった弟子たちが相手だったからだろう、信綱は実に率直に語っている。ここでは「心の花」昭和三十九年の佐佐木信綱追悼号から引用した。

信綱にとって、歌の命運は国の命運と分かち難いものだった。幼いときから歌を作り、古歌に学んできて、歌と分かち難い生活を選んだ信綱には、国の存亡は歌の存亡でもあった。だから国の行動を歌で支えることは、信綱にとっては当然の行為だった。その全力性が、開戦歌の呪力を生み、敗戦歌の慟哭を生んだのである。

## 四

近代は新しい歌への意気込みを込めたさまざまな主張を生んだ。鉄幹の〈自我の詩〉、子規の〈写生〉、茂吉の〈実相観入〉、白秋の〈新幽玄体〉、そして信綱の〈おのがじしに〉がすぐに思い出される。それではこれらの主張の中で、近代短歌のモチーフをもっともよく支えているのはどれか。それぞれの短歌観のエキスとしてどれも魅力的だが、茂吉と白秋のそれは大正昭和になってからの主張であり、近代短歌のモチーフとは別の深さのように感じられる。自分の心を表現するのが近代短歌の大事だったことを考えると、第一候補は〈自我の詩〉であり、第二候補が〈おのがじしに〉になる。

「自分の歌を」という主張において、両者はほとんど変わらない。それなのになぜ〈自我の詩〉が第一候補になるのだろうか。和歌革新期における主張のインパクトを考えるからである。新しい旗印としては〈自我の詩〉の方がいかにも旗幟鮮明なのである。〈おのがじしに〉には時代を越えた普遍性が漂っており、そこが明治三十年代のシンボルとしては弱いのである。

尺度を変えて、では現代にも通用する主張は何か、と考えてみる。そこでの優劣は明確である。五人の主張の中で通用するのは〈おのかじしに〉だけである。実相観入や新幽玄体に纏わる精神主義は立派すぎて時代にはそぐわない。写生という言葉に込めた子規のモチーフは、実は彼の系譜の中で受け継いだ者は誰もいない。〈自我の詩〉は和歌革新期の青臭さが今度は邪魔になるのである。つまり〈おのがじしに〉だけが、百年の時間を越えた生命力として残るのである。

今日のような主張の党派性が消滅した時代に、一つの主張で歌と人を束ねなければならないとしたらどんな主張にリアリティがあるか、という想像をしてみるとよい。そこでは〈おのがじしに〉という、歌の核心にふれつつもゆるやかな主張の説得力がいよいよ際立つのである。明治三十年代という短期の単位では控えめと感じられた主張が、百年という単位の中では、追従するもののない悠々たる普遍性を帯びていることが分かる。

なぜ信綱には百年古びない主張が可能だったのか。暴論のようだが、明治の信綱は本当は、和歌革新という尺度では間に合わない場所で、短歌を見つめていたからである。

小泉苳三編『明治大正短歌資料大成』(以下資料大成)に佐佐木信綱が最初に登場するのは明治二十三年十二月刊『千代田歌集』第二集の選者としてである。この年一月に出た第一集の選を佐々木弘綱が担当し、それを引き継いだのである。四季、恋、雑といった従来からの題に新聞紙、郵便、電信機、蒸気船といった文明開化の新題も加わって、旧派歌人の修辞の結集といったおもむきが興味深いアンソロジーである。第三集まで出て、「その和歌流布上に於ける功績はけだし想像以上であつた」と「資料大成」は解説している。以後信綱は「資料大成」に毎年登場し、二十歳前半で早くも、当時の歌壇に不可欠な歌人となっていた。

明治二十五年に信綱が出した『歌之栞』について少し確認をしたい。これは近世以来の和歌の作法を集大成し、歌の沿革、種類、法則などを加えた大著である。「本書は作歌の参考書としては最も広く読まれたものであつて、今日にあつてもなほ旧派歌人の間には大いに用ひられてゐる。かういふ種類の書としては今後も恐らくこれ以上大部のものは出ないであらう。」と「資料大成」は語り、「歌を作るに必要なあらゆることが網羅せられてゐるといへよう。千代田歌集と共に旧派歌人座右の書として今に親しまれる所以である。」とも解説している。解説が書かれた時期は明記されていないが、小泉苳三の序文から昭和十年または十一年と推測できる。

『歌之栞』を旧派歌人向けの指導書というのは本当は正

確ではない。『作歌八十二年』の信綱の言葉を借りると、「古典科の卒業論文とした歌の歴史をやさしく書き改め、作歌法その他和歌の百科全書というべきもの」を意図したものだった、石川啄木の父で僧侶の一禎は村人に短歌を教えていたが、彼の座右の書も『歌之栞』だった。つまり旧派新派という枠を越えて意図された歌の基本文献だったから、村人に歌を教える全国の民間の歌人たちにも必読の書だったのである、こうした立場は、鉄幹や子規のような我武者羅な革新家とは違う位置取りをおのずから信綱に要求した。

『作歌八十二年』で信綱は、明治二十六年八月頃に従来の歌に飽き足らなくなって新しい作風を模索し始めた、と回想している。しかし、和歌改良運動から和歌革新に至る明治変革期の佐佐木信綱の仕事を繋げてゆくと、鉄幹や子規とは別のまことに忍耐強い革新家の道を信綱は歩んでいる。一つの例を思い出したい。壊すための革新運動を強力に進めた子規には、万葉集尊重は古今集崇拝を否定するための直感的なもので十分だった。体系は少しも必要ではなかった。しかし信綱においては、万葉集尊重は校本万葉集という途方もない迂回の中で提示しなければ力にならないものだった。後の世の読者への基礎的な橋渡しを伴ってこその万葉集尊重だった。この違いが信綱における和歌革新の立場をよく示している。言ってみれば、旧派新派をぐいいと一つに束ねて背負う、そんな立場から彼は和歌革新を推進した。

〈おのがじしに〉という百年滅びないキーワードは、生まれるべき場所から生まれた、と言うべきなのである。

## 五

春ここに生るる朝の日をうけて山河草木みな光あり
『山と水と』

からうじて得たる夕べのしづ心槐の花は苔の上にちる

時は世は千とせを経たりとこしへにほほ笑みいます白鳳仏は

書とぢてしづかにおもふ世のさまを丘の上の家に燈はともりたり

佐佐木信綱の歌の世界は、第一歌集『思ひ草』と第三歌集『新月』の評価が高いが、私には晩年の『山と水と』もまた格別な魅力と映る。一首目は信綱の世界を一貫して流れる〈めでる心〉が、朝日に包まれた自然の美しさに触発されて率直に現れたものである。景と声調のおおらかさがまことに心地よい。デリケートに屈折する近代的自意識は無いが、自然と波長を合わせるゆったりとした包容力があって、それが貴重なのである。三首目の大きな把握の中での白鳳仏への親愛感にも深い味わいがある。四首目からは、書物を閉じて視線を遊ばした遠くの丘に、偶然にも生活の燈が灯った、そんな情景を読みとりたい。この日常茶飯の一点景には、歌の水脈を遠望し続ける信綱の視線が自然に重なって、読者を静かな共感に導く。

＊

百年単位で短歌を振り返ったとき、まず近代短歌があり、そして現代短歌が成立したという理解を、近年の私は少しずつ疑い始めている。もちろん現代短歌という時間の区切りはある。それが思想表現を可能にして、私たちの大切な財産になっているということはよく心得ている。しかしながら、少しマクロに見たときには、近代短歌と現代短歌との間には強いて区別するような段差は無く、ゆるやかな連続性があるばかりだと感じられる。ではその連続性とは何か。時代の節々で表現領域を拡大してゆきながら、自己表現をゆったりと豊かにしてゆく、そんな歩みの連続性である。そういう立場に立って、「明星」とか「アララギ」とか「心の花」とか第二芸術論とか前衛短歌とか、そうした垣根から自由になって歌を眺望したとき、遠い歌の水脈への視線を手放さない信綱のようなマクロな存在が、いよいよ大切に見えてくる。

（初出　心の花　98年6月号）

# 富士、こころの定点

三枝　昂之

富士には枕詞がよく似合う。

白さを強調する「しろたへの」は山ならば富士にかか

るし、大空を意味する「あまのはら」も富士を導く。百人一首の山部赤人「田子の浦にうち出でて見ればしろたへの富士の高嶺に雪は降りつつ」と新古今和歌集の慈円「あまのはら富士の煙のはるのいろの霞になびくあけぼのの空」を思い出しておこうか。

古歌の現代語訳では枕詞は訳から外されることが多いが、単なる飾りではない。「そらみつ大和」「なまよみの甲斐」といったぐあいに、語調を整え、威儀を正して本体に至るための大切な助走である。枕詞のその少々あらたまった表現にふさわしい代表格が、山ならば富士なのである。「足引きの」は山一般にかかる枕詞だが、姿正しい裾野を長く引く富士にこそふさわしい。

思い出すのは一昨年の夏の富士である。富山での仕事が終わり、富山空港から帰路についた席は進行方向右の窓側。離陸するとまもなく、雲海の遠い一点に浮かんだ富士が眼に入り、私は思わず、「ああ、富士」と心の中でつぶやいた。飛行機は富士を中心とする時計回りの航路を取り、着陸寸前まで富士は私の右手に姿を見せていた。大空にただ一人浮かぶ富士。それは「あまのはら富士」という表現にいかにもふさわしい光景だった。

富士は古来、さまざまな形で歌人たちに詠われてきた。

風になびく富士の煙の空に消えて行方も知らぬ我が思ひかな　　西行

富士の噴煙が風になびいて空に消え、行方もわからない。あの煙のように私の思いもどこに行き着くのかおぼつかないことだ。歌はそう言っている。西行は他界四年前の六十九歳の時、東大寺大仏再興の寄進を藤原秀衡に請うため奥州平泉へ赴いている。その旅では「年たけてまた越ゆべしと思ひきや命なりけり佐夜の中山」がよく知られているが、掲出歌もその折りの作とされている。千年変わらない富士の風姿と空に消えてゆく噴煙が、おのずからの形で人生的な感慨を呼び覚まし、自分の行き先のおぼつかなさに広がったのだろう。西行は「これぞわが第一の自讃歌」、つまり自信作と語ったと伝えられている。

遠つあふみ大河ながるる国なかば菜の花さきぬ富士をあなたに　　与謝野晶子

「遠つあふみ」は遠江、今の静岡県西部のことだが、もともと「あふみ」は淡海、京に近い「近つあふみ」と遠い「遠つあふみ」があり、それぞれ琵琶湖と浜名湖を指す。その遠江の菜の花を歌は愛でているが、遠景に富士を配することによって、風景の印象深さは格別のものとなった。こうした晴れやかさはなんといっても富士のものであり、富士は不二なのである。
甲府へ帰り、友人たちと街を歩くとき、富士が見えるとどちらからともなく「ほら、富士が見えるよ」と指をさす。一人の時は立ち止まって敬意を表する。そんなときは、西行や晶子が旅の途上で仰いだ富士を暮らしの中に持っている甲斐の人々の幸福を、あらためて実感する。

ああ富士と甲斐国原に立ち止まる日々の暮らしはしばし忘れて　三枝昻之

このエッセイのために作った新作だが、歌の中の私は、甲府市内を流れる荒川に架かる千秋橋か飯豊橋に立って、その東南にそびえる富士に感嘆している。枕詞抜きで詠うときの富士は「ああ富士」と端的な感嘆詞付きがふさわしいと感じる。「ああ富士」と立ち止まるとき、万葉時代の山部赤人やさきほど示した西行の感動が一歩身近になり、甲府盆地の日々の暮らしが恋しくなる。

朝夕に人はおのれを正しくすあしびきの富士、白雪の富士　三枝昻之

功徳という古めかしい言葉をあえて使ってみるが、富士の功徳はそのまことに正しい姿にある。仰ぐ者はその正しさに感応し、しばし背筋を伸ばし、心や生き方を正される。私の歌は甲斐に生まれ育った者としての自分や家族、友人を思い描いて「朝夕に正しくす」と表現しているが、そうでない人々にも同じ気持ちは詠われている。

戦ひに敗れしからにわが国土いやうるはしく富士をあらしむ　前田夕暮
武蔵野に住みて真白き富士見しと誰を励ましわが生くるべき　島田修二

夕暮の歌は昭和二十年の敗戦後の作。敗れて満身創痍となった国とわが身ではあるが、立ち直るための心の拠り所を富士のうるわしさに求めている。「誰を励まし」とあるが、島田の歌が述べているのは、自分を励ますものとしての遠富士である。
私たちの心の定点としての富士。そのことを再確認しながら、新しい年を遠く歩んでいきたいものである。

（初出　山梨日日新聞　08年1月1日付）

# 冬陽のように人を恋う

三枝　昂之

母校とは不思議なもので、卒業してもう五十年近くが経（た）つのに、箱根駅伝というとついつい早稲田を応援してしまう。

新年は誰にも会わず家籠もりをするが、誕生日でもある三日には息子が誘ってくれるから藤沢の遊行寺へ初詣に行く。信者だからではない。難所の遊行寺の坂で駅伝の応援、そのあと初詣と一石二鳥だからである。

●

息子は大学時代にトライアスロンのサークルで活動していて、箱根駅伝の追っかけでもあったから、親孝行と趣味を兼ねたプランというわけだ。

連れ合いでやはり歌人の今野寿美はいつも「心だけ一緒に行くよ」と家籠もりを決め込む。選手たちは一瞬のうちに視野を駆け抜けてしまうが、背筋が伸びていい走りだな、揺れが大きいな、バテているな、とフォームや息遣いからそれぞれの懸命ぶりが伝わってきて、近くならではの迫力が楽しい。

遊行寺まで三位を保っていた早稲田はその後日体大に抜かれたが、総合四位だからまあよしとしようか。私の主治医は順天堂出身で、今年の母校の成績に不機嫌だったようだ。短歌仲間の夫人がそう教えてくれた。往年の成果を知っているＯＢには不甲斐（ふがい）なく映るその気持ちはよくわかる。

つかの間の愛校心はこうして幕を閉じる。箱根駅伝はそんな二日間でもある。

ところでこの駅伝、創案者は誰かご存知だろうか。大正六年（一九一七年）、東京奠都（てんと）五十年の記念事業として読売新聞社が京都三条大橋から東京上野までを昔の飛脚のように宿場で交代しながら競うレースを計画した。壮大なこのプランの陣頭指揮に当たったのが当時の社会部長で歌人の土岐善麿だった。名称を神宮皇学館長武田千代三郎が「駅伝」と提案、検討の結果「東海道駅伝徒歩競走」と決定した。善麿がそう振り返っている。費用がかかりすぎて引責退社というおまけ付きだったようだが。

新年の風物詩となった駅伝の、その遠い生みの親が歌人でもあったことに近しさを覚える。

短歌を詠み、論じ、選歌する。こうした作業を中心に、歌人としての私は日々机に向かう。

わが家は多摩丘陵の尾根筋にあって、二階の仕事部屋からは横浜のランドマークタワーが見え、冬晴れの日には遠く房総半島の影も浮く。パソコンを打ちながらときに視線を遊ばせて、その広らかな風景と一つになる。

家籠もり派のそんな男の暮らしに去年の四月から変化が生じた。故郷の要請を受けて山梨県立文学館に月に五日通うことになったからである。

●

短歌と向き合う時間が少なくなる点が気懸（きが）かりだが、文学の衰退が危惧される時代だからこそ文学館の役割は大きい。しかも県立文学館は全国に十数館しかなく、故郷のこころざしを思わせる。その文学館への要請であれば、これはもう応える他はない。

館長はお飾りみたいな存在と感じる人もいるだろうが、関係機関から割り振られる仕事は少なくなく、通ってみると大違い。しかも昨秋の与謝野晶子展、この四月からの村岡花子展の二人は歌人でもあるから、ついつい企画の細部にも身を入れてしまい、学芸員を戸惑わせている。甲府出身の花子は『赤毛のアン』などの翻訳家として著名だが、若き日に佐佐木信綱の指導を受け、生涯作歌を続けている。

甲府に向かう特急「あずさ」の車中では窓の外の風景を楽しむ。

芽吹きの山には心が弾むが、冬山の静まり返った表情もいい、毎週向き合うと山々はシンプルに奥が深いことがわかる。山間に点在する家々のたたずまい。無心に流れる渓流の清冽（せいれつ）。そして勝沼から開けてくる甲府盆地とその向こうに連なる南アルプスの雪嶺（せつれい）。

若い頃の私は高い山に囲まれた故郷が鬱陶しかった。そんな若気を諭すように、山と向き合う暮らしの豊かさを教えてくれたのは飯田龍太の俳句だった。

水澄みて四方に関ある甲斐の国　　龍太

「四方に関ある」は山に囲まれた山梨の地形。季節の深まりとともに水や大気の透明感が増し、山々の襞（ひだ）が一筋一筋くっきりと見えてきて、甲斐の国ならではの秋の明澄性が浮かび上がる。

この俳句を読むと、山々に抱かれ、季節の移ろいに励まされながら暮らす甲斐の国の幸福が思われる。

国を愛（め）でる詩歌は多いが、わが独断と偏見では「倭（やまと）は国のまほろば」と始まる倭建（やまとたける）の望郷歌と龍太のこの句がベスト2である。

龍太は自分の句碑建立を生涯認めなかった。作品は句集の中にありという文人らしいシンプルな美意識からだろう。

●

しかしせめて龍太を象徴する文学碑は欲しいという声が挙がり、金子兜太、大岡信両氏も加わった建設委員会が昨年でき、募金活動を始めた。作品を「水澄みて…」と決めてプランが進行中だ。今年の秋には文学館のある芸術の森に完成して、新しい注目スポットとなるだろう。

多摩丘陵の暮らしに戻ると極力歩く。梅林から雑木林に入る。静まり返ったコナラやイヌシデにも次の季節への芽が点じて、命の静かな営みに励まされる。林を抜けて起伏に沿って歩く。日没後のシルエットとなった丹沢の山々を遠望しながら歩く。冬空に紅が残ったスカイラインは恩寵（おんちょう）のように美しい。

食べること飲むことそして歩くこと冬陽のように人を恋（こ）うこと　　昂之

簡素な暮らしの中の孤独が好きなくせに人恋しい。そんな男の近詠である。揺れながらこうしてわが歌人としての歩みは続く。

（初出　日本経済新聞　14年2月16日付）

# 歌人村岡花子を考える

三枝　昂之

## （一）「心の花」へ

村岡花子は『赤毛のアン』など外国文学の翻訳で著名だが、実は歌人でもあった。もっというと、翻訳家花子は歌人花子から生まれた。その道筋をたどりながら、花子の短歌を楽しみたい。

花子は明治二十六年六月二十一日、甲府市に生まれた。平成二十六年放送のNHKの連続テレビ小説「花子とアン」では山ふところの一軒家という設定だったが、甲府在住の劇作家水木亮氏の調査によると、生地は甲府駅を南に下った荒川手前に広がる甲府市寿町である。花子の時代の甲府は城を中心に竪近習町、横近習町、魚町、工町と碁盤の目のように広がり、城下町のゆかしさが残っていた。

父の安中逸平は駿河の人、茶の商いをしていて甲府の「てつ」と出会い結婚、八人の子の長女が花子、本名は「はな」である。甲斐と駿河は富士川の水運で結ばれ、古くから行き来が盛んだった。海無し県山梨の名物の一つは鮑の煮貝だが、これも富士川が両県の暮らしを繋いでいたからである。こうした環境が逸平とてつの出会いを後押ししている。

二歳のときにカナダ・メソジスト派の甲府教会で幼児洗礼を受けたことは花子のその後の大切な布石となっている。メソジスト派は静岡と甲府、東京麻布に布教の拠点を置き、静岡英和、山梨英和、そして東洋英和女学校を開校した。五歳のときに一家で東京に移住した花子が十歳で給費生として東洋英和女学校に入学を許可されるのは、メソジスト派教会で洗礼を受けたことと無縁ではない。また三校は姉妹校だから、卒業後の花子が山梨英和の教師となるのも自然な流れといえる。

明治三十一年、一家は東京南品川に移ったが、花子は七歳のときに死を覚悟するほどの大病をした。「学校も長く休み、ずいぶん両親に心配をかけた」（改訂版『生きるということ』、以下『生きる』）と花子は振り返っている。病名ははっきりしないが、その大病の中で花子は死を覚悟し、短歌を詠んだ。

まだまだと思ひて過ごしをるうちにはや死の道へ向ふものなり　安中はな

明治三十三年の辞世というべきこの歌、私の人生はまだまだこれからと思っていたのに早くも死が近づいてしまった、と嘆いている。なぜ七歳の少女は辞世の歌を詠むことができたのか。幼い頃、家の床の間に短冊が掛かっており、父の逸平が読んで聞かせた。意味も分からないまま花子が耳で覚えたそれが次の歌だった。

さざなみや志賀のみやこはあれにしをむかしながら
の山ざくらかな　平忠度

志賀の都は荒れ果ててしまったが、山桜は昔のまま無心に咲いている。「ながら」は「むかしながら」と「長等山」の掛詞である。この歌、源氏に追われて西国へ都落ちする忠度が藤原俊成に和歌を託し、俊成が『千載集』に詠み人知らずとして収録したエピソードでも知られている。

来客があるとその短冊を読み上げ、驚嘆されて得意にもなった、と花子は振り返っている（『生きる』）。その体験が五七五七七のリズムを花子に根付かせ、七歳の辞世の歌となったのである。忠度の歌に導かれて辞世の歌を詠む。この体験も大切な布石である。

花子が東洋英和女学校に給費生として入学した五年後の明治四十一年、柳原燁子が編入学、同級生となった。これが花子の中の短歌への関心を呼び覚ますきっかけとなった。花子は燁子の紹介で佐佐木信綱の指導を受けて「心の花」で活動を始める。燁子と花子のどんな作品が「心の花」に載ったか、それぞれの初掲載作品を紹介しておこう。

夢かあらぬ現かあらぬ遠方の雲のあなたに我名呼び
ます
恐ろしき毒矢のがれてそゞろにも涙こぼるゝ此夕べ
かな　燁子・43年8月

雲ちわき峯のいたゞき天地に心の倦のわれをおぼえ
ぬ　花子・43年11月

燁子は掲載五首の中の二首、花子の掲載は一首だけである。燁子の一首目は与謝野晶子の影響を思わせる浪漫的な歌、二首目は私的データを重ねると、離婚して北小路家の嗣子資武から離れたときの安堵感と読むことができる。花子の「ちわき」は動詞「道分(ちわく)」の連用形だろう。空を押し分けるように湧きあがる雲の峰に触発されて自分の倦む心を見つめていると読んでおく。

脇道に逸れることになるが、燁子はいつから白蓮となったか。そのことにも触れておこう。「心の花」を見てゆくと四十四年三月号の消息欄は次のように伝えている。

◎伯爵令妹柳原燁子ぬしは福岡なる前衆議院議員伊藤傳右衛門氏と婚約成り華燭の典を挙げられたるは慶賀の至に堪へず候

そしてその三号後の「心の花」に「白蓮」という筆名の歌人が突然登場し、「まぼろしの花」が掲載される。

何物も持たぬものをば女とや此身ひとつも我ものならぬ
我歌のよきもあしきものたまはぬ歌知らぬ君に何を語らむ
天上の花の姿と思ひしはかり寐の宿のまぼろしの花
ゆくにあらず帰るにあらず居るにあらで生けるか我身死せるか此身

自分の身も自分のものではない。それが女（おみな）の宿命だと嘆き、歌を理解しない君を嘆き、ここも仮り寝の宿、死んだも同然の吾が身だと嘆く。苗字無しで突然登場したから「白蓮とは何者」と話題にもなった。歌を読めば世間の関心の中で華燭の典を挙げ、伊藤燁子となったばかりの新妻の新作としてはいかにも具合が悪い世界である。では白蓮という筆名は誰の命名か。本人説もあるが、原稿段階で読んだ師の信綱が筆名の必要性を判断した可能性が高い。

話題を花子に戻す。花子のお孫さんの村岡恵理さんの『アンのゆりかご―村岡花子の生涯』によると、毎週火曜日の放課後、花子と燁子は本郷西方町の佐佐木信綱邸に通った。持参した作品への指導、そして『源氏物語』や『万葉集』の講義も受けた。毎週の作品は「十数首」と『生きる』は示している。

そうした日々の中で信綱は花子の英語力に注目、森鷗外訳の『即興詩人』を渡し、愛弟子の片山廣子を紹介する。廣子は花子にとって「心の花」のまぶしい先輩歌人であるばかりでなく、東洋英和の先輩、松村みね子という筆名を持つ翻訳家でもあった。後の花子を考えると、信綱はベストの人を紹介したわけである。

こうした面倒見のよさは信綱の特徴の一つだった。『明治大正昭和の人々』の片山廣子の項を見ると、明治二十九年頃に入門した吉田廣子の才能を評価した信綱は吉田家に出向いて「廣子さんは、文芸の才に恵まれてをられるから、将来その才能が伸びるやうに、理解ある人を良人に選んであげてほしい」と要望している。それが法律家で文筆にも親しむ片山貞治郎との結婚に繋がり、片山廣子として開花するのである。

ともかくも信綱の勧めから廣子との交流が生まれ、翻訳家花子の第一歩が始まった。

ここまでの花子を振り返ると、幼児洗礼→東洋英和→柳原燁子→佐佐木信綱→片山廣子→『赤毛のアン』へという一筋の流れが見えてくる。こうした流れが歌人花子を翻訳家花子へ飛躍させたのである。

## （二）短歌ノート

一冊のノートが残っている。表紙に「短歌／明治四十二年十二月／花子」と記された短歌ノートである。「赤毛のアン記念館・村岡花子文庫」の所蔵だが、山梨県立文学館が平成二十六年四月十二日から六月二十九日まで開催した企画展「村岡花子展　ことばの虹を架ける～山梨からアンの世界へ～」でも現物を展示した。

和歌とは三十一文字で成り立つとより外には私の歌の詠み方といふ様なものを教へられた事は無い。従つて事々しい則とか定とか、厳かな法式に就いては一向知らぬ、然し知らぬと云ふ事と詠むと云ふ事は別のものであるのか、知らぬ私は折にふれ、事に逢うてはいつしか歌を詠む様になつて居た。

ノートはまずこのように短歌との出会いから始まる。表紙に記された明治四十二年という日付は信綱に師事して作歌活動を始めた年でもある。「村岡花子展図録」を参考に全体を解説すると次のようになる。

冒頭二頁に短歌についての考えを記し、次項から三十四頁までに計三四五首（ミセケチも含む）が記されている。多くの歌には制作日と思われる日付が書き込まれていて、これによると明治四十二年四月十日から明治四十五年十一月十六日までの作歌ではないかと思われる。自然詠や明治四十四年に再婚した柳原白蓮（燁子）への友情を詠んだ歌、後半には「廃娼問題に就き」「少年禁酒軍教師会」など添え書きされた歌も見え、社会問題への関心も芽生えていた様子がうかがわれる。

ぎっしりと短歌が書き込まれたそのノートの最初の一首が次の歌である。

はてもなく木草茂れるむさし野に君摘みませや幸の花

「明治四十二年四月十日夜」と日付があり、「別れ志師の君を思ひて」と詞書が付いている。「はてもなく」は風景の広がりだけでなく、君をしみじみと懐かしむ気持ちでもあろう。師を慕う気持ちが素直に伝わってくる一首である。

しかしながらその後の花子の歌はかなり変化してゆく。

罪の子の血汐の涙凍らせてゐみと変へまし我が世を憎む　44年2月16日

女（をみな）なればひひなの如もつゝましう我が世果てむを則（のり）と思ひぬ　3月2日

この心魔ともなれかし我が胸の白玉取りし其人のため　3月4日

恋をして罪の意識に苦しむ私の熱い血潮を凍らせて、微笑みに変えたいものだ。それができない世間と私を私は憎むのである。一首目をそう読んでおこう。二首目は『生きる』に「雛のようにおとなしく一生を生きるのがきまりだと思った、というのだからこの歌を詠んだときは既にそうは思わなかったらしい」と自解がある。ただしこの自解、表現からは「思わなかったらしい」という心まで読み取れるかどうか疑問も残る。

私は魔物となってしまってもいい。わが心を奪った君のためなら。三首目はそう言っている。恋狂いを思わせる強い強い内面を示して、確かにお雛様どころではない。

歌からは、特に恋を罪に結びつける捉え方からは、与謝野晶子『みだれ髪』の影響が見えてくる。例えば次のような歌。

むねの清水あふれてつひに濁りけり君も罪の子我も罪の子

痩せにたれかひなもる血ぞ猶わかき罪を泣く子と神よ見ますな

今野寿美『24のキーワードで読む与謝野晶子』は新時代の主題である「恋愛」を「罪」と重ねて詠ったところに晶子の新しさを見ている。掲出一首目の清水はなぜ濁るのか。恋そのものが罪だからである。この感じ方を今野は島崎藤村『若菜集』の「逃げ水」に見られる「こひこそつみなれ／つみこそこひ」といった表現からの影響も指摘している。花子が直接藤村から学んだ可能性もあるわけだが、言葉だけでなく表現のスタイルからもやはり晶子からの摂取と考えるのがいいだろう。

花子が短歌をノートに記しはじめた明治四十二年からの数年間は、和歌革新運動が第二の高揚期を迎えた時期だった。晶子の『みだれ髪』に刺激を受けて青年たちの活動が明治三十年代後半には活発となるが、彼らのそれが歌集として結実するのがこの時期なのである。明治四十三年刊行の前田夕暮『収穫』、若山牧水『別離』、石川啄木『一握の砂』、そして大正二年の北原白秋『桐の花』などを思い出したい。

時代のこうした熱気を花子はよく吸収していて、ノートには次のような熱い短歌観も記されている。

歌は決して遊戯ではない。飴細工でもない、真面目なる自己の思想感情の表白である。歌う(ママ)は作者本人の血汐の一滴がにじんで居なければならぬ。歌は作者本人の生命の小さな反影、破片でなければならぬ、作者本人の努力の結晶、苦しき絶叫である。主観の厳粛を失つてはならぬ。

血汐の一滴、生命の破片、苦しき絶叫。引用歌の「罪の子の血汐の涙」そして「この心魔ともなれかし」といった激しさが重なる見解である。触れれば火傷しそうな体温四十度の短歌観と作品。それは「春みじかし何に不滅の命ぞとちからある乳を手にさぐらせぬ」と詠って世の中を驚かせた晶子『みだれ髪』の特徴でもあった。

## (三) 歌稿「ひなげし」

歌人花子を考える時に次に大切なのは歌稿「ひなげし」である。これは大正三年三月八日から五月十五日までの詠草から、百三十三首と追悼の詩一編が収められている。

みづからにあき足らぬ日の
幾日か続きし夜なり
風あらし吹く

二人して野末の家に
住まむ日の事など思ひ
母をながむる

その冒頭二首、前者は自分を叱咤するように吹き荒れる風、内面と外を対比させて、ごく自然な組み立てである。後者は母へのいたわりに近い思いが野末に二人で住むという想像に託されて、悪くない一首である。歌稿はすべて三行で表記されている。なお、「ひなげし」に歌論やエッセイの類はない。

①しみじみと行末なども
思ひ見つはたちを一つ
越えつる朝

②横町の父のなき子も
下駄はきて遊びに出づる
初春なれば

③邪宗の子もろき快楽(けらく)と
のゝしりて来はきつれども
このやるせなさ

④我が恋は濃く美しく
烈しかれ毒ある花の
くれなゐはよし

⑤甲斐の家はたちの母が
えんがはに手まりつきては
涙せし家

⑥浅草の蔵前通り
ゆくりなき人に逢ひける
秋のくもり日

⑦さつき十日教会堂の

片すみにいとつゝましう
我のすはりし（ママ）

これらの作品からは花子のどんな特徴が読み取れるだろうか。③と④にはまだ「短歌ノート」のテンションの高さが窺える。①には「四月八日満二十一歳の春を迎ふ」と脚注があり、大人への一歩を踏み出した節目のごく自然な感慨である。②はふと目にした嘱目、ありのままのスケッチだが、横町の子という近しさと下駄が当時の暮らしぶりをよく生かしている。⑤は幼い頃の風景。手鞠を突きながらなぜ母は涙を流していたのか。分からないまま記憶に刻まれた遠い日を想い出している。⑥は「蔵」という題詠だが、嘱目を想わせる場面設定の中に題を生かしており、題詠作品と感じさせない作り方である。⑦は結びの一首。あるがままの自分をあるがままに表現した自然体の詠いぶりが好ましい。

つまり③と④を除けば、歌はごく日常的な感懐を伝えており、比喩的にいえば、体温三十六度の平熱の歌である。「短歌ノート」から「ひなげし」へのこうした変化にはなにが作用したか。

まず表記法から見えるのは石川啄木の三行書きである。『一握の砂』刊行当時は啄木への注目はごく限られたものだった。啄木の死後、二冊の歌集はようやく売れはじめて初版がなくなり、大正二年六月に二冊を合わせた『啄木歌集』を出版、啄木愛好者も増えて、以後毎年一版ぐらいずつ増刷する幸運に恵まれた。版元東雲堂の西村陽吉が『石川啄木詩歌集』の解説でそう振り返っている。花子の「ひなげし」は大正三年の歌稿。啄木人気が広がった時期であり、しかも三行表記、歌は暮らしに近しい世界。啄木の影響は視野に入れておくべきだろう。

啄木以上に影響の強さを思わせるのは与謝野晶子である。花子の資料に「村岡花子雑記帳」の1と2があり、明治四十四年から四十五年のもろもろを記述した雑記帳1の四十五年五月に、与謝野晶子『春泥集』の評があって、これが大変興味深い。『春泥集』は晶子の第九歌集、明治四十四年の刊行である。その引用歌と花子のコメントを紹介してみよう。

戸に寄りて藁の管（くだ）より息を吹く童（わらは）きたりぬきさらぎの春　晶子

花子：何と言ひ知らねどのどけさ思はするが嬉し、この歌春精をば秘ませ居るにや？

おもしろく悲しく妬（ねた）くさまざまに変る心のうづ巻を愛づ　晶子

花子：常に主観的自我に囚はるゝ此身の前途や未だ遙るけきかな

歌は余裕のある自己観察なのに、自分はまだそれができていない。花子は晶子を読んでそう反省しているのである。

さびしかる銀杏の色のくわりんの実机にありぬ泣かむと寄れば　晶子

花子：女性ならでは歌ひ得ぬ境地。何事もなき面もちして笑みてあれど胸にハつらき涙の混々として湧き出づる日、人無き間をと文机に寄れバあはれ我が心も知りで（ママ）此処にもくわりんの実が！　やさしき女の情は心なき花木にも渡りて心なき花木にも命をあたふ。花木にさへはゞかる（ママ）女の涙！女子三界に家なしとは時にいたましき事真なるなり。

少々オーバーな反応だが、歌としては「かりん」が効果的で、〈もの〉を生かす表現に特徴のある一首である。

わがはした梯子の段の半（なかば）より鋏おとせし春の書かな　晶子

花子：スケッチ風の歌。或家の春の気分活躍せり。

場面と動きがよく見えてくる歌で、「スケッチ風の歌」という花子の評は的確だ。ここにはスケッチ風の歌に共感し、その魅力に開眼してゆく花子がいる。

おとろへをうれふるきはにあらねども歌のあはれになりにけるかな　晶子

花子：「歌のあはれになりにけるかな」は一言以てよく春泥集を説明せり、然も「あはれになりし」歌の静寂なる調、其言語の粋を居せる遙かに「みだれがみ」「舞姫」なるを圧するものあり。

『舞姫』は明治三十九年刊行の第五歌集、教科書に載ることも多い「夏のかぜ山よりきたり三百の牧（まき）の若馬耳ふかれけり」など三百二首を収録している。『みだれ髪』より『舞姫』より晶子の歌集の中ではあまり注目されない『春泥集』。この晶子観は大変に興味深い。「わたくしはこの集になつて自分が女性に帰つた気がする」（「与謝野晶子集の後に」・自選歌集『与謝野晶子集』大正4）と晶子が『春泥集』を振り返っていることも思い出しておこう。「女性に帰つた」とはごく日常的な女性の暮らしの機微を平明な表現でスケッチした世界を指しての印象である。その思いに繋がる歌を二首だけ紹介しておこう。

うすぐらき鉄格子より熊の子が桃いろの足いだす雪の日　『春泥集』

春立てば身を祝ふより子を祝ふ親ごころともなりにけるかな　同

新しい年になれば自分よりもまず子の成長を祝う。私もそんな親心になったものだ。後者はそう言っている。前者のかわいらしい桃色の足にも母のその視線が生きている。

こうした『春泥集』への注目が花子に転機を促し、それが「ひなげし」の世界となったのではないか。その可能性は大きい。

なお、「ひなげし」には「心の花」掲載作品も多い。資料的な意味もあるから、参考のために調べた範囲での「心の花」の安中花子作品を示しておこう。

雲ちわき峯のいたゞき天地に心の倦のわれをおぼえぬ　明治43年11月

彼の女遠つ世よりの己が名を呼ばるゝ事を深く厭へり

女なればひひなの如もつゝましう我が世果てむを則と思へり　明治44年5月

舞姿二人の夏を軽らかにあて人過ぐる品川のゆふべ　明治44年9月

めの前にもろ刃のつるぎかざすとも唯この一つ放たじとこそ　大正3年6月

旅に出でてさすらへいなばかにかくに我を忘れむよすがをも得め

昔見し様なる人が夢に来て行かむといきまきにけり

所在なき小指のとげの痛みゆゑ我が亡き後の日まで思ひぬ

ゆゑ知らぬ涙にじみ来夕暮は我を賢しと言ひし君ゆゑ

其初め奇蹟の如も思ひしがたくみになりぬ常に笑むこと

パンゼイの花に目があり口があり寂しき部屋に我と對へる

健やかに世を経てありと君へ書く我が目の前にうるむともしよ

海見れば足よろめきしそのかみの幼な心もなつかしきかな

邪宗の子もろき快楽とのゝしりて来は来つれどもこのやるせなさ

静けさはふと行き逢ひて語らふも恋人めきし柏木の春

かにかくに女らしうも暮しける一日なりしよひなぎくの花

鎌倉や静かの恋はあらぬ身も昔おもへば涙ながるゝ　大正3年8月

大正三年八月号の十二首のタイトルは「さびしき部屋」、

目次にも掲げられ、この号の主要作品扱いである。大正五年十月の「消息」欄には「去月中上京せられた」人々の中に「甲府安中花子」が記されている。花子は大正三年四月に山梨英和女学校に赴任しており、それに伴って「心の花」との距離も遠くなっていた。

繰り返しになるが、歌人花子の軌跡を考える時に歌稿「ひなげし」は特に大切である。ふと心に浮かんだありのままに歌を掬い上げる。そうした何気ない歌を引き寄せた世界だからである。これがやがて記録短歌へと繋がってゆく。

（四）記録短歌

大正八年、花子は山梨英和を退職、上京して女性と子ども向けの本の翻訳と編集に携わるようになった。仕事を通じて知り合った福音印刷の村岡儆三とその年十月に結婚、翌年長男道雄が誕生、二十七歳の母となった。しかし道雄は満六歳直前の九月一日に疫痢で急死した。子を得た喜びと失った悲痛。正反対のその心を花子は短歌に託した。大正十五年十二月発行の歌文集『道雄を中にして』に収録された「七年の記憶」がそれである。

試さるる日は迫りきぬ我に潜む母性（はは）の力よ、雄々しく忍べ
空見れば空に祈りぬ花見れば花に祈りぬ吾子安かれと

「大正九年九月七日、出産の予定日近づくにしたがひ、頼りなさ、恐ろしさの覚えられて、心もそぞろなり。」と詞書のある四首の中の二首。一首目は出産間近の緊張の中で女性だけに備わった母性の力を頼みにしている。二首目は無事に生まれてくることをひたすら願う母である。

おろかなる我をゑらびて（ママ）あめつちにひとりの母とあふぐや汝（なれ）は
たらちねの母と呼ばれてこの家にわがさいはひは満ち足りにけり

この二首には「九月十三日午前五時四十五分男児誕生、勢よく挙げし泣声を聴きて、嬉しさいとほしさに涙禁めあへず」と詞書がある。歌は素直な表現だから、無事母となった喜びがよく伝わってくる。一首目の「おろかなる」は自分を低めることによってわが子への感激を大きくしているのである。

しかしながら大正十五年に道雄は病いに倒れる。「八月三十日道雄俄に発病、福田病院に入院、医薬に看護に力

を尽くししも甲斐なく、翌三十一日夜は危篤を宣告せらる。かすかに残る命の焔をまもりつつ、父と母は気も狂はむばかりなり」。詞書はこう告げて歌が次のように続く。

数知れず人群れつどふ世の中に吾子（あこ）は唯ひとりそのひとり病む
生きてあれただ生きてあれ、汝逝かば生けるむくろとならん我らぞ

歌の説明は不要。詞書の場面が強い切迫感の歌となっていることを確認すれば十分だろう。

道雄の呼吸は九月一日に絶え、それを受けて次のように詠われる。

なれやそも年（とし）の六とせをかりそめにあづけられたる珠玉（たま）なりしかも
よその子等いくたり見るも母は泣かず眼にまざまざと吾子（あこ）の映れば
町行けば子供服のみ眼に映る吾子在りし日のかなしきおもひで

二首目には（九月十六日）と、三首目には（九月二十一日）と脚注がある。

どれも痛切な道雄挽歌である。道雄は私に六年間だけあずけられた宝だった。無理にそう自分を納得させようとし、「母は泣かず」と懸命に耐えながら心の中では泣いている。三首目は道雄がいた時の幸福感。だからそれは「かなしきおもひで」となるのである。

『生きる』で花子はこれらの歌を振り返りながら次のように語っている。

全然巧んだところのない、実感そのままであるために、二十数年をへだてた今なお、当時の自分に対して好ましさをおぼえることが出来る。
今手許にあるこれらの歌は、その当時のいわば「記録短歌」である。亡き愛児は生きていればもう二十八になる。

実感そのままであるために当時が永久保存される。これは短歌にとって大切な考え方である。思い出すのは私が大正生まれの歌人十二人にインタビューしたときの吉野昌夫である。「短歌研究」昭和十八年十二月号の特集「学徒出陣の歌」では吉野の「いのちながらへて還るうつつは想はねど民法総則といふを求めぬ」の評価が高く、今でも話題になる。「この『民法総則』という具体的な書名に、せめて時間の許す限り学生の本分を全うしたいという気

持ちが切実に出ているような気がします」と私は問いかけたが、それに対する吉野の答が興味深い。

「民法総則」は、教授の名刺をもらって買いに行ったんです。ただそれだけのことなんです。私は歌を作るために実事を変えるなんてことは絶対にしない主義なんです。いっぺんそれをやると歯止めがきかなくなってしまうから。大西民子は「うどんをそばぐらいはいいんだ」と言っていたけど、私はそれもしたくない。

（三枝編『歌人の原風景』）

大西民子は吉野と同じ歌誌の友人である。うどんを食べたとき「蕎麦を食べた」と演出することは是か非か。大西はそのくらいは是、吉野は非。引用歌も効果的な書名だから歌に活用したのではなく、事実だから「民法総則」と詠ったことになる。実事を曲げないで詠うから、「戦後のことなんかも歌があったから、ああ、そうだったんだと今でも思い出せる」とも吉野は語っている。花子の記録短歌のすぐ隣りに現代歌人吉野昌夫がいることが分かる。

では今日の歌人たちはどうか。

「この味がいいね」と君が言ったから七月六日はサラダ記念日　俵万智

歌では手作りのサラダを振る舞ったことにしているが実際は唐揚げだった、と俵が明かしている。このように大半は大西派で、私も「うどんをそば」程度の演出はする。しかし俵の歌は君に手料理を振る舞ったという事実は生かしていて、そのことが大切である。つまり大きいところでは今の短歌も作者の現実を反映した記録短歌でもある。

実感そのままの記録短歌。これは近代以降の短歌百年の太い基本線に重なる考えである。歌の質は違うが、記録短歌から私が思い出すのは実生活そのままの歌、御馳走よりも香の物を目指した啄木の「食ふべき詩」である。啄木は言う。

謂ふ心は、両足を地面に喰つ付けてゐて歌ふ詩といふ事である。実人生と何等の間隔なき心持を以て歌ふ詩といふ事である。珍味乃至は御馳走ではなく、我々の日常の食事の香の物の如く、然く我々に「必要」な詩といふ事である。

（石川啄木「弓町より」）

花子が啄木をどこまで読んでいたか、それはこれからの課題だろう。しかしながら、歌人花子の軌跡をたどると、近代以降の短歌が志向したものもまたよく見えてくる。

その後の花子には短歌ノートや歌稿のたぐいは無いが、『生きる』を読むと歌作は手放さなかった。「国興り国ほろび去る瞬間を生きの眼に見んとたれか思いし」は昭和の大戦が終わったあとの世界の変化を見つめた歌、「みづ（ママ）うみの底の神秘をたたえたる母の笑いの前にぬかずく」は写真の中の亡き母をある編集者が「美しい人ですね」と話題にし、あらためて母と向き合った時の歌である。

これらは〈暮らしの中の折々の歌〉といったおもむきを持っている。それこそ今日なお短歌のもっとも基本的な領域である。

「記録短歌」の考え方に通じる花子の言葉を、エッセイ集『をみななれば』の「身近にある美しさ」から紹介して終わりたい。

美を発見し、それを愛し、喜び、たたえることのできる感受性というものは文化人の素質の一つであることを忘れてはならない。しかもその美は決してりっぱなものや遙かかなたに求めるべきではなく、毎日暮らしてる身近なところにいくらでも見出せるのである。

（初出　山梨県立文学館「資料と研究」第二十輯　15年3月）

対談

# 子規をめぐる青春群像

関川夏央
三枝昂之

## 文学は「歴史」そのものの表現

**三枝**　『子規、最後の八年』、面白かったですね。ことに正岡子規の最後の八年に絞るという、そこが興味深かったですね。

**関川**　短い人生といっても、三十五年は書くには長すぎます。それから、普通はどなたでもたいてい幼少年期からお書きになる。あれは読んでいて疲れるんですね。子規について書きなさいと依頼をうけて、まず大変な仕事だなと思いました。なおかつ子規の全生涯を書けという感じだったので、気にし続けながらも、ずいぶん長い間ぐずぐずしていたんです。最初から全部書いたら、たぶん読む人が退屈するから。これは病床についたのちの八年だけにしぼったほうがよかろうと。書き手としては人に退屈されるのが一番の苦痛です。

**三枝**　なるほど。関川さんは、広く文芸の仕事をなさっている方の中では短歌や俳句に関心を持ってくださっている数少ない方です。たとえば『「坊っちゃん」の時代』（関川夏央／谷口ジロー、全五巻、双葉社）の第三部「かの蒼空に」では啄木を中心に取り上げていますし、『現代短歌　そのこころみ』（NHK出版）がありますし、今回は子規。俳句と短歌と写生文と、明治の文芸全体が視野に入っていますが、やはり短歌に関わっている。外の人が短歌について発言するという機会が、ことに戦後は少なくなっているということもあって、歌人としては関川さんは大変ありがたい存在なんです。

**関川**　そうおっしゃっていただくと本当にうれしいですけれども、最初のうちは部外者の素人がショバ荒らしに来た、みたいな印象を持たれたかもしれませんね。

**三枝**　短歌を特殊な領域に狭めてしまうのはよくないですからね。何か短歌に関心を持つきっかけみたいなものはあるんですか。

**関川**　遠い昔、六十年代の前半ですけれども中学生のころです。国語の先生で短歌が好きな人がいたんですよ。当時のガリ版印刷で、一枚のワラ半紙に歌を百ぐらいも書いて……。

**三枝**　びっしりですね。

**関川**　ええ。そのころは子供で心が柔らかいですから、何となく気に入って憶えてしまう歌がありました。北原白秋とか木下利玄の歌でしたね。憶えようとしたわけではなくてつい憶えてしまう。日本語のリズムに自分が無意識に反応することが当時から不思議でしたね。でもその後は敬遠しつつ長じたわけで、『「坊っちゃん」の時代』で啄木を勉強するまでは短歌表現から遠ざかりました。その間二十五年ぐらいはあったかもしれませんね。

**三枝**　この『子規、最後の八年』はとても面白くて一気に読みましたけども、子規をめぐる人間関係の広がりがとても興味深いんですよ。ある人物を設定してその人物からいろいろな形で人間関係が広がっていく、そういう中で時代の文芸的な流れを浮き上がらせるという手法が関川さんの一つの特徴かなと思いました。『「坊っちゃん」の時代』でも、啄木が銭湯へ行って夏目漱石と一緒になって、そこで森田草平と知り合って、長沼智恵子にいったり、古書店で芥川龍之介とぶつかったりする。自然主義とか写実主義という主義主張から広がるのとは別の、文学史の示し方というのが大変興味深いです。これはやはり意図的なんでしょうか。

**関川**　まあ、フィクションですから。ありえなくもない状況を設定する自由はあるわけですね。当時は東京十五区、百六十万ぐらいの人口で、いわゆる知識階級が住むのが牛込と本郷ぐらいとなります。東京はとても狭いわけです。

**三枝**　なるほど。

**関川**　それに、文芸評論とか文学史とかいうのは、多くが私なんかには本当に退屈な感想文なんですね。

　文芸そのものが歴史の一部だというより、歴史の最先端の表現が文芸で、文芸にはそのような宿命が自ずとあるのではないか。

　となると文芸を描くことが、思想というか、歴史を描くことになるのではないかと考えたのです。文芸はそれだけで自立しているわけではなくて、それが書かれた時代や社会とともにある。あるいはその最先端としてあるということですね。

**三枝**　なるほど。『「坊っちゃん」の時代』の第二部「秋の舞姫」で、森鷗外が町の中ですれ違った少年が東條英機だったという、あれはフィクションですか。

**関川**　それは大いにあり得たフィクションです。父親の東條英教少佐に肩車をされた少年が英機であったというふうなお話にしてあるわけですけれど、年齢がそのくらいであって、英教が非常に子煩悩な人であったということを考え合わせると、そういう状況もあるだろうと。

**三枝**　なるほど。僕は、ああ、明治の一つの文学の動きというのは、どこかで昭和の大戦に継がれていくんだなというようなことを感じて、あのシーンが忘れられないんです。

## 活動的なのに動けない子規

**三枝**　司馬遼太郎が、明治の時代全史の代表的な人物として、明るくて多弁で、仕事を自分の命よりも尊重した人間だとして子規に非常に思い入れというか、要するに私はそういうところが好きなんだよとおっしゃっているんですが、関川さんはどうでしょうか。

**関川**　だいたい私も同意見ですね。あれだけの病苦で、ただ痛くて苦しいだけのはずなのに、やはり何か仕事をしないと気が済まない、それも友達を集めないと満足できないという性格と生き方はおもしろいですね。それは、暗い部屋に閉じこもって苦しみながら自己を見つめるという「文学的」態度とはまったく別です。

**三枝**　そうですね。

**関川**　その後なぜか日本文学は、自己を見つめる「文学」に傾いていったわけですね。それ以前の時期、病苦を口実とせず仕事をつづける、それも人と会して仕事をする、そう身をもって示した人生の根本の態度が明るい。子規は、やはり明治の時代精神のありかたを映していた人のように思いました。

**三枝**　なるほど。僕も、近代歌人と、たとえばだれと友達になりたいかということを考えると子規と若山牧水ですね。齋藤茂吉はちょっとキャラが濃すぎるし、啄木はわがままずぎるしね。

**関川**　お金を借りられますよ。

**三枝**　借りられるしね。ま、牧水はすぐに酒のつき合いをしなければいけないのが難点と言えば難点だけれども。牧水はたぶん非常にいい人なんですよね。子規は、つき合っていたら面白いと思う。強引にいろいろなことを言われたり巻き込まれるだろうけども、なにしろ端的だし、それからけんかがうまいし。『古今集』をやっつけるときに、『古今集』のまねをする周辺の人間を批判するのではなくて本家本元に爆弾をいきなり投げるとか。そういうけんかがうまくて、それから病人なのにエネルギッシュで、そんなところが友達になったら面白いだろうなあと思いますね。

**関川**　そうですね。多弁な人ですから、もし元気で出歩いていたら、うるさがられたかもしれない。ひとつ所から動けない。そこに行けば子規に会える、逆に、行かなければ会わなくてもいいというふうな条件が子規の魅力を倍加したんじゃないですかね。

**三枝**　うーん、なるほど。

**関川**　友達になりたいかと言ったら、やはり子規のところは訪ねてみたいですけれども、意外なことに私は、与謝野鉄幹が好きなんですね。

**三枝**　お、そうなんですか。

**関川**　ええ。歌はやたら元気がいいんですが、三枝さんが『啄木――ふるさとの空遠みかも』（本阿弥書店）で引用なさっていた啄木の息子、真一が死んだときの詩とか、大逆事件で処刑された大石誠之助を悼む詩とか、ものすごくいいですよ。なるほど、こういう一面があったんだなあと思い、この人はもしかしたら相当いい人なんじゃないかなと。

**三枝**　「明星」を始めるまでは金を出させるために打算から結婚したり、かなり問題がありますけどね。晶子と結婚してから夫婦であちらこちらに旅をして、旅先で二人で歌を作るとそれが歌碑として残るんですね。だいたいあの夫婦の歌碑は並んでいる。それを見るとどうしても比べたくなるんだけれども、ほとんどの場合は鉄幹の歌のほうがいいです。だから啄木の子供が死んだときのとか、誠之助の歌とか、「爆弾三勇士」とか、ああいうのを見ると鉄幹は本当に表現がうまいなあと。それがなぜ、ちゃんと評価されないのかということとは、人間関係の中で一旦はみ出すとなかなか戻ってこられないという歌壇のかなり怖いところがあるんだと思うけれども、鉄幹ファンはなかなかいないからむしろうれしいですよ。ぜひ鉄幹についても書いていただきたいですね。

**関川**　まあ確かに、山川登美子とか女性たちに対しておおらかすぎる一面は、あまり感心しませんけれど。「われ男の子意気の子名の子つるぎの子詩の子恋の子あゝもだえの子」（『紫』）という歌がありますね、これも中学でその国語の先生が作ったプリントの中にあったんです。最後のところの「あゝもだえの子」でみんな笑うんですね、そういう年頃ですから。

私は、自分も笑いながら、こんな妙に元気のいい歌が明治という時代に生まれたんだなと思い、明治時代像が変わったわけです。

子供は子供なりに明治観を作らされているわけです。特に昭和二十年代から三十年代にかけては、戦前はもう事実上歴史不在の時代で、明治というと暗くて遅れた時代と私の中に刻印されていた感じでした。それが鉄幹の、元気がよくて、滑稽かつ詩的な歌でちょっとひっくり返ったところがあるんですね。その意味で、鉄幹には世話になっているという思いがあります。

その先生の趣味なんでしょうけれど、ガリ版印刷のワラ半紙の歌で、大げさにいうと歴史観を転換させられました。文芸と歴史はシンクロしているはずだという観測は、思えばそのとき生じたのかも知れません。

## 明治二十年代と四十年代の青年を分けたもの

**三枝**　この『子規、最後の八年』で僕、三点、関心を持ったんです。一点目がさきほど述べたように文学の流れを主義主張からでなく人間関係から浮びあがらせたところです。二点目は、明治二十年代という時代を生きた青年たちの感受性がとてもよく出ているということですね。たとえば二十九ページの「国民国家完成への途上に生きて、おのれの自我を国家のそれと重ね合わせた明治二十年代の青年たちにとって、この戦争は自分の運命を左右するものと映った」、ですけれども、このころから日本は帝国主義のこわばった時代に入ったとかたづけられるものが、一人一人の青年たちの感受性に下りていくとまた別の風景が見えるのがよくわかる。歴史というのは、マクロなところから見ることも大切だけれども、一人一人の文芸を志す青年たちの内面から時代を見ることがとても大切ではないかと、ここでいっているような気がするんですよね。

**関川**　彼らの内面に影響を与えた外的な事件が重要でしょう。なのにそういうことを無視して、ひたすら「進歩史観」に歴史的事実をはめこもうとしてきたのが戦後的な歴史学だったのではないかという疑いが、この文芸思想そのものを主人公としたマンガのシリーズ『「坊っちゃん」の時代』を起こす動機だったと思います。明治二十年代に人となった青年たちと啄木は、十年あまり年が違いますでしょう。

**三枝**　そうですね。

**関川**　啄木は明治四十年の、いわゆる北海道放浪でようやく「青年」になれたのかなと思いますけれども。それ以前の漱石、子規の世代ぐらいになると、青年になる契機は内的個人的なことよりまず亡国の危機ですね。

明治十九年ですから日清戦争のわずか八年前に清国の艦隊が長崎に示威航海にきて、水兵が酔余の乱暴をはたらきます。日本の反応を探るわけです。そのとき日本は一切抵抗できなかったんですね。長崎の町中、雨戸は閉ざしてじっとしているしかなかった。清国の水兵に警官が殺されたんですが、相手を逮捕しても、数をたのんだ清国水兵らにとりかえされてしまう。その同じ年に海軍士官ピエール・ロチを乗せたフランス艦隊がやはり示威航海に来る。十九世紀的世界のありかたはそのようでした。やはりその頃、ノルマントン号事件が起こる。英国船籍の船が沈んだとき、英国人の乗客は全員助かったのに日本人の乗客は見殺しにされた。

**三枝**　そうでしたね。

**関川**　そういう空気の中で、子規、漱石ら明治最初の世代の青年たちは育った。条約改正と軍備の増強が日本の生存条件だという確信を持った世代です。そんなあがきの一つが、滑稽かつけなげな鹿鳴館外交だったと思います。みっともないけれどもまじめ、それが日本のこの時代の実像だったのでしょう。

　そのような空気を呼吸した人々にとって日清戦争は、それほど大きな戦争ではなかったにもかかわらず、亡国を賭けた戦いと映った。また実際、北洋艦隊の破壊力は三景艦主力の日本艦隊をはるかに上まわり、命中率も高かった。日本は、破壊力がない分、優速を生かして縦一列の陣を組んで勝負し、きわどい勝利を得た。漱石や子規たちの世代が持っていた世界の中の日本という危機意識が、啄木の世代にはもうないんですよ。

**三枝**　そのある、ない、はとても大きいですね。

**関川**　ものすごく大きい。それが明治二十年代と四十年代の青年をはっきり分けた点だと思いますね。

## 文学というベンチャービジネス

**三枝**　もう一つ、百六ページにある言葉「明治とは、軍と教育界、それに文芸に若い才能が凝集した特異な時代であった」、これはつまり、もう政治の世界には椅子がないということと関係しているんでしょうか、薩長にとられて。

**関川**　そうですね。賤藩出身者には政治家になるという選択肢はなかった。官僚を志すにしろ、やがて解消されますが、高等中学からの正規コースではなく、陸羯南とか原敬のように司法省法律学校といった脇の道しかない。あとは軍人ですね。軍学校には出身地差別がなく、日本軍は貴族でなくても将校になれるという、世界でも特異な軍隊だったわけですから、この道を優秀な学生が選ぶのは当然だと思います。

もう一つは、だいたい天明・寛政期から、日本に、アンダーソンが言うところの印刷資本主義が世界で一番最初に発達した。文化年間に入るとさらに出版産業は充実して、滝沢馬琴が世界初の職業小説家になりました。その背景には高い識字率があります。ヨーロッパの場合、文学は貴族の趣味でしたから全然違う。それが、文芸どころではないという革命期後に復活するわけで、勇敢な人々はこれで食おうと思う。その最初の女性が樋口夏子でした。彼女はベンチャービジネスとしての文学に果敢に飛び込んだけれど、最後の一年あまりその恩沢に浴しただけで死んだ。つまり産業としての文学の成立が、世界に先駆けてあったということです。

**三枝**　近代以降は小説の時代ですから、歌人も小説家になりたいわけですよね。啄木も、窪田空穂もみんな失敗するんだけれども、子規は小説を書くという気はなかったんでしょうか。

**関川**　若い頃ですが、「月の都」という習作を幸田露伴に見せ、これはどうもいけないねと穏やかに拒絶されて、それ以来やめたようですよ。

**三枝**　そうなんですか。やはり最初には小説家になりたかったというのはあった。

**関川**　当時の青年ですからね。江戸時代の小説家は賢明なことに自己表現なんか考えたことはないわけですよ。それが西欧型近代化の課程で自己表現とか自我とかいうものが残念ながら移入されて、やがてそれを映し出すのに最もよいものは小説ではないかとなったのと、あとは原稿料ですね。枚数で稼げるという。それでみなさん、小説になだれ込んでいったんじゃないですか。多くの人は失敗しましたけど。

**三枝**　啄木の小説はどうです？

**関川**　どちらかというとヘタですね。

**三枝**　やっぱりそうですか。

関川　私たちは啄木という歴史上の人物として眺めがちなんだけれども、彼には非常に早熟なところと、センスのいいところと、だらしないところと、子供のところがあります。それ全部が啄木でしょう。つまり現代人ですね。歌などを見ていると、仕事をちゃんと残したなと思いますけれど。小説では『我等の一團と彼』は読めます。

三枝　僕は『二筋の血』かな。けっこういいなと思ったんですね。歌人好みの抒情的な小説ですけど。

関川　『我等の一團と彼』は、「彼」が東京朝日に勤めている孤独な画工という設定なんですけれども、「我等」の我ではなく「彼」が啄木なんでしょうね。啄木君もようやく自分を客観できるようになった。そんなふうに思いました。

三枝　最初に、関川さんのお仕事が人間関係の広がりの中で文芸の流れを浮き彫りにする、浮かび上がらせるのが一つ大きな特徴だといいましたけれども、百一ページに、子規と山本露葉のつながりから山本夏彦が出てくる。そこで山本夏彦の発言を引用している。「いったい私たちが歌をよむことを忘れたのはいつごろからだろうか。子規が歌を芸術にしてしまって以来で、それまであれは風流だった、遊びだった、文化だったと私はいまだに残念に思っている」という一節ですが、すごく面白いコメントですね。これをわざわざ引用なさったのは関川さんの中に何か近い感じ方があるのではないかと邪推をしたんですが。違いますか。

関川　まあ、山本さん一流のちょっとひねた言い方です。いかにも山本露葉の息子です。露葉というのは、ハンサムで、頭がよくて、生涯何もしなかった人です。夏彦もハンサムで自意識過剰の少年でした。それがさまざまな経緯からやがて、文学というか、出版を実業だと考えるようになって普通の人になれた。そのあとは憎まれ口を言いつづける人として人生をまっとうしたわけです。これも一種の憎まれ口だと思いますよ。

三枝　本音のようにも感じますが。

関川　半分は本音でしょう。つまり、歌に抒情味や物語性をもとめたりすることは彼は好まないということでしょう。でも、近代で歌が贈答のものとしてありつづけられたかどうか。山本さんもそれは承知の上で敢えて言ってみたのだと思いますよ。

三枝　つまりそういう要素が短歌になくなって短歌が文芸になるというのは、短歌の本質から外れているのではないかという考え方を持つ人は、けっこういると思うのです。そういう発言をわざわざ引用するのは、関川さんにもそういう考えがあるのではないかと思ったんだけど、それはないですか。

関川　それは直接はないですね。
　ただ、いわゆる現代短歌が、その抒情の海に溺れてしまうとか、またそれに飽きると今度は奇をてらうことに熱心になりすぎるとかには、痛ましさは感じますけれど。短歌もまた文学ですから、抒情的な側面があったり物語的な側面があるのを、私は肯定します。山本さんが言ったようなことは、歌会始が続いている限り大丈夫なのではないかと。あれはあれで一つの流れと認識されて、何となくうまくいっているのではないですか。

**三枝**　今の山本さんと歌会始というのをもうちょっと説明していただけますか。

**関川**　多様な人々が、ある季節に、ある決め事として集まって、雅に歌を詠み合うというのは、私はいいことだと思います。近代文学ではないひとつの流れがあって、こちら側には近代文学の流れとしての物語性に富んだ歌がある。短歌はけっこう広いです。広くあったほうがいいです。

## 「歌集」の読みにくさ

**三枝**　なるほど。子規の時代、和歌革新の時代はもう小説の時代ですから、そういう逆境の中で、どういうふうに短歌として新しくなれるかということが歌人たちの切実な課題だった。だからいろいろな形で和歌革新が広がった。文芸としての短歌を意識せざるをえないというのはやはり時代の流れの中で避けられないことだったのではないかという気がしますね。しかし関川さんは『現代短歌　そのこころみ』で塚本邦雄さんと岡井隆さんに触れていない。手に余るから、と書いていたように思うけど本当は違うのではないか。こういう百パーセント文芸を志向するというのはそれはそれであっていいけれども、どこか歌の本質ではないよという気持ちがあるのではないかと思ったんですけどね。

**関川**　それはとんでもないですよ。

**三枝**　とんでもないですか。

**関川**　ええ。ちょっと、どころか大いに違います。

**三枝**　どうして？

**関川**　手に余るというのは本当なんです。お二人とも仕事が大きくて長い。とてもそれぞれ一章分では収まらない。それからあの本は、狂言回しを中井英夫に、三十年間にわたるいわゆる前衛短歌の物語になっています。確かにその中でも大きな役割をお二人は果たしていますけれども、書くのは重い。それにお二人の厖大な作品群を読みとおす覚悟が決らなかったということもありました。

**三枝**　確かにね。

**関川**　あらかじめ一人の歌人の代表歌を三十首か五十首、目ききの人が選んでおいてくださるなら仕事は楽です。しかし歌集を読むのは、ほんとうにたいへんです。ほとほと疲れます。塚本さんにしても岡井さんにしても歌集がたくさんあるので、どこからとりかかろうかと考えるだけで憂鬱になりました。

**三枝**　なるほど。塚本さんと岡井さんは、戦後の占領期の第二芸術論があった中でなんとか短歌を復活させようと、四苦八苦して非常に高度の文芸であらねばならないという歴史的な使命感があって、鉄幹や子規たちがあの時代に短歌を何とかして一本立ちさせようとしたのと僕は共通するモチーフがあると思うけれども。それだから逆に短歌があまりにも高度で難しいものになりすぎて本質をちょっと外れたのではないかという、そんな意識がどこかにおありになるのではないかという気がしたんですよ。

**関川**　非常に高度な、すぐれたイメージを喚起しますよね。それでいてなお、ほかの人にはまねできない個性で屹立している。こういう歌の影響を受けた青年は、つらいだろうなと思います。だからといって短歌全体を考えたときには、それに害があるとは思いませんね。短歌の歴史に興味がある私としては、おふたりとも非常に大きな存在だと思います。塚本さんの歌は、彼の章を立てなかったにもかかわらず、十首か二十首は憶えてしまいました。

**三枝**　白秋とか茂吉も、歌の数はものすごく多いけれども、全部がいい歌という必要はなくて、茂吉でいうとたとえば十首とか三十首の歌が自分の中にインプットされていれば十分であって、それを特定の茂吉ファンなり白秋ファンなり、あるいは塚本ファンなりが愛していれば十分だという、短歌というのはそんな文芸だという気がしますけどね。

**関川**　そうなんですね。しかし、三、四十年の実作人生で、十首か二十首憶えられる。歌人のそんなつらさも想像できます。

**三枝**　本人はもちろん、常にその時代の自分の仕事の最先端だと思ってやっているわけですね。だって若山牧水の歌集は通読するとすごく退屈ですよ。だけれどもその中にはっとさせる歌が、人によっては十首、僕なんかだと五、六首あればそれで十分だという、そんな気もしますけれどね。

**関川**　自然にその中から口誦される歌が生まれてくるわけでしょう。でも、最初にその歌に注目して、これはいいね、と引用してくれる玄人が欲しい。岡井さんは、それがとても巧みでしたよ。

**三枝**　だいたい、影響力のある人がこの人の歌はこれだというふうに言うと、もうそれはお墨付きの歌だから、みんなそれを引用して何となくそれが代表歌みたいになって歌人のイメージが固定化される。それをひっくり返して、自分の目で確かめて独自の推薦歌を挙げるというのが岡井さんと塚本さんが偉いところだったと思いますけどね。

## 編集者の誕生

**関川**　歌の世界を見ていると、作り手と読み手の間に必ず、この歌はよいと言う人がいる。それはつまり「編集」ですよね。岡井さんや塚本さんもその「編集者」なんですが、短歌はつまり三者協力の上で成り立つ文芸であると。中間に立つ人がいないと成り立ちにくい文芸であると。そういうタイプの人が多くいてかつ才能がある場合、文芸ジャンルとしての短歌は隆盛していくのではないか。あるいは維持できるのではないかと思いますよ。これほど「編集」が生存のために必要とされる文芸ジャンルはほかに知りません。

**三枝**　なるほど。そうですよね。短歌や俳句には歌会、句会というのがありますけれども、あれは要するに作者が歌を作っただけではその歌というのはどこかでまだ未完成で、人の目を通過して、つまり読者というものを獲得して歌が完成するということがあるから句会や歌会が不可避なシステムとして存在する。編集者はそうした他者の目でもあって、だから大きいんですね。

**関川**　とにかくみんなが集まって協力する。そこにリーダーとは限らないが、「編集者」がいるのが重要ですね。そして、そのスタイルを確立しようとしたのが子規だと思います。野球のチームによく似ていますね。その場に出される歌は白いボールのようなもので、それに全員が注目している。そのことによってゲーム、すなわち座の緊張感がもたらされる。

**三枝**　なるほど。

**関川**　その意味で、子規は非常に新しかったのではないかな。誰もそこのところをあまり注目しないけれども。病床から動けなくなったという苦しみ、デメリットを子規は結果として生かした、メリットにかえたのではないでしょうか。今につながる「編集」の伝統を最初に作ったのは子規じゃないでしょうか。歌の才能という点では岡井さんや塚本さんのほうが上でしょうけれども。

**三枝**　子規が最初に作ったというものはたくさんありますよね。たとえば紀貫之のあの「桜散る木の下風は寒からで空にしられぬ雪ぞ降りける」、あれはだじゃれだと言ったんですね。すごく面白いと思うんだけれども、貫之にしてみればとんでもない男だということになるはずです。もし架空対談をしたら大激突すると思いますね。貫之と『古今集』にはそういう「空にしられぬ雪」というような表現がもうたくさんありますね。それはつまり桜が散る風景を桜が散るということだけで表現したらこれは野暮だという意識が貫之にはあって、ほかのイメージと重ね合わせる。たとえば雪とのダブルイメージにするのが雅なんだよと。ところが子規はそのダブルイメージが嫌だったんだと僕は思っているんですよ。桜が散るのは「桜が散る」と言えと。つまり和歌の中ではダブルイメージをどれだけうまく使うかということが大切な、腕の見せどころだったんだけれども、子規はそれをやめようじゃないか、桜が散るのは「桜が散る」というだけでいこうじゃないか、牡丹の花は牡丹という花だけで言おうじゃないかと。

**関川**　深見草とは言うなと。

**三枝**　あれはどう思います？

**関川**　牡丹に深見草という和称があることを、僕はあれで初めて知ったわけです。牡丹でなければイメージは湧かないですね。『古今集』的な教養が一切ないですから。

　確か明治十九年ですか、子規が旧藩の殿様のお伴で、日光に行ったとき、霧降の滝で「空にしられぬ霧ぞ降りける」という歌を作っているんですね、自分で。よくまあぬけぬけとというところはありますが、そのぬけぬけとしたところがやはり青年の特権であり、子規のよいところだと思います。

**三枝**　つまり子規は、そういうダブルイメージを自分も踏まえて実践して、なおかつそれを否定しているというところが、勉強好きな彼の説得力だと思いますよ。そういう表現のよさを知った上でよりシンプルなほうに行こうというのが子規のいいところというか。

**関川**　それは言えると思います。

もう一つは、「青年」という思想があったんじゃないですか。明治の青年はかくあらなければならない。ダブルイメージで気取った歌を歌うようなものは明治の青年とはいえない。ストレートに表現すべきだというような。それは時代そのものが彼に求めた思想だと思いますよ。『古今集』は八つ当たりされているようで、貫之さんはお気の毒です。

**三枝**　まったくそうですね。たとえば深見草というのは、調べてみるとけっこういい言葉ですよ。今の牡丹のように鉢植えとか庭にきれいに植えられるというのではなくて、林の草叢の中に咲いているから。

**関川**　ああ、それで深見草か。

**三枝**　子規は牡丹というと牡丹の姿がすぐ見えるけど深見草は見えないよと言うけれど、深見草という言葉からは花だけではなくて花を取り巻く風景も見えるから、風景の見える度合いは同じだと思います。それをもちろん子規は知っていて言ったのはなぜかというと、深見草は掛詞として使われることが多いから。牡丹だと掛詞にはならないですからね。掛詞はやめようじゃないか、ダブルイメージはやめようじゃないか、それが子規の歌言葉の思想で、かなり強引だけれども、その後の短歌の表現に決定的な影響を与えたということだと思う。

**関川**　そうですね。その後、掛詞ははやらなくなったんですね。

**三枝**　今はやりますけどね。

**関川**　やるんですか。それはそれは。

**三枝**　今はけっこう目にしますが、かなり技術が要るから一般の人にはできないわけですよ。日記代わりの歌を楽しむ人には作れない。子規や啄木たちが目指したのは誰でも作れる短歌という、そういうコンセプトですから。誰でも作れる短歌というときには、王朝の貴族たちが練りに練ったテクニックというのはゼロにしないと万人の表現にはなれない、言葉に対するそういう戦略があったと思う。それは、関川さんのお書きになっている今回の子規と漱石がはがきのやりとりで写生文を完成させていったということと強くつながるんだと思いますね。

## 日記代わり短歌でもいいけれど…

**関川**　子規が「歌よみに与ふる書」で挑戦的身ぶりで語ったことは現代にどう生きているのか、子規が非難したテクニック過剰な歌は、ほんとうにダメなのか、ちょっとわからないところがあります。たとえば三枝さんが『正岡子規』からの手紙」（「短歌研究」一九八九年十一月号）に引用している後鳥羽院の歌、「あはれなり世をうみ渡る浦人のほのかにともすおきのかがり火」はやはり上手な歌だと思いますけれど、後鳥羽院が海の彼方の隠岐の島に流された史実を知らないとわからない。読者をえらぶ。それがいけないのかな。

**三枝**　作者の境遇を知らないと見えてこない部分が多いですね。それから掛詞ですね。歌の表面だけ見ているとそんなに深遠な歌ではないんだけれども、読み手のほうがすごく深遠な世界にするわけですよね、掛詞で。後鳥羽院の隠岐の歌に対する丸谷才一の読みはその典型ですね。「ほのか」は「仄か」「帆」「焰」をかけている、といったぐあいに。つまり少人数の、ある言葉はどの言葉に掛かるかということが了解できる仲間内の表現としてはすごく深遠なものになるけれども、それより外に広がるのは難しいですよね。外に広がるというためには、できるだけ密室の、ある特定の人間だけが読めるのではなくて、そういう前提を外さなければいけないというのがやはり近代短歌の、特に子規の言葉の思想にはあったと思いますね。

**関川**　子規の根岸短歌会も部屋の中でやっていたんですけれども、彼らが意識していたのは、選手たちが野球場でやっているゲームを客が見ているんだというイメージでしょう。それが近代短歌の出発点になっていて、直接のつながりがあるかどうか知らないけれど、やがてそこから啄木のように歌を日録のように使う青年が生まれてきたんでしょうか。

**三枝**　日記代わりの短歌というのはどう思います？

**関川**　啄木の歌は好きなんですが、全部読むのはつらいですよ。おまえの日記は読みたくない、と言いたくなるところがあります。やはり多数の歌の中からよいものを選び出す人がいた。それらが多くの人の目を経た結果、数十の彼の歌が記憶されて歴史となったんでしょう。啄木の場合、歌が多様だからよい。自己憐憫の歌、かわいげのある歌、あるいはちゃんとした労働のあとの満足すべき疲れの歌というふうに。それから嘘くさいがつい覚えてしまう物語のような歌。

**三枝**　今、新聞には必ず短歌欄と俳句欄があるでしょう。だいたい、その短歌を読むとその人がどんなことをしたのかということがわかるわけですよね。そんな私記録でいいのかという意見もやはりあるわけですが、僕なんか私記録であるのも短歌の得難い特徴だと思っています。それがどこから来るかというと僕の中では子規なんですね。そうか、ここから来ているんだなとあらためてわかったのは、写生文の表現というものを子規と漱石が意識したということが今の短歌、それ以降の短歌を決定的な場面に導いたというふうに思っているんです。あの子規と漱石はなぜ写生文が必要だと思ったんだろう。

**関川**　どうなんですかね。まず漱石の場合ははっきりと読者を意識した手紙をロンドンから出しています。そこが完成度の高い出発点でしょう。たった一人の読者、ただしものすごく熱心な読者に宛てて。病床の子規ですね。子規を喜ばせ、面白がらせるために意を砕いたら、結果それが文学になっていたという話ですね。重要なのはその場を知らない人に、説明くさくならないように説明する。それからロンドンの下宿そのものの夜逃げ事件を微細に、しかも退屈ではないように書くこと。で、そういうことを気にかけながら長い手紙を書いていると、それが自ずと物語になっていたわけです。

文学とは小説だけではありません。元気なら外国見物をしたがったであろう子規に伝えたい、という強烈なモチベーションがありました。同時に漱石は、ロンドンの下宿で自分が奥さんの手紙をどれほど待ちこがれていたか、そういう読者の立場も痛く知っている。書き手と読者をともに経験したことが漱石文学の出発点となったと思います。私の内面とかではなくて具体的な事件を描く。下宿が夜逃げをするとき自分が「動産」として連れられて行ったくだりを、精密かつユーモラスに伝え、読者・子規をたのしませる、ということです。

**三枝** 漱石のそういうふうなスタンスが子規の文章観という か表現に影響を与えたということですか。

**関川** 子規が何を喜ぶかを漱石は知っていた。そこから推すと、無意識のうちに子規が漱石に影響を与えていたんだと思います。

**三枝** なるほど。逆にね。

**関川** ええ。子規にはなにごとにつけ口出しをする癖があって、見物が大好きで、それからおいしい食べ物とか珍しい物が好きで、相手が情緒的なことだけを言うと怒る。その背景は何かと必ず聞いてくる。そういう男を読者だと想定したときの書き方だったと思うんです。子規は、指導したかったんだけれどもできなかった、漱石相手では。でも影響を与えたのはやはり子規だと思いますよ。

## 編集者、子規を継ぐのは虚子

**三枝** この本の人間関係は、まず一つは子規と漱石だけれども、もう一つは子規と高浜虚子ですよね。僕はね、虚子というのは好きじゃないんですよ。何かねえ、子規は腹に一物はない。

**関川** ないですねえ。

**三枝** で、人間が見えるんです。虚子はどうも見えないなというふうにこれを読んでも思ってね。まあ、その後、「ホトトギス」王国の親玉になったというようなことも影響しているのかもしれないけど、どうも虚子は好きになれなくて。関川さんはどうですか。

**関川** 僕は青年時代の虚子しか知りませんが、嫌いになれませんね。

虚子が設定したのは、子規のある部分をさらに進めて、文学は生活の手段となりうるかどうかという問いだったでしょう。同時に、そのための条件とは何かを考えて、雑誌と編集という回答に至った。編集者は、来た原稿をただ並べればいいというものではなくて、どうやったら売れるかを考える。社員編集者ではなく、ベンチャービジネスとしての文学ですね。そしてその考えは子規譲りです。

子規が新聞「小日本」を作ったとき、あれほど編集を愛し執着した人はいない。子規、虚子の中にあった文学とはいわゆる自己表現ではない。編集は、原稿を並べることではない。

文学を商品化して売ることだ、そしてそれで生活することだという確信があったと思うんです。非常に先進的な考えであったと思います。

**三枝**　なるほど。子規が自分の後継者にと虚子を頼んだのは、そういうセンスを買っていたということなんですか。

**関川**　明治二十八年十二月の段階ではですけれども。子規は自分があんまり長く生きないと思っていたので、改革を志すさまざまなジャンルのうち、俳句分類を任せようと思っただけなのではないですか。それが虚子にはっきりと伝わった。だから虚子は、そんな小さな場所で自分は生きたくない、と言ったんだと思います。自分はいまだ何をやるかわからないけれども、もう少し文学というものを広く考えている、それは編集や生活を含む全部だと。俳句分類ごときに私を矮小化しないでもらいたい、ということでしょうが、あんまり弁が立つほうでもないですから、頑固げに黙っていたということではないですかね。

**三枝**　なるほど。あの俳句分類はすごいですよね。

**関川**　僕はそのことについてはよく知らないんですが。

**三枝**　どこの展示会で見たかな。分類をここまでやるのかと脱帽しましたね。僕は明治の人間の、この若さでこんなことまで頑張れるのかと脱帽したケースが二つあって、一つが子規の俳句分類、もう一つは佐佐木信綱の『歌之栞』という当時の短歌事典なんです。東大古典科の卒業論文を後で膨らませたもので、厚さ八十ミリほどもある大著です。あの二つだな。若者もこんなにがんばることができる、と勇気をもらったのは。子規はだから、ごちゃごちゃ言わないで徹底的に分類をまずする。分類したらそこから何が見えるか、理屈ではなくてものを集めて整理するというところから仕事を始めた。そのいわば具体的なデータを信頼するというのが一つ一つのものを正確に見るという写生とどこか結びついていてね。確かに虚子が尻込みをする迫力だとは思いますけどね。その時点ではだいたい完成しているのかな。まだ完成していない……。

**関川**　まだでしょうね。それを委されたらちょっとかなわんな、という思いはあったと思います。

**三枝**　二人の後継者問題というのはそういうところから見るとよくわかるということなんですね。

**関川**　虚子はぼんやりしているように見えて強情で、それから計画性があるんですね。だから「後継者」たるを引き受けなかったのだと思います。もし彼が引き受けたとしたら、短歌の後継者は誰、写生文は誰と、子規は決めていったと思いますよ。だから虚子の拒絶で後継者問題は影を潜めて、かえってよかったんじゃないですか。

**三枝**　虚子が断ったからね。だけど虚子はかなり強情で、たとえばその一端が子規の有名な俳句、「鶏頭の十四五本もありぬべし」、あれを生涯認めないんです。

**関川**　そこはどうなんでしょうねえ。

**三枝**　あれは虚子が編集した『子規句集』にも載せてないん

です。何で有名になったかというと、歌の弟子の長塚節がいいと言い、そのあと齋藤茂吉がいいと言った。齋藤茂吉がいいと言うとこれは長塚節より十倍も影響力があるからそれでいいことになったんだけど、そうなっても認めないという。あの句はどうです?

## 虚子の夕顔の花論争

**関川**　虚子の強情なところの反映と思いますけれども。もう一つは、これは子規自身が言っていることとですが、写生には物語があってはならないというか、先人の歴史的な積み重ねを見ないのがよいと。それが写生だと。しかしこの「鶏頭の十四五本もありぬべし」の句は、子規が病床から身動きができないという条件を知らないと面白くない。動けないから、障子か何かに映る影が十四五本もあるだろうか、と類推している面白みが生じるのであって、それは子規が以前、虚子に説教したこととは全然矛盾しているじゃないかという思いもあったのではないですか。

**三枝**　ああ。虚子の夕顔の花の……。

**関川**　ええ、夕顔の花論争の変奏だと思いますよ。子規が病人であることを知らない人でもこれを面白がりますか、という問いかけ。

**三枝**　「瓶にさす藤の花ぶさみじかければたたみの上にとどかざりけり」と同じなわけですよね。つまり、床に張りつけられている人間の固定された目線ということを重ねるから「たたみの上にとどかざりけり」というのは面白みがあるんだけれども。そうするとそれはやはり純粋な「もの」だけではないのではないかと。

**関川**　写生だけではないでしょうと。それが虚子の考えで、写生にもその背景に歴史だとか状況だとかが積み重なっている。だからイメージがふくらむんじゃないかと。まあ、その考えをここで実践し、子規にあらためて異を立てた。

**三枝**　なるほど、面白いなあ。あの夕顔の花論争というのは子規の研究家はほとんど取り上げない。子規のほうからはあの話は出てないわけですよ。虚子の話としてある。それは本当にこんなものがあったのか疑わしいというところがあるからだと思うんですけどね。どういう論争かというと、道灌山の茶屋で後継者になれという話をしたときに、夕方になって夕顔の花が咲き始めたので、子規が『源氏物語』の連想を取り払って見ると非常に面白いと言ったら、虚子が、いや、歴史の連想は外せないと反論したという話ですよね。江藤淳は近代リアリズムは虚子から始まっていると非常に高く評価しているんだけれども(『リアリズムの源流』河出書房新社)、まあ、僕は、本当にああいうやりとりがあったかどうか、特に虚子が、歴史の連想があるほうが夕顔の花は味わい深いというような、うまい言い方をしたがどうかは疑わしいけれども、子規はあれに近いことを言ったと思う。子規は連想を完全にシャットアウトする、とはできないということを承知の上で、シンプルな夕顔の花の美しさとして示すことが大切なんだと言いたかったんだと思いますよ。これはさっきの「桜散る木の下風は寒からで空にしられぬ雪ぞ降りける」と同じで、子規の言っていることはかなり強引なんだけれども、強引を承知で、言葉はシンプルに言葉だけでそこに立っているということが大切なんだと、そのことをやはり言いたかったんだと。

**関川**　実際にあった話だと思いますが、その明治二十八年十二月の道灌山での後継者問題のときではないでしょう。夕顔の花は、一応夏の季語ですから、明治二十七年ぐらいのある夏の日ということかもしれませんね。

**三枝**　ああ、そういうことですね。なるほど。

**関川**　虚子が碧梧桐とふたり、二高をやめて帰ってきたので説教したとき、道灌山に連れていってそういうことを言ったんじゃないですかね。虚子が具体的にどう反論したかはわかりませんが、少なくとも虚子がはっきりと子規とは資質が違うと悟ったときではないですかね。

**三枝**　うん、なるほど。

**関川**　このお話は私、全然知らなかったので、「ホトトギス」の明治三十七年の当該号のその部分を編集部から送ってもらい、それを丁寧に読んだんですけれども、かなり熱心に虚子が論じているんです。明治三十七年は、子規の死後二年目です。このエピソードは実際にあり、虚子は自分の立場と考えをはっきりとここに表わしています。結果「鶏頭の十四五本もありぬべし」の句は絶対に採らない。

**三枝**　採らない。僕は子規ファンですからね、齋藤茂吉が子規の写生は西洋画の写生なんだけど、それをおれが東洋画のもうちょっと深いものに変えたと言っているけど、とんでもないと思う。子規は、シンプルに見たものを見たものの美しさとして言えば文芸作品というのは成立する、それが大切なんだ、その背後の東洋画的な深みとか、歴史的な連想というものは、今までの短歌表現では、その背後のもやもやしたものがつきまといすぎているから、言葉をシンプルにしなければいけないので、言葉をシンプルにするためには言葉はやはりちゃんと生かすべきだと言っている。そういう思想であって、東洋画にしてはだめなんですね、写生も。

**関川**　なるほど、そういうことか。

**三枝**　だから夕顔の花は夕顔の花で、連想はもちろんしちゃうんだけれども、連想は外せないと言ったら今までと同じになるので、そこで連想を断ち切ろうと言ったところが子規の新しさだと。子規のそういうあまりにもシンプルで過激な用語論とか表現論を弟子たちが寄ってたかって変形したというふうに僕は思うんですよ。「アララギ」で写生と言ったら実相観入でしょう。写生とは全然関係ないわけですからね、本当は。で、虚子は花鳥諷詠ですから。そこに歴史的なニュアンスが生きるわけで。だからそう考えると子規のラジカルな表現意識というものが見えてきて、あまりにもラジカルだから弟子たちがそれを修正せざるをえなかったというように思っているんです。子規ファンとしては弟子たちがまことによろしくないというふうに思うんです。

**関川**　漱石と俳句について少し考えてみると、外国体験はとても大きかった。英国留学から帰国すると、漱石は『草枕』という俳味小説を書かなくてはすまなかった。それも二人の男に同時に求婚された乙女が遠い昔、池に身を投げたという故事を引いて古和歌を添える。一方子規は幸か不幸か外国経験をしなかったわけで、そのことはけっこう大きいんじゃないかと思うんですよ。経験したほうがよかったかどうかは別にしても。

昭和になってからですけれども、虚子はヨーロッパへ行きます。その船中、一等船客たちが句会をやるわけです。シンガポール、ペナンまでは句ができるんだけれども、ベンガル湾からはできなくなる。これは非常に面白い。ヨーロッパに近づけば近づくほど句境が湧かない。季語を中心にやっている限り、熱帯では無効なんです。漱石も渡英の航海では、アデンまでは句を作ったけれども、ヨーロッパではできなかった。現地で子規の訃報を聞いたとき、突然五句できた。これは俳句の宿命なんでしょうね。短歌の場合は外国から投稿してくる方もいらっしゃいますが、季語が入ったような短歌はだめなんでしょうね。

**三枝**　虚子の花鳥諷詠は昭和に入ってからの提唱ですが、欧州で季語の力を確信したかもしれません。季語の問題は大きいですね。

**関川**　季節込みでの短歌を虚子は弁護していますし、それは短歌にとってよいことだと言っていますけれども、外国を歌うとうまくない。俳句などはヨーロッパで小さなブームになっていますが、結局一行詩とか三行詩ですね。俳句ではない。

**三枝**　俳句がローマ字のHAIKUで、短歌も同じようにTANKAという形で広げようとしていますが、要するに五行詩なんですよ。だいたい短歌は一番の基本は強引にいえば二行詩ですから、上の句と下の句の。それがうまく五行詩のほうにいったとしても本当の意味での短歌かどうかというのは難しいと思いますね。

**関川**　むしろ新しいジャンルとして成立させるべきですよ。

**三枝**　そうなんですよ。五行歌というのがある。たぶん啄木の三行書きの短歌から来ていて、五七五七七だから五行歌としていると思うけれども、でも考えてみると、三行詩であろうと五行詩であろうとやはり五句三十一音というベースがあるから、それからはみ出すという形で新しいジャンルができる。何もないところから新しいジャンルはなかなか生まれないんだと思いますね。

## 子規から啄木につづく水脈

**関川**　啄木の三行書きは面白いですね。当然と思われる場所で切っていない。三行書きだと、歌集が編集上よくなります。結局、見た目も含めてですね、芸術表現は。啄木は、子供っぽいままで亡くなったけれども、ちゃんと短歌で仕事はしたんだと思います。

啄木の場合、いつでも第二志望しか合格しないという感じがあります。第一志望は小説だったんでしょうね。むしろ第二志望だからうまくいった。

**三枝**　確かに。第二志望だから、それが彼の独特のへなぶりという思想にもなった。それが今までとは違った形の短歌の世界を彼にもたらしたということになりますよね。僕は、すごく粗っぽいけどたとえば短歌の世界では子規がいて、伊藤左千夫がいて、それから茂吉というふうに系譜づけをやられるし、啄木は、鉄幹、晶子から啄木と来て、それから生活派のほうへ行くというようなルートなんだけど、実は子規から啄木というつながり方というのはすごく大切だと思います。歌言葉はシンプルでなければだめなんだという子規の主張を、結果的に継いだのが啄木だというふうに考えられる。

**関川**　それも時代精神の反映だと思いますよ。

**三枝**　ああ、まったくそうですね。あの時代がどういう表現を求めていたかということを子規は先端的にやっていて、それを無意識の中に啄木が吸収した。そんな構図を考えると子規から啄木というのは重要な水脈だという気がしますね。

**関川**　啄木の場合は根が生意気で天才気取りでしたから、それを一回脱する必要がありましたが、明治四十年の北海道放浪で少なからずオトナになりました。あれは要するに失業者の求職旅行でした。その過程で天才気取りの坊っちゃんが一応社会に触れたわけですね。生意気すぎて殴られたり、嫌われて地方新聞社を追い出されたりするわけですけれども、そういう経験が啄木を普通の言葉に近づけたと思います。それは、子規の病気と同じような役割を果たしたのではないでしょうか。

**三枝**　僕は、明治四十一年の上京後の、小説家として失敗したのが大きかったと思っています。

さきほど、言葉をシンプルにするという意識は子規から啄木に継承されているといいましたが、「明星」は、主題なんですよね。恋をやめて恋愛という主題で歌を新しくする。

**関川**　恋をやめて恋愛。ああ、そういうことですね。

**三枝**　つまり和歌の中で恋というのはもう典型的な題なわけですよ。まず恋があって、逢はぬ恋があって、逢ひて逢はざる恋があるというように恋が複雑になって、恋は表現のテクニックを競う一番格好なテーマだった。そういうものはだめなんだと。で、そういうときに恋愛という概念が明治になって入ってきて、恋を批判して恋愛で自我の詩を突っ走るという。「明星」というのは主題を新しくすることが意識の中心にあったと思います。だけど子規と啄木はむしろ表現をどうやってシンプルにするかというその表現意識のほうで非常に共通していて、こちらのほうが結局その後の短歌の流れには非常に大きい影響を与えたというふうに思いますね。

## 早熟という不運

**関川**　啄木の場合は生活感覚の吐露だけではなくて、いわゆる「旅情」の発見を歌で行いましたね。「みぞれ降る石狩の野の汽車に読みしツルゲエネフの物語かな」。これは子規の考えではなくて虚子に近いですね。「旅情」を表現するために「ツルゲエネフ」を持ってくる。しかしまだ汽車の中でものを読む人のいない時代ではあります。しかるに「ツルゲエネフ」を発想したのはお手柄だ、と三枝さんもおっしゃっていましたが、その名に対して持つ共有のイメージがある感情を歌に持込むのですから、それは子規的ではない。子規の写生に何かを積み上げて物語を作っていけば近代短歌が成熟する、それは、結果ですけれども啄木の発見だと思います。

**三枝**　なるほど。ツルゲエネフが出てきたので教えていただきたいんですが、二葉亭四迷がツルゲエネフの翻訳から生み出した新しい文体が、子規や漱石に影響を与えたと関川さんは書いていますけれども、ツルゲエネフの小説そのものに二葉亭四迷のあのような翻訳を促すようなタッチがあったのでしょうか。

**関川**　自然描写がツルゲエネフには多かったからじゃないですか。それまでは、自然というと日本の場合は銭湯の絵みたいなところがあったでしょう。悪いという意味ではないですけど。富士山があって、帆掛け舟があって、ヒバリが飛んでいるみたいな。近代文学で日本人が最初に衝撃を受けたのは、見る者の心が悲しければ風景は悲しく映るという発見だったわけですね。風景への感情移入といいましょうか。そういうことを二葉亭四迷がものすごく苦労してツルゲエネフの露文から日本文に、句読点の位置まで合わせて翻訳しました。それが『あひびき』ですね。

**三枝**　あの句読点は露文にあるんですか。

**関川**　ええ、異常な凝り性なんですよ、まじめな、よい人で。

**三枝**　だけどすばらしい文章ですね、あの翻訳文が。

**関川**　だから今に影響を残しているんでしょう。きょうは天気が悪いから僕の心は悲しい、というセンスを合理的な江戸人は持たなかった。天気が悪いから出かけない、でしかなかった。風景と心情のシンクロ現象の表現は、二葉亭四迷が作ったようなものです。

**三枝**　そうか。そうするとあの訳文の文体はもう、ツルゲエネフが導いたと考えていいわけですね。

**関川**　二葉亭の『あひびき』を当時の知識青年のほぼ百パーセントが読んだと思います。少しのちの世代になりますが、啄木も読んだはずです。

**三枝**　面白い話でね、「みぞれ降る石狩の野の汽車に読みしツルゲエネフの物語かな」を、啄木学者は、ツルゲエネフの何を読んだかということで学会発表したりするんです。それから、石狩の野を行くときのみぞれが降るのはいつだろうかと気象データをいろいろ調べる。僕はね、それは違う。もう雨が降っていても晴れていても、ちょっとセンチメンタルな気分で汽車に乗っているときに何を持ってくると都合がいいか。みぞれという雪でも雨でもないデリケートなものが降っているというのが一番心情には合うと演出しているんだから、そんなことを調べてもしようがないと思うんだけれども。もしあれが百パーセント事実だとしたらどこまでそれを突き詰められるだろうかというのが研究者の一つの態度だから、そういうことになる。創作者から見ると、むだなことのように思うけど研究者としてはかなり大切なことになっているんですよ。

**関川**　そういうことが「研究」になるのかなあ。石川君はよい男で面白いやつなんだけど、平気で嘘をつきますよ。与謝野晶子でしたっけ、啄木が亡くなったとき、啄木の嘘のつきぶりを懐かしんだ歌を詠みましたね。あんなに愛された嘘つきはいないです。それまで、気取り屋さんはいただろうけれども、嘘つきはあまりいなかったはずなんですよ。だから啄木は新しい時代の青年だと思います。

**三枝**　そうですね。今はもう短歌を作る人間は百パーセント本当のことで短歌など作っていませんから。

**関川**　作ってはいけないんじゃないですか、百パーセントの本当では。

**三枝**　いやまあ、いけないとまでは言いませんけどね。本当が八十パーセントで、嘘が二十パーセントぐらいがいいと思います。僕は啄木の一番偉かったのは中年というのを意識したことだと思っています。短歌の流れを見ると落合直文が短歌を新しくするためにはどうしたらいいか。老人ややんごとなき人たちの慰みものになっている短歌を若い人のものにしなければいけないというので、与謝野鉄幹たちを保護するんですね。鉄幹はもうすごい極貧の生活をしていましたから、直文に保護されてから本格的に和歌革新もする。それから直文のところに若いのが集まって、鉄幹が晶子を育てて、つまり明治二十年代から三十年代にかけての「明星」というのは青春の文学なわけですよね。啄木も本当は青春の文学なんだけれども、若者を一歩、中年の働く人間のところに領域を広げたというのが啄木の大きいところだと思いますね。啄木の歌が今の普通の生活者の中でも、ああよくわかる、どこかで自分が重なるというのはそういうところだと思う。

**関川**　啄木は、明治三十年代の青年にありがちのことなんですけど、早熟という災難を、一時誇りましたね。江戸時代の日本型近代では、早熟はまったく評価されないんですけれども、どういうわけか西欧型近代化の過程に移ると、今度は意味なく評価されるようになった。その結果としての啄木の生意気だとか天才気取りがあったので、要するに早めにそんな青年期を脱してしまうのが肝要だったわけです。だから明治四十年に失業求職旅行で北海道を巡ったのは、大きな契機となりました。

彼は長生きするつもりだったんですよ、明治四十三年の秋までは。このまま長生きしてどういう生活を送れるだろうかということばかり考えていたのが、結核性腹膜炎で突然腹が膨れてきて事情が変わるんですけど。彼のイメージでは自分は丈夫だから当時の平均的な六十歳程度は生きなければならないと思っていた。中年以降の生活に備える覚悟を二十四、五歳で持っていたんですね。時代の犠牲者とは言いませんけど、時代精神をとても反映しがちな青年でしたね。
**三枝**　そうか、あの時代は早熟というのが一つのキーワードとしてあった。
**関川**　その初期です。早熟とか天才という概念が青年をからめとってしまったのは大正時代です。島田清治郎を初めとして自称天才ばかりでした。そんな流れの末にラディゲが紹介されて三島由紀夫さんが早熟と夭折に魅入られてしまうわけです。私たちの時代でも多少ありました。ガロワの伝記やラディゲを読んで、二十までに死ななければいけないのかなと。冗談半分でしたが。

## 短冊から雑誌へ、という発想

**三枝**　子規の短歌についてはどうですか。
**関川**　「十四日お昼すぎより歌をよみにわたくし内へおいでくだされ」というのがありますね。こういった歌、けっこう好きですよ。
**三枝**　はがき歌ですね、実用であって、しかも短歌であって。今の携帯短歌の原型だと思いますね。若者が今、メッセージだけでは面白くないから五七五七七で遊びながらやろうという。原型は何かというと、あのはがき歌だなと僕、思った。
**関川**　コピーライトをとっておけばよかったですね。
あとは、どなたも挙げると思うんですけど「くれなゐの二尺伸びたる薔薇の芽の針やはらかに春雨のふる」、「いちはつの花咲きいでて我が目には今年ばかりの春行かんとす」。それから「藤の花」ですかね、私の好きなのは。意外と短いんです。あの人が短歌を詠んでいた時期は。俳句のほうが好きだったみたいですね。
**三枝**　彼はどちらかというとやはり俳人でしょう。一番最後に遺すのは俳句ですからね。本当は辞世の歌は短歌でなければいけないんだけどね。僕はね、面白いのはたとえば「足たば北インヂアのヒマラヤのエヴェレストなる雪くはましを」、最後は「われは」で終わるわけです、そうすると……。
**関川**　連作でしょう。十首ぐらいの。最後「われは」でしめる。
**三枝**　そう、「われは」とね。「人皆の箱根伊香保と遊ぶ日を庵に籠もりて蠅殺すわれは」「吉原の太鼓聞えて更くる夜にひとり俳句を分類すわれは」とかね。
**関川**　富士山の頂上というのもたしかありましたね。(「足たば不尽の高嶺のいただきをいかづちなして踏み鳴らさましを」)
**三枝**　そうそう。「われ」を突出させて短歌の一人称詩型としての特徴を際立たせる。本音としては寝たっきりの自分がくやしいんですが、時代の中の歌としては極めて戦略的。そこがおもしろい。ただ、私は「しひて筆を取りて」という一連が一番好きです。「いちはつの花咲きいでて我が目には今年ばかりの春行かんとす」など。結局、「われは」とか、純粋写生とか、そういう言ってみれば彼の和歌革新のプランというのはもう脇に置いて、自分の切々たるこの世への未練を吐露した歌がいい。あの一連には写生なんかないわけです。

「佐保神の別れかなしも来ん春にふたたび逢はんわれならなくに」も、「佐保神の別れかなしも」というのは春の別れかなしもということですからね。春の別れというのは春の別れと言えというのが子規の和歌革新。

**関川**　佐保神は、春の美称ですからね。

**三枝**　春の別れと言うのではもうあっさりしていすぎる、「佐保神の別れ」と言わないと自分のこの世への未練というのは表現できないという気持ちがあの一連にはあって、和歌革新のプランを脇に置いたときに彼の一番いい歌ができたというのは皮肉と言えば皮肉だなあと。

**関川**　彼は革新者を以て任じていたから、最初のうちは頑なに、「もののふの八十氏川の網代木に」みたいな歌のテクニックを毛嫌いしていたけど、そのときはもう違った。理論だけでは思いの表現が満ち足りなかったということでしょう。

　これは三枝さんに教えを受けたんですけど「われは」で十首まとめること自体が革新的でした。十首まとめるとは、それは短冊に書かれない、印刷されることとしか想定していない表現ですね。これは、意外に言われてないんですけれど子規の大きな業績かも知れないと。

**三枝**　確かにそうですね。短歌というのは一首で短冊に書くのが発表形式としてが当然だったんだけど、そうか、表現形式の改革もしたということですね。

**関川**　だから雑誌が欲しかったんでしょう。

**三枝**　なるほど、そうですね。偉いなあ、あの男は。

**関川**　けっこう偉いですよ。まあ、寝ていて、お出かけもしないんだから。食べるのと勉強、それから根岸短歌会のチームを鍛える。

**三枝**　仕事をすることが生きることだったとお書きになっているけどそのとおりだったと思いますね、あれだけの短い間で。彼は、僕の言い方で言うと三段階革命をしたと。俳句改革、短歌改革、それから文章。

**関川**　写生文ですね。

**三枝**　決定的に大きいのは写生文だったという気がしますね。これにはいろいろな要素があって、二葉亭四迷の翻訳文とか、漱石とのやりとりとか、そういう重層的な要素を含めながら、写生文という実にシンプルな文章を生みだした。あれが逆に短歌表現にも還流していると僕は思っています。

**関川**　そうですね。写生文は枕詞や掛詞を使うなと強調しています。写生文とは現代日本語の書き言葉の確立ですから当然ですが、それは漱石にはっきりと影響を与えましたね。ここでいう掛詞枕詞を使う文章とは、漢文のそのままの翻訳みたいな、あるいは漢語でごまかすような文章を指したと思うんですけれども、それは漱石でなくなった。偉大な現代小説作家を一人生み出しただけでも子規は偉いです。

**三枝**　そうですね。漱石は今でもそのままで読めるけれども、森鷗外は読めませんからね。確か鷗外は現代語訳が出ているんじゃなかったですか。それから、歌人の小説として文学全集にも残るのは伊藤左千夫と長塚節ですよね。あれも子規の写生文の成果のような気がします。

## 口語と文語の啄木のバランス

**関川**　あんまり生活表現の短歌が続きすぎると、少し昔に戻りたいと思います。鷗外の力強い文語調もまた生き返る、ある程度生き返るんじゃないですか。

**三枝**　今、文語表現が自分たちの日常語とは違って別の空間に入ったような感じがするから面白いという若者が多くて、変な形で文語表現が復活していますけどね。

**関川**　俳句、短歌は、文語となじみがよいですから。

**三枝**　文語でなければという人も多いですけどね。もう口語化の趨勢というのは避けられないけれども、啄木が偉かったのは、どんなに口語に近づけても最後のところでは文語に踏みとどまっている。あの兼ね合いは奇妙にいいんですね。

**関川**　「蟹とたはむれる」ではなくて「蟹とたはむる」がいいですね。そうでないと、音が乗らないだけではなくて、なぜか言葉締りが失われる感じがあります。

**三枝**　そうそう。だからそういう意味で啄木が、一見口語の歌に見えるんだけど実は文語の歌だというような、そんな表現を残したというのは、大きかったなあと思いますね。

**関川**　意識していたかどうか。とにかく第二志望だから大胆で自由なんです。それから、下宿代の催促が始まる直前になると歌ができるんですよね、あの人。だから毎月二十日をすぎると多産になります。

**三枝**　ああ、そうだったですか。

**関川**　経済的に追いつめられると「補償の心理作用」というんですか、歌が口をつく人です。もちろん経済の助けにはなりませんが。

**三枝**　気がつかなかったなあ、それは。

**関川**　彼の歌は、ほんとうに生活とともにあるんです。

**三枝**　僕は、関川さんの「かの蒼空に」にすごく刺激されて、啄木に、もう一度取り組んでみようと思ったんです。だれの歌が好きですかというときに茂吉の歌が好きですと言うと、おお、こいつわかってるなと思われるけれども、啄木の歌が好きですというのはどうも恥ずかしくて言えない。

**関川**　言いにくかったですか。

**三枝**　だけどそうじゃない、センチメンタルな啄木とは違う啄木をこれで教えていただいたということが一つあって大変ありがたかったですよ。

**関川**　マンガ家の谷口ジローに私が注文したのは一つだけ、啄木を明るい顔の無責任な青年にしてくれ、ということでした。彼はおおむね病苦と戦ったわけではなく、貧乏はほとんど自分の責任でした。

**三枝**　子規もそうですよね。あんなに苦しんでいて、だけども病気の暗い影というのは感じさせない。

**関川**　そうですね。ただ正岡家の場合は、ある種の影の部分は妹の律さんが全部かぶっていたでしょう。その意味ではお気の毒というか。しかし律さんも、それで世に仕事を残したということになりますから、以て瞑すべしかもしれません。

**三枝**　啄木は、日記を焼けと妻の節子に言ったんだけどどうしても焼くことができなかった。それで啄木研究が、わーっと広がったので、子規における律さんが啄木における節子さんかなという気持ちはありますね。

**関川**　ええ、節子さんの仕事も大きかったですよ。あんな男と一緒になって運が悪かったけれど。

**三枝**　ねえ、本当に。いいところのお嬢さんなのに。

**関川**　しかしその最後のときですが、私、啄木君と長いあいだつき合ってきたからわかるんですが、たぶん燃やしてくれと言ったんだと思うんですよ。しかし同時に、その目の奥でこれは燃やしてくれるなよと。そう思いますよ。

**三枝**　読みが深い、それは。

**関川**　彼にとって、日記は作品なんですね。北海道から上京してきたときも小さな風呂敷包を一つかかえていたんですが、その中は、日記でした。「燃やしてくれ」は願いであり、同時に嘘だったと思う。

**三枝**　なるほど、それが真実かもしらんなあ。

**関川**　いつも日記を持ち歩いていて、とにかく筆まめな男でした。

**三枝**　二人ともメモ魔でもあるね。

**関川**　子規も、断簡零墨まで全部自分でとっておいた。まさにカワウソの祭りでした。しかしおかげで、のちにそれを一枚ずつ頒布することで子規庵を維持できました。

**三枝**　しかしすごい話ですよね。俳句分類だって一枚ずつ売ったというでしょう。

**関川**　ええ、一枚五円で売ったというんですから、昭和十年前後で一枚一万円くらい。

**三枝**　そうするとあとで全部集め直したのかな。

**関川**　とにかく膨大で。まだ残っているらしいですからね。その所有権をめぐって正岡律の養子になった忠三郎さんが寒川鼠骨を訴えたのは戦後間もない頃でした。

## 近代短歌、子規から読み直しの気運

**三枝**　この『子規、最後の八年』でもう一度短歌の明治期に対する関心が広がるといいと思います。今の歌人は、若い人は穂村弘と俵万智以降、僕らは塚本、岡井以降が短歌ですからね。みんな近代を忘れている、で、これはやはりまずいと。せめて短歌百年を視野に入れながら新しい活動をしなければまずいのではないかというのがようやく広がってきて、茂吉研究とか、牧水研究とか、佐佐木信綱研究会というのも始まったようです。近代を見直そう、そんな気運がちょうど広がっている時期でもあるし、そのためのとても大きな刺激剤になると思います。

**関川**　そうなれば嬉しいですね。小説的文学のほうは戦前の研究もやるんですけど、あんまり短歌では。しかし共同研究の『昭和短歌の再検討』（二〇〇一年、砂子屋書房）は面白かったですね。その後、出された『昭和短歌の精神史』

（二〇〇五年、本阿弥書店）も。そういう仕事は、とても大切ですよ。

**三枝**　仮定の話ですけどね、土岐善麿がこんなことを言っているんですが。戦中、特に日中戦争の時代、土岐善麿は国策に協力して頑張ったわけです。そのときに、もし啄木が生きていたら私以上に頑張ったんじゃないかと。今の啄木学者は、二百パーセントありえない話だと言っているんだけど、どう思います？

**関川**　石川君は流行に弱いタイプだから、僕は土岐善麿の言うことのほうに真実味を感じますよ。ただそれは、よほど長生きをしたのちのことですし、彼が影響力をまだ持ち続けていたと仮定してのことですから、留保は必要でしょう。ですが、もし彼が長生きしていたら、あの青年期の生活短歌は忘れられていたかもしれない。中年以降を無事に送った人の青年の歌というのは忘れられがちですから。

**三枝**　なるほど。

**関川**　彼が長生きしたほうが石川家にとってはよかったかもしれないけれど、日本文学としては彼の夭折を得がたいものとして受けとりましたね。

**三枝**　あそこで中断したのがやはり大きかったということですね。

（初出「短歌研究」2011年9月号）

Profile
せきかわ・なつお　1949年～。神戸女学院大学特別客員教授。著書に『現代短歌　そのこころみ』、『「坊っちゃん」の時代』、『子規、最後の八年』など多数。

鼎談

# 季の恵み

飯田龍太
今野寿美
三枝昂之

春がすみのひと日。東八代郡境川村小黒坂の「山廬」に豊潤な時間が流れた。俳人飯田龍太さんを、現代歌壇を代表する一人、三枝昂之さん（甲府市出身、川崎市在住）・今野寿美さん夫婦が訪ねた。三枝さんの若山牧水賞受賞、井伏鱒二、堀口大學ら山廬を訪れた人々との交友、飯田、三枝両氏のふるさとと山梨への思いなど話題は尽きない。二時間に及んだ歓談。話はいつしか現在の俳壇と歌壇の「あいだ」にも分け入った。

## 1

**三枝**　文芸にかかわる人間にとって山廬は聖地です。長年の夢でした。

**今野**　一度でいいから連れてって、と言っていたのですが、それもずいぶん前からです。

**三枝**　二人の念願がかない、今日は本当にうれしいです。歌集『農鳥』で一昨年、若山牧水賞（宮崎県など主催）の受賞が決まった時、授賞式のパンフレットにどなたかからお祝いのお言葉をいただいてほしいと言われ、無謀にも龍太先生にお願いし、ご快諾いただきました。牧水賞もうれしかったですが、龍太先生からのメッセージにとりわけ感激しました。

**飯田**　宮崎県から通知が送られてきて驚きました。宮崎は知事が先頭にたって盛大にやっていますね。

**三枝**　知事が俳句や短歌を好きで、枕元に句集や歌集を置いてお読みになるそうです。

**飯田**　宮崎県には親しい友人が何人もいるから、かすかには承知していますが、不思議なお国柄ですね。戦時中に沖縄が危なくなって、人々は九州に移住した。その中でも宮崎に移った人は実に大事にされたそうです。そしてその人たちの多くが宮崎に居着いた。だから宮崎には琉球のなまりが残っているし、「琉球塗り」という赤と黒の非常に重厚な塗り物の流れをくむ漆器が、今は宮崎の特産品になっているんです。

**今野**　宮崎には初めて行って今うかがったような何かとても情の厚い風土が印象的で、親しみがわきました。

**三枝**　龍太先生は今はもう、その種のものはお書きにならないはず、と後になってあるジャーナリストが教えてくれました。知らないっていいことだなと思いましたが、身が縮む思いもしました。

**飯田**　その文章に題をつけるのを忘れたまま送ってしまって…。そうしたら三枝さんがつけてくれた。

**三枝**　事務局が先生にもゲラ段階でみていただきますから、と言いますので仮の題のつもりでした。

**飯田**　自分でも「望郷の錘（おもり）」と題をつけたつもりでいたんです。そしたら「こういう題にしましょうか」とお手紙をもらって、我が意を得たと思いましたね。しかし宮崎の人たちの手厚い運営には感心しました。牧水さんも我が意を得たと思っているでしょう。

**三枝**　授賞関連行事が三日続きました。毎年ＰＲ活動をし、選考委員や受賞者が講演することで、これまで宮崎の人の多くが「旅好きの酔っぱらい」と思っていた牧水のイメージから、大きな存在へと変化したようです。『農鳥』や『甲州百目』という私の歌集のタイトルにも表れていますが、牧水と同じように、望郷は私の大切な主題の一つです。故郷に心を向ける大きなきっかけが龍太先生の俳句でした。龍太先生は私の歌の大恩人です。

**飯田**　いやいや、山梨では山崎方代さんが独特な短歌を詠んでいましたが、これと思うような人が今まであまりいなかった。あなたが活躍されるのは本当にありがたい。

**三枝**　甲斐に生きる者、特に若者は周囲の山とどうなじむかが大問題のように感じます。若いころの私は高い山に囲まれている甲斐の国が嫌いでした。

**飯田**　よく分かります。

**三枝**　早くここから出たいと思っていたんです。先生の俳句を読んで、山に囲まれた生活が実は奥が深いものだということを知りました。歌人としても、一人の人間としても、私にとって「龍太体験」は本当に大きいものです。

**飯田**　大変ありがたいですが、自分でも自分がよく分からないんです。でも都会より田舎の方が好きだということは何となく分かってきました。

**今野**　今日は小黒坂からの眺めを実感しながら山廬におじゃましましたが、なにかしみじみと納得する気がします。

**三枝**　私は四十三歳の時に大病をして山梨医科大付属病院

（当時）に入院しました。山と向き合い、龍太先生の俳句と向き合う日々の中で、先生の俳句に助けられたと感じました。「なにはともあれ山に雨山は春」が特に好きです。この句を心に置きながら甲斐の山々を眺めていると、「まあまあ何とかなるからもう少し頑張ってごらんよ」という先生の声が聞こえてくるように感じました。

**飯田**　あの句は俳句らしくない俳句。新潮社が毎月出しているPR誌「波」に毎号一人が一文ずつ寄せたことがあって、そこにその句を作ったんです。

**三枝**　「なにはともあれ」と意外な始まり方、たしかに俳句らしくないのに、たっぷりと俳句の豊かさを感じさせてもくれます。甲斐の若者にはこういう世界を通じて、山との折り合いを付けてほしいと思います。

## 2

**飯田**　ここに来るとみんな何となくのんびりしましてね。昔は大勢来て夜中まで飲みました。でももう僕と同世代の俳友もほとんど亡くなって、金子（兜太）と森（澄雄）、私の三人だけになってしまった。

**三枝**　短歌や俳句を作る者には、山廬に龍太あり、がとても大事なのだと思います。龍太先生の眼（め）を意識することが、どこかで自分を励ますことにもなっています。

**今野**　今日の甲州は春がすみですね。桃にはまだ早いですが暖かで。こちらへうかがう前に蛇笏先生のお墓とお嬢さんの小さなお墓にお詣（まい）りさせていただきました。小黒坂からの盆地の眺めがとてもすてきでした。よく外をお歩きになりますか。

**飯田**　足が駄目だね。それよりも頭が…。今年になって、はがきを出したら半月ほどして戻ってきた。見たら三枝昂之様、今野寿美様とあて名だけ書いてあって、住所が書いてない。今野さんに親切な書評（山梨日日新聞掲載、余白を読む『百戸の谿』）を書いていただいてありがとう、と文面も書いてある。でも住所が書いてない。

**今野**　そうだったんですか…。書かせていただいただけでたいへんな光栄でした。『百戸の谿』には格別の親しみがありましたし。大家の作品集は最初のものから読むとは限りませんが、わたしにとって龍太先生の俳句は『百戸の谿』を読むことが初体験でした。「山河はや冬かがやきて位に即けり」「露草も露のちからの花ひらく」など、自然を描くことばの魅力にたちまち引き込まれました。

**飯田**　年賀状のつもりで出したんです。恥ずかしくてね。いよいよこりゃだめだと思ったね…。

**今野**　それより前に福田甲子雄さんの『肌を通して覚える俳句』について書かせていただいた時、紙面に載ってすぐ龍太先生からおはがきをいただいて、それはもう宝物なんです。本当にうれしくて大切にしています。歌を作るようになったころから句集や俳句の本を読むのも好きでしたが、龍太先生が福田さんの句をよく引いていらして、それがすっと胸に落ちて、私は福田甲子雄ファンにもなりました。

**飯田**　福田さんという人は五十年以上のお付き合いだが、なかなか立派な人。俳壇でも信頼が厚い。そういう意味で私は友人に恵まれた。塚原麦生さん（昨年十一月死去）は昭和十五年からのつきあい。東大病院の先生で、私がカリエスになった時、一番最初におかしいから調べようと言ってくれた。

**三枝**　実は私もカリエスになりました。小学校四年から二年間、寝たきりでした。脊椎カリエスでした。名前からしていやな病気ですが、龍太先生と同じということを知り、なにかうれしい気持ちにもなりました。四男という点も同じです。他愛ないことですが、龍太先生と重なるところを見つけて勝手にうれしがっているんです。

**飯田**　カリエスの手術といっても僕のころは局部麻酔ですよ。二回気絶した。でも僕らの時代は、病気で死ぬんだったら戦争で死んだ方がかっこいい、そのくらいの考えでね。若いころは死ぬことはそんなに恐ろしくなかった。今は臆病になりましたね……。

## 3

**三枝**　龍太先生は雨がお好きではないでしょうか。「なにはともあれ山に雨山は春」など、私は先生の雨の句に惹かれます。「かたつむり甲斐も信濃も雨の中」を思い出しますと、雨季のうっとうしさがどこかへ飛んでいって、雨に包まれた山国ならではのおもむきを感じます。雨季の甲斐に帰りたくなります。甲斐に生まれ育ち、腰を据えて、山を愛し、雨を愛していらっしゃるからでしょうね。

**今野**　「抱く吾子も梅雨の重みといふべしや」も雨の実感が背景ですね。それから季節と切り離せないないかたちで、鳥の名句が多いことも忘れられません。『今昔』の句ですが「閑古鳥鳴けばこれより老の坂」とか「乱心の姫のありけりミソサザイ」というように、鳥を詠むなかに人事がふと寄り添っていたりします。

**飯田**　私は四男でしょう。こんなところに住むとはさらさら思っていなかった。盆地を抜け出して多摩川のほとりに出るとああよかった、と深呼吸をしましたよ。

**三枝**　私は中央線で高尾を過ぎると、ああ世界が見える、とうれしかったです。

**飯田**　同感です。山梨県は嫌いでしたね。

**三枝**　その龍太先生が甲斐の風土を深くいとおしむ作品をお作りになられる。大きなきっかけがおありなのでしょうね。

**飯田**　気が弱いところがあってね。次々に兄貴に死なれたり……。それと友人に恵まれた。

**三枝**　蛇笏さんは龍太先生が俳句に本腰を入れた時はうれしかったでしょうね。

**飯田**　いや喜ばなかったですね。僕が俳句を作るのを好まなかったし、常に「定職を持たなくちゃだめだ」と言っていました。でも親父が雑誌をやっていたでしょう。年をとってつらそうだった。気の毒でね。少し手伝ってやろう、初めはそんなもんですよ。結社は和やかでしたが、ぱっぱとやめてしまって…。初めから分かっていたこと。

**三枝**　「雲母」終刊は早くから決心なさっていたことでしょうか。

**飯田**　ええ。ずっと将来長く続けていく、なんてことは考えていなかった。

**三枝**　どうしてですか。短歌も俳句も死ぬまで主宰という人が多いですよね。

**飯田**　だんだん会員が増えて…。でも選を早くすることは不可能ですからね。それに水原秋桜子さんや中村汀女さんらが次々と亡くなって、先輩方が選者をしていた雑誌や新聞の選がどっと来た。気が弱いからついつい引き受けてしまって…。

**三枝**　俳人が俳句を作る人ではなく、選をする人になってしまうんですね。

**飯田**　そうなんです。

**今野**　俳句と短歌の世界では作品をなすのと同時に批評者でなくてはならない。そして選をする人でもあり、自前で雑誌を発行する人でもあって。月刊であれば編集と発送作業はほとんど同時でしょうし、大変ですね。

**三枝**　蛇笏・龍太の太い流れがありますから、やはり甲斐は俳句の豊かな風土となりましたね。その後もいい俳人が出ていますね。

**飯田**　ええ、まじめな方が多いです。

**今野**　山梨県というとまず俳句。それだけ優れた後継者がいらっしゃるということですが、（中央俳壇の）若い俳人ではどんな方に期待しておられますか。

**飯田**　長谷川櫂さんはいいと思いますね。なかなか俳句もいいし文章がしっかりしています。昔は文章が達者な人は俳句がだめだ、なんて言ったがそんなことはないですよ。

**三枝**　文章に熱心ですと悪口をいわれるのは短歌と俳句に共通ですね。私も「三枝は評論の方がいい。歌はだめだ」と随分悪口を言われてきました。短歌や俳句は作品をどう読むかという作業が大切ですから、文章を書くことが必要ですね。龍太先生は名随筆家でもいらっしゃいますし、先生の随筆を読むことが、俳句の鑑賞を助けてくれるように私は感じました。

## 4

**三枝**　僕は龍太先生の句集はどれも好きですが、中でも繰り返し愛読しているのは『遅速（ちそく）』です。「啓蟄や喪章いづれのときならむ」「仕事よりいのちおもへと春の山」をはじめ、人生の時間への愛惜がとりわけ深いと感じるのです。「仕事より…」の句は講演などでよく紹介します。私の遠い遠い目標であり、教科書なんです。ですからあの句集の後の世界を読めないのが寂しいのです。今も俳句はお作りでしょうか。

**飯田**　ええ。作るというよりは生まれますね。長いことやっているから、勝手に生まれる。ただそれをいちいち記録しないだけのこと。

**今野**　お書き留めにはならないんですか。

**飯田**　そんなにいいのはないですから…。長いこと俳句をやっていたでしょ。何を見ても句が浮かぶんです。こんなことを言うと失礼だけど、中村草田男さんも山口誓子さんも、いいか悪いかは別にして晩年はどんどん作ってしまう。ところが、それを自分で評価することができない。年をとると自分の作品に厳しく接する能力がなくなる。どっちがいいのか悪いのか、判断が甘くなります。先輩を見ていてもそういう点はありますから。

**三枝**　でも龍太先生の世界は余人が及ばない味わいです。それが人の目に触れなくなってしまう。日本の韻文には損失だと思いますが。

**飯田**　誰かがこういうことを言っていましたよ。年をとってまともな作品を作った人はいないね、と。

**三枝**　年をとればとるだけまた違った味が出る、と思っている歌人も多いのですが、難しいでしょうか。

**飯田**　一般的に老年になっていい作品を、というのはないですね。特に今のように発表する場が無数に現れると。どうしても乱作になります。

**三枝**　秘かに『遅速』以後といった作品をノートに残しているということはないのですか。

**飯田**　それはないです。句が浮かんでも、あ、やっぱりまずいなと思って。習慣ですから生まれますが、いいかなと思っても三日ばかり経つとやっぱりだめだ、と思ってね。

**三枝**　「耳聡き墓もあるべし鵯鳴く」は『遅速』の最後の年の句。境涯へのもの想(おも)いと読みました。淡々と表現されるから深いんだなあ、と感じるのです。この続編を読みたい、いつもそう思っています。

## 5

**今野**　お出かけになるときはどうしていらっしゃるんですか。

**飯田**　タクシーだね。もう（昭和）二十七年からずっと石和のタクシー。井伏（鱒二）先生にも紹介したら、甲府に来るときも荻窪の自宅に車を呼んでおいでになる。一回だけ高級車で来られたので「先生、今日ははりきっていますね」と言ったら「これは松本清張君が使っている車だ」なんてことがありましたが、あとは日の丸がついた石和のタクシー。井伏先生は長野県信濃境の高森に農家を買い取って山荘にしていましたが、そこに行くにもタクシーを東京に呼んでいた。でもタクシーが行くと「今日は都合が悪いから帰ってくれ」ということもあったようです。

**三枝**　この（床の間の）軸は井伏先生ですね。

**飯田**　井伏先生はここに何度もいらっしゃってくれた。「新潮」の編集者が来た時に、この軸を見て、これはちょっと違いますね。「厄除け詩集」にある詩は「あれは／誰の山だ／どっしりとした／あの山」。でもこれは「あの山は／誰の山だ／どっしりとした／あの山」と。「あの山」の方がいい。「あれは」だと直截(せつ)すぎてリズムがないでしょう。だから自分で直しちゃったんです。
**三枝**　みなさんここではおのずから五七調に染まるのでしょうか。
**飯田**　もう一つ「逸題」という長い詩を書いてくれて、それを表装して（県立）文学館に寄贈したんです。でもこれは元と違うから寄贈できない。そこの屏風に張ってあるのは親父の書き損じです。「春めきてものの果てなる空の色」。これは「山廬」の署名を失敗した。こっちのは句が違うんです。「山路みる滝川ごしの冬びより」が元句ですが「滝川ごしに」と書いたから、「親父それは句が違うぞ」と言った。そうしたら、丸めようとするから「いや、それは僕がもらっておくからいい」と言って取っておいた。これは句集にある句です。でも「滝川ごしに」の方がいい。だから書きながら自分で直しちゃったんです。
**今野**　完ぺきなのではなくて、いわく付きで完ぺき以上の味わいになることってあるんですね。蛇笏・龍太父子の対話が聞こえてくる屏風。表装もすばらしいし。
**飯田**　親父が病気になってから、何にでもお使い下さい、と作って送ってくれた人がいた。でも親父は病気で書けないから、書き損じの原稿を張った。「山廬」と虚子が書いた額も偽物。本物は文学館に寄贈してある。安岡（章太郎）さんが「これは虚子の字ですね」と言うから「偽物です。偽物が住んでいるから偽物なんです」と言ったんです…。

## 6

**三枝**　若山牧水が失恋の痛みに耐えかねて訪れたのはこちら（の建物）ですか。
**飯田**　庭に蔵二階があったんです。一階が蔵で二階が二十四、二十五畳の畳の部屋。親父が書斎にしていたその部屋に、牧水さんが寝泊まりして十日ぐらいいたかな。その時、お祖母さんが危篤で母屋が使えなかったら。親父の妹がまだ嫁にいかず家にいて、もっぱら牧水さんの接待係。戦後、しばらくたってから「牧水ってどんな人です」と聞いたら、「とても優しい紳士ですよ」と。「お嬢さん一杯ついでくれませんか」なんて言わなかったらしい。
**三枝**　蛇笏は祖母危篤の非常時を隠しながら牧水をゆったりと受け入れる。牧水は文芸への復帰を蛇笏にうながす。牧水の山廬滞在は美しい友情の物語ですね。
**今野**　蔵二階と聞くだけで、何か物語がありそう。
**飯田**　三枝さんがかつて指摘されましたが、牧水の歌ににじむ旅心の背後には郷愁があります。それは芭蕉も同じ。旅心と郷愁は表裏一体のもの。蛇笏は郷里に身を置いて旅を思った俳人、牧水は旅にあって郷里を思う歌人。生き方は違うにせよ、互いに郷愁という詩心が流れていた。
**三枝**　正反対に見える蛇笏と牧水を近代以降特に大切な郷愁という主題でつなぐ。興味深い風景が浮かんできそうです。
**飯田**　堀口大學さんも葉山の町長さんの案内でひょっこりみ

えたことがありました。その町長さんは俳人で私とも長いつきあいでした。大學さんのお父さんが堀口九万一（筆名・九峰）という仏文学者で外交官。お目にかかったことはないが親父と親しかった。それで大學さんが急に来ることになった。普段は着物だが、その日はストライプの洋服を来て紳士でしたね。昨日文化勲章を受章してマスコミが殺到するから逃げてきた、というんです。その時話してくださったのが宮中の歌会始のこと。私も一度、皇居の松の間に傍聴者として行ったことがあるが、けっこうムードが合っていますね。堀口先生は召人（めしうど）として行かれたというから「先生、どんな作品をお出しになりましたか」と聞くと、「深海魚光に遠く住むものはつひにまなこも失ふとあり」。どこかで聞いたような歌だなあと思った。確か牧水にあるでしょう。

**三枝**　「海底に眼のなき魚の棲むといふ眼の無き魚の恋しかりけり」でしょうか。

**飯田**　そうそう。「それはまた、すごい歌を出しましたね。陛下はなんておっしゃいましたか」と聞いたら、手を出して「堀口君、いい歌を作ってくれてありがとう」と言ったそうです。

**三枝**　今年の歌会始では大岡信さんが召人で、やはり面白い歌をお出しでした。「いとけなき日のマドンナの幸ちゃんも孫三たりぞとeメイル来る」。歌人たちがかしこまった歌を作っている中でのユーモアのある歌、大岡さんらしいと思いました。

**飯田**　大岡さんも何回かここへみえましたよ。奥さんと一緒に来たこともある。こんな山中で誰も関知しないから、お酒を飲んでここへ寝たり…。長いつきあいです。

**三枝**　牧水賞の授賞式においでくださって、龍太先生がお祝いを書いてくださったことを喜んでくださいました。龍太先生にお会いしたらくれぐれもよろしくお伝え下さい、とも言われました。

**今野**　やはりみなさん、こちらへうかがいたいと思うんですね。歌人でも。龍太先生にお目にかかるのと同じ重さで蛇笏・龍太の俳句の世界に触れる思いがするからでしょう。「山廬」という名はまさに象徴だと思います。

## 7

**三枝**　このごろは俳句と短歌の行き来が少なくなりました。僕らが若いころは高柳重信さんやその周辺の若い俳人の作品を短歌と同じように読みました。俳句の問題は短歌の問題と感じていましたから。その後は距離ができてしまいましたが、歌人が俳句から学ぶことはたくさんあります。

**飯田**　僕らも若いころは茂吉や牧水の短歌を読むのは常識だったが、最近は交流がなくなりましたね。

**三枝**　今、短歌ではアニミズムがよく話題になります。自然と自分の距離をどう近づけるかという問題だと思いますが、そういう問題でも、龍太先生の世界からはいろいろ学ぶことができると思います。

**飯田**　短歌の方のことには疎いんですが、俳句では総合誌みたいな雑誌がたくさん出ている。

**三枝**　俳句ほどではありませんが、短歌も雑誌が多くなりました。これだけ情報があふれていると、全部の雑誌を読むことはできませんから、会っても話が通じないんです。昔は会うと角川の「短歌」の作品や評論を「あれはどう思う」という話になるんですが、今はそれさえも難しくなりました。

**飯田**　俳句の方も全く同じですね。共通の話題がなくなりました。

**三枝**　情報が多すぎるとないのと同じ現象が起こるのですね。深刻な時代だと思います。僕がただ一人お会いした近代の大歌人は窪田空穂でした。父親の遺歌集に窪田先生から序文をいただき、母がお礼にうかがうときに荷物持ちとしておじゃましたんです。亡くなられる二、三年前だったと思います。

**飯田**　そうですか。私も偶然、毎日新聞の選者の合同懇親会の時に窪田先生にお会いしました。私は若造でみんなお父さんみたいな方ですから、三十分くらい早く行ったら、ぽつっといらっしゃった。先生のお話を一方的に聞くだけでしたけれど、とても立派な方だなあと思いました。

**今野**　龍太先生が窪田空穂にそんなかたちでお会いになって人柄に触れられたと聞くだけで、何か歌人と俳人の別なく受け継がれてゆくものがあるような気になります。

**飯田**　大岡信さんのお父さんの大岡博さんは、窪田先生にずっとついて短歌をおやりになっていたようです。井伏（鱒二）先生も窪田先生を尊敬していました。人柄が立派だったんじゃないかな。

**三枝**　実際の作者に会い、教えを受けると栄養も感激も違います。だから、みなさんが一度は山廬へ、と思うのではないでしょうか。今日は私と今野にとって記念すべき日になりました。龍太先生には短歌や俳句の動きをこれからも長く見守っていただきたいと思います。

◇

四方を山に囲まれた山梨で生まれ育った俳人と歌人。一人はその地で、一人は遠く離れて郷里をうたってきた。閉そく感を嫌い、一方で山を恋い慕う。この心の振幅が二人の作品世界を深めてきたのだろうか。全共闘世代の歌人の目を、心を、故郷へと向かわせたものとは。孤高の俳人が作品発表をとどまる理由とは。その答えの一端が三人の座談から垣間見えた。帰り際、飯田龍太さんと三枝昻之さんは固く握手を交わした。中央俳壇にゆるぎない存在感を示す飯田さんと、現代歌壇をリードする三枝さん、今野寿美さんとの間に流れた豊かな時間。座談後、二人は「多くのことを学びました」と、緊張の面持ちを崩し、小黒坂を後にした。

（初出　山梨日日新聞　04年4月1日〜9日付）

# 三枝昂之代表歌三三三首

和嶋勝利選

## 『やさしき志士達の世界へ』8首

まみなみの岡井隆へ　赤軍の九人へ　地中海のカミュへ

ゆるやかに揺れる君からぼくまでの距離をともども測りがたしも

霜は花と咲きて凍れる冬の詩を星とならざる射手にささげむ

樫の木がしずかにひらくひとところ時にこころにまぢかに還る

おそらくは愛くきやかに育ちいん一月の樫の千本の枝

マフラーの黄をあざやかに巻きたるは真昼の酔いのためのみならず

ウィンドに黄昏の陽が満ちたれば海がふたりのあこがれとなる

冬の樫　あれは砦にあらざれば窓に炎の髪うつしいる

## 『水の覇権』12首

首都は驟雨　射手にならざる星々のさびしきながき伝令も零る

早稲田車庫こえて時々プラトンのようなひとりに会いにゆきしも

馬場下町　そのときかすか聞こえたるヴァイオリンの声(ね)の高く苦しも

湖にふりくらみつつたゆたえる一人のこころ一漕の舟

その街の幾十条の一点をゲーテの谿と呼びて――忘れき

唄うことやめて久しき弟のようなポプラにあう雪のあさ

情念の端(はし)はなぐもる想い出のひとつは誰れと分かちあいしや

択ばれて残るにあらず陸橋をわたりはるかに逢う冬の山脈(やま)

伝令のひとつ忘れしわれとわが父　戦後史にゆきはぐれたる

心情の舟はいざよい寒天の星ひとつにも邂わざりしかな

ひとり識る春のさきぶれ鋼(はがね)よりあかるくさむく降る杉の雨

春一番　詩歌千首の終章に生きる同志を散り散りにする

## 『地の燠』11首

木染月　恋のゆくえの屈折のそのひとつずつしんと光れる

誰れ在らばたぎる　心へさきぶれのそのさきぶれのさざん花ひらき

馬追虫(うまおい)の絶えたるのちの小滝橋誰への反歌もちて渡らむ

百舌の声するどく高く照準のまなかに揺れて遠ざかりゆく

新月のうらの月明――散りしのちひとりはそこに咲きかえるべく

こころざし照りかげりして鎮もれば映すものなきその水鏡

いだくとき背後に秋の陽はながれもろもろのものさびしむごとし

心情の底いの安房のあきざくらいずこの村もつらなりて咲き

愛憎と生き死にのさきつゆじもの葡萄たわわにむらさきなせる

夏もアカネも野をながれゆきいち人の希いしことの箇明さ――

あかるさの雪ながれよりひとりとてなし終の敵・終なる味方

**『暦学』** 27首

五月繁れる樹木と言葉死ぬときもかくしずかなる孤独と思う

想い出の貌、ほほえみの二つ三ついかに滅びてゆきなんとする

ダ・ヴィンチが見つけしときの脳葉や四肢の水路のみずみずしさよ

髪分けしとき鏡中に拙さや聡さの声をききし耳あり

もろもろの帽子陽を鎖し雨を鎖し一つつたなく自らを鎖す

水無月の蜜したたらせ食む桃の甘さ――一途であってこそ恋

やはり〈明日〉も新鮮に来てわれわれはながい生活（たつき）の水底にゆく

ならびつつ奔る――あるいは一生は悍馬のように簡明である

雨が地に還らんとしてあげる声樹や屋根や人しかと応えよ

さまざまな契機をつかみかつのがし手はふたひらのあやめのごとし

長いくらしのくらしおもてに夕焼けがくる頃われは霧雨となる

灯に寄りてこぼす鱗粉　引力のはるけきものは机上にとどく

キャンベルを煮るあまやかさ家にみち実れるものは季節濃かりき

拭うとき思う起伏のひとつずつ日々水は過ぎわれはとどまる

テーブルに本、季（とき）に花、黄昏にピアノ、もろ手に縦横の水脈（みお）

丘の上の公孫樹かがやきかたわらに添うもののなき空の黄葉

やがて言葉は意味を喪い樹は地（つち）にわれは祖先の無名に帰る……

真に偉大であった者なく三月の花西行を忘れつつ咲く

〈ひまわり〉の写真に雲は点在し照り翳りゆくひと日の推移

手にふれて思うつめたききりぎしや起伏あまたを汝れが持つこと

生くるものらの謐けき時間銅鏡に鳥がひろげる永遠なる翼

なまよみの甲斐　三月の雨中にもつつがなき春四方(よも)にうかべて

わが死後を永遠(とわ)の雪降り観念はどこの水にも必ず生きよ

図書館に忘れられゆく学説や人はすがしき徒労重ねる

降る雪やわれらがむかし深追いをしてまぼろしに帰したる空よ

三田線は高架にいでて果てんとす辛勝も勝ち奇勝も勝利

丘のむこうに煙はあがり〈農本〉という信念を故なしとせず

## 『塔と季節の物語』23首

貧あれば前線ありて学徒らの誰れより先に征きにけり、父

散乱しひかりが水にかえりゆくせつなせつなの力のかぎり

なまよみの甲斐　さす傘にまもられて帰らぬゆえの青山である

葡萄枯れゆく霜月の甲斐　山垣の底にしずもるひかりと思う

くにはらを秋おおいつつ樹々や草みずからふかき影となりゆく

むこうから来て父となるなりゆきの否応のなき花とも思う

身心に肝（かん）ありて胆あることの春、転蓬の五月なりけり

花もまたつぶての一つ一つずつ脱帽をして身に受けるとき

齢一つ加えて歩む春霞芽吹けばなべて身中の花

不惑不惑といいきかせつつあやめなき身をひきあげる菖蒲湯の闇

一休和尚入水を企りくじけたるのちの憂き世と浮き世の水際

鳥に空、夢に肉体、樹々に四季　言葉もつもの応答すべし

果てる昭和の母が故郷の秋天にくしけずりくしけずる喜寿の白髪

はろばろと行き風景となる父へげに遅々としてわれはちかづく

緑蔭をゆきつつ想う父の夢継がざるものはいまだあたらし

医学ふと思いてみたる晴天に実をかかげゆく山の木の梨

消してまた書く一行の詩の言葉こころざしこそ修辞に及かず

廃村に帰してゆきたるあかるさの水に藉きゆく若草の芹

男児（おのこ）わらいてわが膝の上にくずるれば獅子身中の花のごとしも

からまつはひと日ひと日の葉をこぼしくがねに還る山のすそ原

しずかなる水と思うに翔びたちて鳥が乱せるしろがねの川

寒の水飲んでついでに吹いてみるくりやに残るおのこのラッパ

家族から解き放たれて冬枯れの庭に憩める三輪車あり

## 『太郎次郎の東歌』29首

転がして掌にあそびたるかたつむり昭和果てゆくひかりならむか

甲斐駒は雪をほのかに脱ぎながら姿まぢかくわれを依らしむ

昭和三十五年極月五日朝岸上という死者あり若し

四歳が掘りて忘れし穴ふたつ夕陽にならぶ大小の肩

昭和史の瑣事（さじ）の瑣事にて国労が孤立してゆく経緯忘れず

連れ合いに涙をしばしこぼさせしわが幼年の一瑣事あわれ

椎の香のひたすらなるをふり仰ぎ力あるものわれははかなむ

灯の下に来し四歳のやわき掌がわが頭をなでて立ち去りゆけり

自転車を漕ぐ子と父の夏果てて坂の上なるかなかなしぐれ

扉の角雨をはじきて東京に流れ着きたるもの見つめ合う

このくにに根づかざりけるひとつにて永世中立国家日本

春寒のヒーターは消えまた点きて四十なかばの苦しみなかば

川の字の家族をつつむ梅雨ふかし水に流せぬくらしのくらし

ぎんなんを潰して歩む昼しずかいやはてという思いはしずか

渚には波寄せかえす砂白し力もたねばわれは寄りゆく

くちびるに目見に花ふり卒業すいでて戻らぬ青春の門

折々の遠き電話に不可思議の諫めを母は忘れたまわず

多分多分日々あたらしき東欧にも岸上はいて渦中のひとり

ジュータンを空に泳がすまぼろしに二十世紀はわれらは及かず

書き泥むひと日の果てに沖つ波湯船に立ててただようわれは

勢いの的となりたるなりゆきは小さけれども吾も一度二度

波止場まで来てどうするか秋天は柄井川柳笑うがごとき

冬の水けぶれる甲斐の底いまで身をながく曲げ〈あずさ〉はくだる

雨の尾張のかのひとつ松ひとつ松むかし男にわれはなれるか

風生れて麦も家族もそよぎたり季節みじかきものなびき合う

太郎次郎は一歩世界を変えなむか風よ風よと鯉泳ぐ空

連れ合いて十四五年の梅熟す空それぞれのもの思いあり

枇杷の実を食めばふたつの種まろし世は見えがたき雨粒の底

歳時記の知らざる空の高さまで帰れぬ樹々のひとつかわれは

## 『甲州百目』31首

小さき手をひらきて示す化石あり姿滅びぬ千年あわれ

月鋭(と)しと階下に立ちし声ありてわれは心に鋭き月を見る

人間も交尾をするがその仔細父の思案をいましばし待て

百年の瘤去年(こぞ)の瘤たぶの木はひとかたまりの一樹となりぬ

第二芸術も民族浄化もまぎれなき一町内のあやまちである

むかし佐美雄が掘りしままなる大空の青き奥処(おくど)をわが掘りにゆく

遠き明治の暮ししずかと思うまで母は変わらぬいちじく好み

秋のあそびは冬のあそびへ移るらむ風の高さを杉の木が抱く

あたたかき水が滲んでくるまでの幹をゆっくり身に引き寄せる

満州は雪あたらしきひかりなりつましき夢は人を狂わす

帰る電車に時に見かける乙女あり喜多見花野とわれは名づける

なかなかに言葉嵌まらぬ中の句は食卓に来てふとつながりぬ

齢ひとつ加えしほかはおぼろなりひばり揚がればその声を追う

畠を打つ背が遠く見えもの言わぬ人になれよと折々うごく

はまぐりを食む歯ざわりやおぼろなるもの美しきたとえば百済

目薬を一滴注してまろびたり春窮という死語あたらしき

坂下はぎんなんを敷く樹が二本女（め）の樹男（お）の樹の立ち姿よし

浮雲がふたあつみっつ　わが家の暮らしは中の上ぐらいとおのこごが言う

千年の紆余曲折が瘤となるわたしは椨でそのうばたまで

ゆっくりと悲哀は湧きて身に満ちるいずれむかしの青空となる

おのれ滅びるまで枝を折り枝を切り空の知らざる四肢となるべし

壊れたるものさまざまな春の雨たとえば戦後史の坂の上の雲

逢いにゆく小径のように陽が及び護国神社の裏しずかなり

甲斐が嶺のおみなの母は山の木の姿素軽き媼となりぬ

掌のなかに宇宙はありと思うまで甲州百目肉透きとおる

街なかに豆腐を食いてわれは老ゆこころが空の芯となるまで

外光のあわきひかりにつつまれて手帳を開きまた閉じる指

陸橋に今年想うはあわれなり遠き冠雪を見て歩み出す

机にになにもなき春昼やうでたまご剝きてましろき小学時代

女の言葉いくたび母は告げにけむ桑の実赤き大正昭和

甲斐が嶺の神代桜咲きなむか心で会いて春を逝かしむ

## 『農鳥』30首

共和国は書物の中にまだ残るはりはりはりとわれはもの書く

静かなる沖と思うに網打ちて海に光を生む男あり

にわとりを殺めて剝ぎし掌の記憶遠き故郷に夕陽が当たる

朝ごとに滑車が空に鳴りひびく伊勢松阪の商う心

甲斐が嶺の青さ高さの春霞父は商う背だけが見える

まだ丘は樹木の奥に霧がある私はまれにふくろうとなる

たぶの木の彼方に海は荒れながら沖の小島に灯がともりたり

おのこごは高校二年人間の花見えがたし見えぬ花よし

屋根あれば奈落のごとき闇があるおとこの闇の中なるおみな

切れ目なき空の火花を見しことあり昭和二十年七月六日母の背中で

「スバル」創刊の年に生まれて夫と子に歌を詠ましめ歌詠まざりき

海という言葉母から聞かざりき海なき九一年を過ごししか母は

どれどれおほとうでも打っていただこう　むかしのままの桃が咲いてる

見えぬこと足らざることをよしとして初日は心の中に昇らす

涙とまらぬままの少女ももう母となったかわが友の死より十九年

叙事がそのまま述志でもあり鼓舞である明治軍歌は日本晴れなり

〈公〉は〈私〉の四肢分けがたき塩なれども沖には晴れぬ一点がある

桃咲いて甲斐天領のほのあかり母の視界もゆるぶであろう

どんな日々にも放蕩はあり花はありものみな遠き春の宵なり

人間の技美しき早苗田が水を呼び水が夏雲を呼ぶ

教室に乙女が語る夢ぞよし目を鎖せば夢はすぐそこにある

若さとは無限でもあり無でもある雨はゆっくり身に沁みてくる

目をつぶるひとつひとつの小宇宙誰か来そうなあんず雨なり

黒い日傘はらりと開きふたむかし経ても変わらぬかたわらの人

身体の他におのれのなきごとし机上に秋がひいやりと寄る

人の生活（たつき）はりはりとして戻りたりかくして死者の空は遠のく

立ち直るために瓦礫を人は掘る　広島でも長崎でもニューヨークでも

なにもないが青空はある　立ち直るだろうか若草の恋人たちは

君たちのマーク・スピッツは速かった飛沫(しぶき)をあげるアメリカだった

中世の翳りのごときが舞いはじめ触れては消える電線の雪

## 『天目』45首

おのずからたのむ心に誘われるけやきは空の夏木立なり

雨降って降って五日の東国は天の意志ならいたしかたなし

春愁など置いてゆかれる　桐咲いて空が時間をぐんぐん奪う

青しぐれ世界はめぐりばかりなりまいまいつぶりがわたくしである

びわ熟れて遠き昭和がなつかしき樹下にはいつも少年がいる

甲斐が嶺のもろこしを食む急がない山河がいまもわれを待っている

人々がもう振り向かぬ昭和あり歌に体温はまだ残りたり

研究棟に午後の陽届き見えぬもの見るための一歩そのまた一歩

いにしえも生活（たつき）を止めて仰ぎけむ女男（めお）の雙峰夕空に浮く

自意識をなだめるような夕茜　そうしてそうしてここまでは来た

落としものは結局出でず月光の遊び相手をしているだろう

路上にてわれらは夢をあまた見きおおかたは夢のまま終わりたり

マークシート塗りつぶし塗りつぶす一限目揺れているのはみずであろうか

教室がまずまっすぐに夏となる季節はいつも少女らが呼ぶ

暮れ残る富士教室の窓に美（は）し誰かさんのように孤独であるが

水の国となるしばらくをよしとして梅雨入り告げるラジオを消しぬ

裏山に山鳥が鳴き静かなり祖父（おおちち）の世は昨日であった

山紫水明ゆえに故郷は棄てらるるそしてゆっくり心に根づく

耕して棚田は山をのぼりゆく人々はかく国生みをする

曲折はどこにもあるがまたあるがゆっくり生きよ必ず生きよ

月は東　尿（いばり）するとき男なりまずは昨日へ赤ん目をする

遠景にただ一人なり真昼なり泣く男には桜が似合う

一合の酒に心をあたためる日暮れはしばし漂泊をする

無花果の木下に母の椅子がある明治に行けばみんな待っている

スニーカー履けばどこかが若返る秋のひかりの天上天下

玩具ひとつ卓に転がり東京には徒手空拳の青空がある

りんりんと凍てるばかりの空遠し甲斐が嶺はわがまほろばである

後方宙返（バクチュウ）りをしても還らぬ故郷やなにはともあれ還暦となる

新しき眼鏡がそろそろ欲しい頃かの世の母も丘の辺のわれも

還暦や　ともかくもまた歩もうかほどほど古き松となるまで

春泥のぬくとさをまず楽しんであとは言霊の御機嫌しだい

ももすもも、ももすももも　甲斐の国は花に染まりて盆地へくだる

もろもろがもんどりうって過ぎゆける春の視界は風ばかりなり

平坂に桃をぶどうを敷きつめて甲斐は働きびとの国なり

花がもう散りそめて季はいそがしい還暦男を待ってくれない

水の中を燕が泳ぎ雲が湧く関東平野が水張田となる

苦は楽の種ではないがゆっくりと時代遅れの教師たるべし

妻も子も浮き世に出でて日曜日梅と男が冬ごもりする

階段の真上の冬の大三角子に教えしは十年むかし

丘に雨　無念無想の樹々たちもさすがに今日は寒そうである

雄々しさは悲鳴であろう青空の奥に未完の言葉がのこる

父恋いは死後のことなり若きわれは悲しきほどに父を思わず

まくわ瓜食みてむかしの人となるもう視界には遠近がない

ふるさとの傾く野辺が見えてくる台風を野分と言いかえるとき

昭和七十九年の空に忘れず棄てられし一兵ありて国棄てしこと

## 『世界をのぞむ家』42首

雪雲が農鳥岳に広がって甲斐の寒さはひときわ沁みる

父母はお墓におわしわれは寄る千年のちの親子のように

母の恩歳を重ねて身に沁みる遠くになれば心が分かる

ひよどりの声はあれども冬木立光に紛れ見えぬものばかり

失いし人の数ほど花咲きぬ茶の花そしてひいらぎの花

全力という静かさや一輪の全力そして樹々の全力

容赦なき死が思われる花盛りわれはいつの世の旅人なのか

いち早き柳の芽吹き川幅に春の力を引き寄せながら

春の嶺春の光の甲斐の国湖水伝説は真実である

ひよどりがついばみてまた散らす梅それを見ている男の孤独

安房の国かなたに浮かぶ春霞丘の起伏は心の起伏

余生はない残生はある　青山に遠く歩みて歩みきりたり

鬱金桜散りて今年の春逝きぬああ遠景にわれだけがいる

寒き寒き大石田の冬〈観入〉が辞書に無きことある日は嘆く

人が歌えば風が応えて野をわたる山河があれば歌は滅びず

ちらさあめ、ちあめ、ぬかあめ、きりしあめ傘を開けば雨がささめく

おみなごに零れる花が身に沁みる百日紅(ひゃくじっこう)の石畳道

秋霜童子百年眠るいしぶみや寂しさはまだ摩滅できない

わが貌が映るばかりの水鏡乱して次の月の出を待つ

「谷桜」酌んで心に灯を点す遠山並みの起き伏しぞよき

開国橋を渡りゆくとき川広し春の光を独り占めして

ももすもも季節違わぬ営みの実り小さく小さく結ぶ

沈黙を強いる高さが迫りくる橋越えしのちの白根三山

なぜ昭和は終わらないのか雲立てば百日紅(ひゃくじっこう)を仰げば思う

結論を書きかけにして目を転ず驟雨が夏を去らしむる丘

プールには青空がまだ漂って街に一点晩夏が残る

椎の実が落ちて故郷が香りたり疾うに初心を忘れしわれに

孤独には際限がない坂道を上りて冬の日溜まりばかり

新宿は風の街なりもろもろをさらってさらって空ばかりなり

橋越えてまた冬枯れに入りたり何が待つ歌の千年が待つ

何もなき冬日溜まりの人となるそしてひと日はかけがえがない

カラフルな若さばかりの並木道われはこうして取り残される

花に託する他なきこころ一輪を捧げて人は深空（みそら）を仰ぐ

海を見しことなき母よ昨日今日われはあなたの一生である

しんがりのさくら二輪がほころびる逡巡遅速万事よろしき

揚げ雲雀ここまで来よと雲になる世間がこんなにおもしろいのに

目の届くかぎり桜の花ざかりなんと孤独な私であろう

人去りし雨中のさくら老いることうべなう淡きくれないがよし

思想には裏庭がある月射せば少女がひとり影踏みをする

中庸という苦しみを選びたる男あり庭にねじ花が咲く

黒板に消し残されし一語あり「怒(いかり)」とも見え「恕(ゆるす)」とも見ゆ

人待ちて一献二献暮六つの鐘が鳴るからもう急がない

## 『上弦下弦』42首

寝返りをくるり覚えてほほえんできっと世界が見えたのだろう

初恋はいつであったか晩秋の小径に白きさざんかが咲く

誰も誰も孤児に戻れる月明かり石搏てば晩秋(あき)がかつかつと鳴る

歌は人のこころを殺す　止みて降る知覧の雨がわれにささやく

東京は綿津見だろう寒がっている岸上の背中が見える

酩酊も誤読もありてこの国や富士があんなにうつくしいのに

文化いまだに成熟をせぬこの国に水を汲む火をおこす空を眺める

永劫や光あまねき天と地のあわいはありて普・天・間と呼ぶ

今もわれに戦争ありててのひらを春まだ浅き光にひらく

不機嫌な雨が走ってまた止んでナショナリズムは単純でない

三月はなごりの季節感傷は風に攫われてしまうのがよい

白木蓮がようやく花をほころばせわれは言葉の果てへと歩む

堰に来てしばし呼吸を整えてまたほとばしる春の水かさ

銅像の大隈侯が見下ろして青春耳順越えたる男

告げることためらいしままの若さあり沈丁花淡く匂う頃なり

寒月に覗かれて遠き歌を読むときに木の実を歯に当てながら

立身とう病いを思うときじくの月が東の空に浮くとき

しずかなる全力ありて咲き初むるまず紅梅の二輪三輪

犀が二度まばたきをする花の散るもののあわれを知る風情なり

農鳥はまだ現れず天からのあずかりものはゆっくり動く

ああ皐月ほしいまま椎は香りたり男死ぬまで放蕩をせよ

約束はあれど巷の春の雨われをとざせるしばらくがよき

やわらかき傘の雨そして川の雨父は山河のいずこにもいる

珊瑚樹がとびきり赤き秋ありきこの世に二人が知る赤さなり

うつぶせにいつしか眠るふるさとの野辺が今でも待つかのように

すずかけの空が男を呼び止める一枝ごとの鈴を揺らして

かえで通りはもう冬である自転車が一台過ぎて空ばかりなり

山ふぐで手酌一献世の中に恋しきものはまだまだ尽きず

幾たびも歌は滅びて滅びたり滅びの果ての塚本邦雄

冬の陽にまぶたを閉ざす　友垣が一人欠けたるこの世の広さ

午後の仕事はここまでだろう干し柿を食みて独りの冬の底なり

机上には昨日がそのまま待っている淡き冬陽につつまれながら

三月は父の忌そして壽樹の忌雪の甲斐が嶺ようやく動く

父の日がなかった父よあんなにも働きづめの五十六年

山萩の一輪挿しを置いてゆく　机上が秋のふるさととなる

なに一つ叶わなかった青春が机上に二冊啄木歌集

遠くからわれを目覚めに導いてしののめとなり朝となる窓

灯を点せば私が映るもの思う私、私を見つめる私

どこまでが私であろう吟醸が桜があれば致し方なし

無為という幸福なども思わせてけやき通りに冬の雲あり

石の雨、枯れ枝の雨　根の国のさびしさが丘を一日つつむ

一番サード竹山広　長崎の直ぐなる声を空は忘れず

## 『それぞれの桜』33首

まだ細き白樺の木が立っている創刊号の表紙の野辺に

〈新しき村〉という夢潰えても潰えてもなお人が見る夢

東風平（こちんだ）を過ぎて南風原（はえばる）沖縄の空を感じるよろしき響き

ああ辺野古　青き水辺に春秋を積みて暮らしの人は苦しむ

佐美雄とのさくら悪友とのさくらむかしばかりが寄り添うさくら

新しき説をうべない〈甲斐は交い(か)〉さくらも桃もすももも咲いて

花びらが身体髪膚に零(ふ)りかかるいつの時世(ときよ)の男かわれは

しんしんと雨の匂いにつつまれてぬばたまはもう滅びたる闇

まず植えし百日紅(ひゃくじっこう)と花水木そして始めき暮らしの四季を

この丘と決めて二人は移り来ぬさねさしさがみと武蔵の境

青空を刺す山嶺のいつくしきおそらく神は御座すであろう

神の来ぬ暮らしを生きて夕べにはえのころぐさの光に揺れる

瞑想の百日紅(ひゃくじっこう)に戻りたりこうしてわれは歳月を積む

たたなづく青垣山にこもりたる信濃の国は命濃き夏

特攻とう一点の空　少年は無窮の翼だったはずだが

冠雪の富士にこころを新たにす耳順を過ぎし少年われは

露の世のこころともかく言葉にす一月三日わが生れし日に

ゆずの大馬鹿十八年のゆずぞよしゆっくりゆっくり大馬鹿でよし

蕗の薹ゆうべの膳にそえられて孤高の人にはやはりなれない

見えることはどれほどもない　丘陵の坂をくだりてゆっくり戻る

丘陵の起き伏しに沿うこの町はみな雪を抱く屋根となりたり

一所一生遠くなりたるこの国の三月淡き光をあゆむ

糸口の見えぬは常のこととして葉桜闇が追いかけてくる

一行の返信打ちて機をたたむ椎がほのかに香り出す闇

メールして三日　男の二十代夏はそんなに忙しいのか

逝く夏を吾妻橋たもとに惜しみたり月は待つがもう人は待たない

東京は孤独になれぬ孤独ありともかく空に季（とき）が行き合う

かの人は桜紅葉の奥だろう眼を閉じ耳をそばだてて逢う

玄関の月光を踏むそしてわが今日一日を小さく払う

若葉の銀杏黄葉の銀杏遠き日のわれが見ていたものが見えない

父の亡き世を五十年歩みたり霜をいただくおのことなりて

遠き日のブリュッケという同人誌二年はもたぬ若さであった

鬼怒川が映して空と水の秋　秋の奥処（おくど）へ水潜りゆく

# 三枝昂之にコレが聞きたい

和嶋　勝利

**Q切れ目なき空の火花を見しことあり昭和二十年七月六日母の背中で　『農鳥』**
**リヤカーに揺れながら見し蒼穹や　焦土の果てにあった気がする　『天目』**
**作品によれば、空襲や戦後の風景が三枝さんの一番古い記憶となりそうですが、この頃の楽しかった記憶は残っていますか？**

　わが家のすぐ東の映画館はまだ焼跡のまま、道路を自動車が走ることも稀れ。至るところがガキたちの遊び場で、みんな洟を垂らして日暮れまで遊んでいた。

**Q７歳の時に二階から落ちて、背中を大けがされたとのことですが、このときの様子を教えてください。**

　隣の物干しから「タカユキー」と呼ぶ兄に応えようと窓から身を乗り出してバランスを崩して。アホだね。

**Q青春時代の思い出の一冊は？**

　大江健三郎の『遅れてきた青年』。

**Q高校生のころ植松壽樹から歌の指導を受けていたとのことですが、植松壽樹のどのようなアドバイスが記憶に残っていますか？**

　歌に〇×をもらっていた。前衛短歌について質問したら「寺山なら」と。

**Q渋谷区千駄ヶ谷での下宿生活について教えてください。**

　高校時代は三兄と、大学二年からは弟浩樹と住んだ。浩樹の卒業後は一人だったが長兄のときからのアパートだから朽ちる寸前。三十歳のときに所沢に越した。

**Q大学生になったら、早稲田短歌会には初めから入会するつもりだったのですか？**

　「週刊新潮」が佐佐木幸綱や早稲田短歌会を紹介していた。週刊誌も注目の会、これは入るしかないと決めた。

**Q三枝さんの在籍時に早稲田短歌会を仕切っていた人は誰ですか？**

　佐佐木さんは大学院生だったから時に顔を出す程度。中心は三年生の福島泰樹。

**Q青春時代に最も影響を受けた歌人は？**

　佐佐木幸綱。第二芸術論の影響で日蔭者の詩型と思っていた短歌を肩で風切る眩しい詩型に一変させた、と映ったから。

**Q前衛短歌のどこに一番衝撃を受けまし**

**たか？**

塚本邦雄と岡井隆は短歌を思想詩として再生させた。そこはなんといっても大切。

**Q早稲田闘争時にバリケードのなかでは何をして過ごしていましたか？**

何もない多くの時間と、ときに訪れる非常時。泊まったり帰宅したり、日常生活の中のごく一部。泊まり込みの時は「暴虐の雲光を覆い…」と気勢を上げたり本を読んだり。

**Q日韓条約反対闘争、早稲田闘争、七〇年安保と、三枝さんのなかでこれら闘争はどのように繋がっていったのですか？**

難しい質問だが、当時の学生たちは権力や政党から自立した運動を手探りしていて、その問いの端っこに私もいたと思う。伸ばした手の先に何があったのか、多分荒野だね。

**Qそもそも三枝少年は、なぜ政治にかかわっていくようになったのでしょうか？**

前の質問と答は同じだが、カミュ『自由の証人』の中の「犠牲者も否、死刑執行人も否」を意識していた。

**Q選挙権年齢を18歳以下に引き下げる改正公職選挙法が成立しましたが、往年の三枝少年に立ち返って、選挙権を持つ18歳を「うらやましいなぁ。」と思ったりしますか？**

思いません。お前たち、ちゃんと一人前に暮らせよ、という反応でしょうか。

**Q神学のゆるぎもあらぬ節ぶしに顕ちて悔しき血潮も塩も**

**約束のごときひと日もありしかば心に白き塩みちてくる**

**『やさしき志士達の世界へ』**

**これら作品の「塩」のイメージについて教えてください。**

ごく単純に精神のしょっぱさ、挫折感でしょう。

**Qかつて『やさしき志士達の世界へ』の作品について、「(具体的な場面を歌うよりも) 内面的な揺れを歌う方が、普遍的になれると思った。」という旨を回想されていましたが、何がきっかけでそのような意識になっていったのでしょうか？**

前衛短歌の影響。

**Q今野寿美さんと出会ったという「源氏物語を読む会」とは、どのような会だったのでしょうか？**

馬場あき子さんの刺激と俊成の「源氏見ざる歌詠みは遺恨の事なり」を意識して馬場さん周辺の若手歌人に編集者と新聞記者も加わって十人ほど。講師は馬場さんだが多忙だから代講役が欲しい、可能なら若い女性が、と白羽の矢が立ったのが当時「まひる野」の今野さん。卒論が宇治十帖だった。今野が師範代、私は劣等生。結婚して会は有耶無耶になったのでは。

**Q今野さんと結婚される前に手作りの料理を振舞ったそうですが、その時のメニューなど覚えていますか？**

転居して間もなく招待したら意外にもＯＫとなったこの日、今野さんは「タラッ」を二度経験した。

最寄駅の東上線成増駅で迎え、スーパーで棚の上のポリ袋をビリッと剝いで胡瓜やトマトを入れる私の手際のよさにまず「タラッ」。
キッチンで作った胡瓜の酢の物の、きれいに揃ったその薄さに「タラッ」。後からそう聞いたからよく覚えている。他のメニューは忘却の彼方。

**Qポエムズのジダラックスのアタフターズのはかなき遊び草野に果てて**
**今野寿美『め・じ・か』**
**三枝さんが在籍されていたこれら野球チームのことについて教えてください。**

最初に赴任した都立赤羽商業高校定時制の職員と生徒でつくった野球チームがジダラックス。監督は体育教師の鹿住春男という悪友。私は主将という地位を利用して二番セカンド。新宿ゴールデン街に「詩歌句」という溜まり場みたいな飲み屋があり、詩人たちがポエムズという野球チームをつくって楽しそうだから刺激を受けて結成。
アタフターズは小高賢たち講談社のチーム。私はときにアンダースローの投手でもあったが、どんなに策を弄してもポエムズの四番バッターには打たれた。戦績は勝ったり負けたり。

**Qご子息の誕生は三枝さんのなかにどんな変化をもたらしましたか？**

自歌自注でも触れているが、多くの悩みを含めて子育ての幸福を知ったこと。

**Q三枝さんが飯田龍太に心酔していったきっかけについて教えてください。**

甲斐の人間にとって不可避の問いは、山々とどう折り合いを付けるか。日本屈指の高山に囲まれているのだから。鬱陶しくて早々に東京に出た私に、山々と向き合う暮らしの奥深さを諭すように教えたのが龍太『甲斐の四季』の俳句とエッセイ。それ以来龍太はわが飯田龍太師となった。

**Qいわゆる「サラダ現象」のマスコミ報道をどのように見聞されていましたか？**

趨勢に乗り、更に煽る。これは戦争中も今も変わらないメディアの特徴だから、そのこと自体に感想はない。ただ、その対象が歌集だったことは悪くない。百合ヶ丘駅前の書店で平積みの『サラダ記念日』を「これこれ」と言いながら女子高生三人が買ってゆき、歌集がそんな売れ方をすることに感動した。

**Q少年が節目ひとつを越えんとす〈運〉という水が揺れやすき冬　『甲州百目』**
**マークシート塗りつぶし塗りつぶす一限目揺れているのはみずであろうか　『天目』**
**この二首は、ご子息の受験を題材にした作品です。どちらにも「水」が「揺れ」るとありますが、これは意識的にそのような構成にしているのでしょうか？**

大丈夫だろうか、うまく答えられているだろうか。揺れる水はそういう私の心そのもの。入試は実力だけでなく運も作用するから。

**Q和歌革新運動について、「当時の旧世代から見れば晶子たちは言葉を乱す狼藉者**

**であった。（『こころの歳時記』）」と述べられていますが、これからの歌壇の狼藉者たちにはどのようなことを期待されますか?**

狼藉が歌の領域を広げる。予想外であってこそ狼藉だから、私たちの期待などと無関係な横紙破りが大切。

**Qインターネットを利用して古書を購入されるそうですが、最近の大ヒットはどんな書物ですか?**

啄木や『昭和短歌の精神史』に取り組んでいた時は収穫が多かったが最近のヒットはない。研究を怠っている証拠ですね。

過去最大のヒットは佐佐木信綱『歌之栞』で九州の古書店から。かなり傷んでいたからその後神田の書店の目録でも購入した。ネット経由の一冊はどこに行ったか、あるはずだがない。

**Q日々のストレッチや散歩等のメニューを教えてください。**

夕方には仕事の一つと思って三十分から一時間歩く。樹々の多いコースを選び、視線を空に遊ばせながらほんのり汗ばむ速度で歩く。家は多摩丘陵の尾根筋にあるから行きは下り、帰りは上りとなる。

**Q仕事でよく飛行機を使われると思いますが、高所恐怖症の三枝さんは飛行機は平気なのですか?**

床があるから飛行機はＯＫ。吊り橋がダメ。秩父にハイキングに行ったときはやむなく這って渡った。去年鳴門でガラス越しに渦潮を見下ろしたときも足が竦んだ。落下の想像力に欠ける高所平気症の方が不健全では。

**Qいま無人島に一冊だけ持っていくとしたら、どんな本を選びますか?**

前川佐美雄の『大和』。時代と火花を散らす少しシュールな美意識が格別。文庫なら岩波の『斎藤茂吉歌集』。

**Q趣味で収集しているものはありますか?**

旅先で猪口を買うのが楽しみだった。ぐい飲みよりも小振りで素朴な陶器のものが好み。日常の晩酌はいつも角のやわらかな四角の猪口を愛用している。

**Q好きな映画ベスト・スリーを教えてください。**

絶対にコレという拘りの一本はない。ストーリーよりも場面優先の傾向あり。例えば「ピアノ・レッスン」のラスト近く、ヒロインがピアノと共に海に沈みながら反転し、生に執着し、もがき、浮きあがる場面。何故だろうね。

中学時代はもっぱら日活。特に小林旭の渡り鳥シリーズ。ジブリでは「耳をすませば」。

**Q青春時代に好きだった女優、また現在好きな女優をそれぞれあげてください。**

若い頃は芦川いづみと松原智恵子。今は竹内結子。「春の雪」の聡子役はやはり彼女だろうと得心したから。

折々の三枝昻之

# 汗かき男と汗をかかない男

水津幸一　Koichi Suizu
（元ＮＨＫプロデューサー）

男ひとりが四月の汗を拭いている桜の下の水津幸一

という歌がある。この汗かき男が私である。冬でも扇子を離さない、食事をすれば直ぐ汗が噴き出すほどである。桜が満開の山川登美子記念館前で三枝さんを待っていた様子を歌に詠まれた。歌壇の人間でも有名人でもない私を詠んで果して短歌として成立つのだろうかと思ったが、この歌が三枝さんの第十歌集『世界をのぞむ家』に収められたのである。戸惑いもあったが私は嬉しかった。

今から二十年前、ＮＨＫＢＳ「列島縦断短歌大会」を担当することになった。番組冒頭「題」提示し、視聴者がＦＡＸで投稿した作品をスタジオの歌人たちが選歌する生放送のテレビ短歌大会である。番組にアクセントをつけるためにスタジオとは別に歌人数名による歌会中継が設定されていた。歌会主宰の佐佐木幸綱さんは所用で出演不能、短歌に縁もゆかりもない私が困って相談したら三重県松阪での歌会の主宰に三枝さんを推薦された。これが三枝さんとの出会いのきっかけでその後彼には山寺や唐津の虹の松原など幾度となくご出演いただいた。

ある酒席で高校の名称が話題になった。私は長野県松本深志高校出身である。松本という大きな地域名と深志という小さな地域名を組み合せた校名で、松本蟻ヶ崎、松本県ヶ丘、松本美須々ヶ丘も同様。長野県内には飯田風越、上田千曲など都市名に地元の山や川の名を付けるなど、他地域によく見られる都市名に一高、二高とか東西南北をつけた高校名が少なかったことを話した。三枝さんは当時地方紙にエッセイを連載していたがこの夜の雑談からある回のテーマを高校の名称で綴られた。

門前仲町の小料理屋で一席設けたことがあった。近くの富岡八幡宮境内の歴代横綱・大関の力士の碑にご夫妻を案内したがこの碑は初めてとのことで、後日三枝さんも今野さんもそれに纏わる歌を雑誌に発表された。歌人というのは私のようにただ飲んだくれるのでなくいついかなる時も短歌が頭にあるのだなと感心したものである。そういえば、いつか三枝さんから夫婦の会話の九十五パーセントは短歌のことだと伺ったことがある。
三枝さんは軽佻浮薄な私の対極にある沈着冷静な人で汗一つかかないで物事を処理する印象がある。しかし、労作『昭和短歌の精神史』などに見られるように仕事に対しては想像を絶する汗をかいているに違いない。生理的に汗をかいているかどうかという表面上の現象に騙されてはならない。汗かき男の私が物事の処理に汗をかかず、静かなる男三枝さんが実は作歌に評論に大汗をかいているのである。私は同い年の三枝さんを密かに尊敬している。

**折々の三枝昂之**

# サイグサには詩を書かせたい

坂本淑子 Yoshiko Sakamoto
（小学校の同級生）

昭和三十一年の春、甲府市立春日小学校五年C組に、クラスの男の子たちよりちょっと大人びてニキビで少し顔が火照ったようにみえる少年が編入した。それが三枝昂之くんだ。脊髄カリエスで休学した後私達のクラスに復学した三枝くんは二つ年上、胸にがっしりした白いコルセットをしていて、歩行を禁じられていたのか、いつもクラスの男子たちに二階の教室に担ぎ上げられていた。私の記憶の中で、クラスの男子が手を組み合わせて御神輿を作り、結構重そうな三枝くんをワッセと担ぎ上げている光景にはなぜかいつもクリーム色の温かい光が当たっている。かれこれ六十年も前のことだ。

クラスの担任は小澤貞夫先生といった。日教組のデモで旗を振る左翼思想を持つインテリで、私たちを卒業させた後教師を辞め、変わった人生遍歴の末に最後はやっちゃ場で野菜の仲買人になった。小澤先生、実は作家志望で六十三歳で亡くなった時には柳梱いっぱいの遺稿が残された。ご家族からその原稿の山を託された同じクラスの杉田君が先生の遺稿を一冊の本にまとめようと思い立ち、六年C組の有志を招集したのが平成十七年。級友の一人が持つ割烹料亭の一室で久しぶりに旧友達に再会した。なつかしい面々。その中に華奢な体つきの物静かな白髪の紳士がひとり。「ムム、どなただったかしら?・?・?」。にわかにはイメージが重ならないが、歌人になった昂之さんだという。「そうか、歌人にね。でも歌人て本当に歌を詠んで食べてるの?」。集まりがばらける頃になって私は彼にそんなぶしつけな質問をした。

素人集団の中に出版に精通したプロの歌人昂之氏がいたことで、当初雲をつかむような話と思われた「遺稿集構想」は次第に確固とした形を取り始め、五回の編集会議を経て、平成二十年年二月、遺稿・追悼集『昭和三十二年の青空』がめでたく完成、先生のご遺族や教え子たちの手元に届けられた。

一緒に編集の作業をするうちに、物静かな白髪の紳士、実は極めて職人肌の仕事人間だと言うことがわかってきた。地道に物事に道筋をつけ、一つずつ丹念に石を積み重ね、ことを成し遂げる。いわゆる芸術家的な気まぐれな気質は彼のDNAにはないらしい。常に自然体で、ときどきふと何気なくひょうきんで、ふる里のあの頃を、そして人々が歌に託した様々な想いを深く心に受け止め、自分の想いを歌に詠み、斎藤茂吉展、与謝野晶子展、村岡花子展と次々文人展を企画し、それぞれの展覧会で自らも補足講演をする。あの体の弱かったはずの昂之さんが七十歳を超えた今もたゆまず行動し続けている、その静かな行動力が私には眩しい。

私は昂之さんの書く文章が好きだ。背伸びをしない。声高に語らない。なのに見落としてしまいそうな些細なことに詩人の眼差しが注がれると、そこに心に沁みる言葉が紡がれる。「サイグサには詩を書かせたい」と言った小澤先生の一言に今も背中を押されているのかもしれない、と思う。

折々の三枝昂之

# モノグサ・コンブ

菅野勝洋 Katsuhiro Kanno
(高校からの友人)

三枝昂之第十歌集『世界をのぞむ家』はアルベール・カミュの言葉から命名したとあるように、彼とフランス語のつながりは深い。

早大高等学院に入学した三枝は、第二外国語にフランス語を選択した。私はドイツ語を希望したがくじ引きに外れ、三枝と同級となった。１９６１年当時、世間ではドイツ語の評価が高く、中学を卒業したばかりの普通の生徒はドイツ語を希望したものである。同じクラスで今は早稲田でフランス語学を講じている倉方秀憲教授も実は外れフランス語だった。ところが三枝はフランス語を希望して入ってきたという。フランス語に対して何か特別の思いがあったに違いない。

三枝は三年間学級委員だった。一年目は学校指名だった。入試の点数が良かったことを意味している。二年時三年時は選挙によった。

学級委員に立候補する物好きはいなかったので、「三枝、お前続けろ」「そうだ、ヤレヤレ」と半ば強制的だったが、彼のある才能が級友の支持も受けていた。球技大会などが近づくと授業をその練習に変更させる交渉がうまかったのである。交渉の成功率が特に高かったのはフランス語の某教諭だった。

ある定期試験の一限目、三枝は欠席した。一夜漬けで寝坊したとのことだったが、それもフランス語だった。

「サイグサ・タカユキ」は「モノグサ・コンブ」と呼ばれた。一人の友が「昂之」を読めず「昆布ににてるな」と言って以来、コンブと呼ばれるようになった。「モノグサ」は政経学部生になってからだった。文字通り、ものぐさな印象を与えたからである。怠惰な、厭世的な言動が多くなったのである。

フランス語の試験では（カミュ講読だったが）、彼は私の隣か後ろの席に固執した。試験が始まる直前まで山を掛けるべき個所とその翻訳など、私の助け船を必要としたからである。「菅野なら不可は取るまい」と考えたからに違いない。サルトルよりもカミュが好きで、カミュの時事評論集なども読んでいたのに、不思議なモノグサである。

私がモノグサ・コンブを助けたのはこれだけではない。私は大学二年生から教育学部の受講も始めた。教員免許を取ろうとしたのである。私はこれを彼にもすすめた。「授業が増えるのか、かったるいな」と予想通りの反応に、いつか役に立つこともあるからと説得した。受講申請の締切日、私は千駄ヶ谷の彼のアパートに行き、半ば強制的に連れ出し、手続きを済ませたのであった。

三枝は大学では早稲田短歌会で活動していて、短歌への意欲と反比例するように経済学への関心が少しずつ薄れてもいた。そのことが日々の行動からも窺えた。

結局、三枝は故郷南アルプスの登山口に一週間籠もってにわか勉強をし、都立高校へ就職した。昔の教員は一般サラリーマンよりはるかに拘束から自由であった。三枝は多くの自由な時間を研究、勉強に使い、また作歌活動に充てることができたのだろう。そうした研究活動の中で今野寿美さんとも出会った。
あの日、アパートから私が半ば強制的に連れ出さなかったら、三枝昂之の人生は大きく変わっていただろう。

折々の三枝昂之

# ファイルが語る三年間

齋藤嘉子　Yoshiko Saito
（跡見学園女子大卒業生）

私の手元に一冊のファイルがある。開くとまず最初に現れるのが「飛ぶ　翔ぶ　跳ぶ」という題とその題の短歌七首が書かれたプリント。そして同じ題で詠んだわが一首が一緒に綴じられている。

一九九八年四月二十二日、私が跡見女子大学二年の春に「創作実習・短歌」という講座の最初の講義で、恐る恐る提出した拙い歌を「いいねえ！」と言って下さったのが当時非常勤講師だった三枝昂之先生だ。

私はその一言をきっかけに三枝先生の講座を履修し、単位取得後も卒業まで潜りの履修生として講座に居続けた。「私の講座を三年受けたのは君だけだ」と後に三枝先生がおっしゃったが、その三年間の講座で配られたプリントが未だに手元にあるのだ。

この講座は短歌の創作と観賞の二つがメインであったが、講座名の通り先生はどんどん短歌創作の課題を出された。具体的には四季の気候などはもちろん、オノマトペや新語、時には電車の宙吊り広告や図書館にある跡見花蹊の肖像画まで短歌創作のテーマになっていった。

このような課題で四苦八苦しながら詠まれた歌を、先生はいつも丁寧に、そして楽しそうに読んで評価し、意見を下さっていたように思う。全員の歌を掲載したプリントを配って歌会をすることもあり、他の学生と歌の出来を競う面白さもあった。

名歌の観賞では歌の主題や場面の理解といった歌の読み方のポイントを学び、阪神淡路大震災の歌について語られたこともあった。「短歌とは何か」について古今集仮名序をもとに講義をされたり、「短歌の不思議、出発点」というテーマで短歌にまつわる古今のエピソードや歌の起源説、短歌をめぐる精神や文化などを学生にもわかりやすい言葉で解説して下さった。

こうして手元の資料をもとに当時を振り返ってみると、講座の内容は私たち学生の目線で親しめるテーマが多く、私は先生が語られる様々な短歌の話や先生ご自身についてのエピソードが楽しくてメモしていた。

私が三年も先生の講座に居続けたのは、私たち学生へ短歌の魅力を様々な形で教えて下さる先生の言葉や表情に、短歌への愛が溢れていたからではないかと思う。

常に穏やかに、そして爽やかに短歌を語る先生のたたずまいや笑顔は、女子大生にとっても敬遠ではなく、むしろ親近感が持てた。三枝先生は女子大にぴったりの先生だった。

折々の三枝昂之

# たくさん歌を作りなさい

里見佳保 Yoshiho Satomi
（群馬短歌講座一回生）

三枝先生との出会いからもう二十年が経とうとしています。土屋文明の生地である群馬県高崎市保渡田に群馬県立土屋文明記念文学館が開館したのは平成八年の夏でした。ここで月に一度、県民向けの短歌講座が催されることになり、講師を務められたのが三枝先生です。私は毎年続いているこの講座の一回生です。講座を受講した翌年には受講生たちで歌会を開きたい、ということになり群馬三枝短歌会が生まれました。そこでもご指導をいただきました。先生のご自宅のある川崎から群馬まで、九十分の講座のために、そして歌会のために遠距離を新幹線で一日かけて通ってくださるご苦労を思うと本当に感謝の気持ちでいっぱいになります。

文学館の講座では自分が歌に関わることの根っことなる部分を作っていただいたと思います。名歌の鑑賞や実作の評など歌の詠みと読みについてさまざま学びました。ある回で宿題だった自作の一首を提出した時、先生に「たくさん歌を作りなさい。」と声をかけていただきました。それから先生に毎月歌を見ていただけることになりました。講座の後、持参した原稿用紙に直接○×をいただいたこともあれば、郵送で○×とコメントを送っていただいたこともありました。歌と向き合い始めた私には先生からいただいた○×の訳を考え、あの独特のやわらかな筆跡で書かれたコメントの意味を考えることがとても勉強になりました。○をいただいたよろこびで歌がただただ楽しい時期でした。

　数年後、私は群馬を遠く離れました。子どもが生まれ母になりました。歌に費やす時間も限られ、歌会などで師や歌仲間と直接語る機会もなくなり、一人で歌を作っている私が支えとしていたのは「里見さん、たくさん歌を作りなさい。」というあの言葉です。年月をどれほど重ねても、環境が変わっても歌の根っこは変わりません。初めて声をかけていただいた日から折りに触れて先生がおっしゃる「たくさん歌を作りなさい。」はあたりまえでシンプルな教えだけれど、いつまでも大切な言葉として胸に響きます。

　なかなかお目にかかることはできませんが、今でも、三枝先生をただ一人の読者としていた頃のように、先生へ手紙を書くようにして歌を作っている自分がいると思う時があります。先生、私はいつまでも大きな○をもらいたい子どもなのかもしれません。

**折々の三枝昻之**

# 短歌指導とリュック

佐藤典子　Noriko Sato
（アクティビティプロデューサー）

　私が立川市の中央公民館に勤めていた三十七年前、市民短歌教室の講師に三枝さんをお願いした。会ってみると若い、いや若すぎると危惧した。受講生は親ほども年上の方ばかりだから。しかし始まってみると、受講者の「戦争中は何も勉強できなかったから」いう話に懇切に耳を傾けて人気の教室となった。これが私と三枝さんの最初の出会いである。

　その後も私が高齢者問題で論文執筆に苦闘していると、戦後の高齢者の暮らしぶりが見えてくる短歌を教えて下さるなど、気軽に様々なお願いをしてきている。

　平成十六年のはじめ、またまた三枝さんに電話をかけた。依頼には応えてもらえると思ったら、「忙しくて出来ない」とつれない返事。「えっ、何で」と大変がっかりした。

この時の私は立川にある「至誠ホームスオミ」という平均年齢七十五歳のケアハウスで暮らしのマネージメントをしており、「短歌セミナー」を開催したいと考えていた。短歌は高齢者が寝たきりになっても鉛筆一本あれば出来るアクティビティで、「人生のラストメッセージを短歌で表現したい」という入居者の強い思いもあって、意気込んでいた。

そこで再度電話で挑戦した。今度は少々切り口上に、将来自分もなるかもしれない高齢者の問題に手を貸せないとは、だから男は粗大ごみなんだ、と迫った。脅迫に弱いところが三枝さんのいいところで、なんとかOKが出て短歌教室開講となった。

何でも三枝さんはこの時、重要なお仕事と重なっていたとのことだったが、良きご指導でこの教室は大変実りの多い内容となった。高齢者でパソコンのできる方が毎回の作品を纏め「スオミだより」というブログに掲載され、文化祭にもモダンな短冊となって暮らしの一コマが表現されていった。なかでも若き日の母との確執を短歌で昇華させていく女性や、哲学者のような男性が瑣末とも思える暮らしの風景に目をむけて表現されるように変わっていき、それら全てがまさしく終の棲家の良さとなった。

三枝さんの多忙とも重なって三年間の学びとなったが、最後に「根川のほとりに」という短歌集となって実を結んだ。今は亡くなられた方も多いが、皆さんの凝縮された感情がそこに表現されている。三枝先生の優しい指導力と包容力には感謝である。仕事は違うが仲間であり、少々年上の姉貴のようにしていただいていることは、面はゆくも嬉しい。

最初はお洒落に鞄姿で通われた三枝さんも最近はどこへ行くにもリュックサックで、背中が丸くなるのが気になる。私は、そんな時、「背中が丸い」と言ってポンと背を叩き、「髪の毛が長い」「歩き方にリズムがない」と少々姉気取りで忌憚なく言う。何時までもあの若々しい君でいてほしいのである。

折々の三枝昻之

# スイッチが入った三枝さん

梛野かおる　Kaoru Nagino
（日本歌人クラブ事務局長）

日本歌人クラブは昭和二十三年九月に敗戦後の短歌復興のための全国組織として発足しました。発起人には佐佐木信綱、斎藤茂吉、窪田空穂、釈迢空、土屋文明など一八三名が名を連ねています。その日本歌人クラブ（以下歌人クラブ）の会長に三枝さんが平成二十六年に就任しました。

三枝さんが中央幹事として歌人クラブに関わるようになった平成二十年に私も事務局に入り、七年間の活動を間近に見てきました。

長塚節文学賞の選者仲間として親交を深めていた秋葉四郎氏から数度にわたる要請を受けての歌人クラブ入りでしたが、当初は活動には及び腰、と私には映りました。あの〈三枝昻之〉が歌人クラブの幹事になったのだから全国の会員の期待に応えるためにもぐいぐいリードしてほしいと、私は少し物足りなさを感じていました。もちろんやるべきことはきちんとこなし、幹事会の後の飲み会でもほど良く楽しんではいるようでしたが…。

ところが、ある時を境に三枝さんにスイッチが入りました。平成二十一年の国際交流短歌大会の企画立案の頃だったと思います。それまで、議事進行役に徹していた三枝さんが企画の具体的な人選や内容に積極的に提案をするようになりました。なにがキッカケだったかわかりませんが、歌人クラブ発足時の歌人たちの情熱に共鳴したからではないのかなと感じています。「短歌は人間の体温に一番近い詩型」という三枝さんの短歌観も作用しているのかも知れません。歌人クラブが意識している一つが短歌の裾野を支えること、ですから。

いったんスイッチが入ってからの三枝さんはすごい。やるからにはできるだけいいものをという強い意志と成し遂げる実行力。

今は頼れる三枝さんですが、ときにとてもお茶目な一面も見せてくれます。

各地の大会後の懇親会では踊りの輪に入ったり、興が乗れば歌声を披露することも。十八番を教えてしまうと今後リクエストがかかりすぎる恐れがありますからここでは触れませんが、選曲はけっこう若い！です。

最後に歌人クラブがなかったら実現が難しかったエピソードをお話しましょう。

歌人クラブ二年目の忘年会。近くに座った三枝さんと菱川善夫氏のことに話が及びました。平成十九年に亡くなった菱川氏の著作集が中断したままだったのでなんとか完結させたい、そのために菱川夫人と会ってほしい、とお願いしました。夫人は中断したままの状態に疑問を持ち、新しいプランも考えていたのです。夫人の上京に合わせて話しあいがもたれ、まず著作集を完結させ、それから新しいプランを生かそうということになりました。

著作集完結後は菱川夫人の強い希望を受けて、全歌集の編集に取り組むことになりましたが、根気と時間のかかる作業でした。

晩年の病に倒れたあとの作品は判読が難しく、その全てに目を通し時間をかけて検討する三枝さんに仕事への取り組みの姿勢を教えられました。日本近代文学館にも初期作品の確認のために何度も通っていました。

三枝さんの情熱と尽力がなかったら『菱川善夫歌集』の実現は難しかったでしょう。その情熱に火を点けることができたのも、歌人クラブでの忘年会の場があったからこそだったと改めて振りかえっています。

**折々の三枝昂之**

# 料理は大丈夫か

村上裕紀子　Yukiko Murakami
（山梨日日新聞記者）

三枝先生に初めてお会いしたのはいつだっただろう。そう思って、取材ノートを見返してみた。二〇一〇年九月十七日。歌集『上弦下弦』の刊行インタビュー、とある。
スポーツ報道部から文化・くらし報道部に異動して五カ月が経ったころだ。上司には「大変お世話になっている方。くれぐれも失礼がないように」と釘をさされ、緊張は増すばかり。直前まで必死に歌集を読んでいたのを思い出す。
しずかなる全力ありて咲き初むるまず紅梅の二輪三輪
そんな時、目に飛び込んできたのがこの作品。インタビューの途中、この歌にとても惹かれたことを伝えると、先生は「ああ、これは」と頷き、「センター試験の受験生を意識して新聞に載せたもの。歌はどこかで、いろいろなものへの応援歌でもありたい。いろいろな局面を小さく励ましたいんだ」とおっしゃった。

それを聞いて、ふっと肩の力が抜けた。歌にはそんな願いも凝縮されているのか。初めての取材を終えて、同じ景色が少し明るく見えたのは気のせいではなかったと思う。

先生は、私のような未熟な質問者にもとても優しく、分かりやすく話をしてくださる。地元紙の記者として、文学の魅力を届けようという先生の情熱、哲学に触れることができることは本当に幸せだ。

二〇一五年春、山梨県立文学館で、先生とロックバンド「レミオロメン」のボーカル・ギター藤巻亮太さんの対談が企画された。発案者でもあった先生は「（職員から）ライブは駄目です、と言われているけれど、なんとか工夫して実現したいんだ。盛り上がるし、第一、僕が聴きたいんだから」と、いたずらっ子のように笑った。

当日、会場は超満員。対談もライブも最高に盛り上がった。藤巻さん目当てだったという若者が先生のファンになり、短歌にも興味を持ったと言うのを聞き、あまりの喜びに小躍りしながら記事を書いたのを覚えている。

文学館やJR甲府駅まで、先生を車で送迎する機会を得たとき、私は嬉しくてしょうがなく、他ではとても話せないようなことをぺらぺらとしゃべってしまう。毎回反省するのだが、にこにこと聞いてくださるから止まらない。結婚が決まったことを報告したのも車の中。先生の第一声は「料理は大丈夫か」だった。私の生活をよく御存知だからこそ、祝福よりもまず心配。これがうれしい。

　差し伸べる手がある朝（あした）そして夕　世界の富士が言祝いでいる

結婚したのは富士山の世界遺産登録で山梨が盛り上がっているときでもあった。その結婚式に合わせて詠んでくださった祝婚歌は私の宝物だ。

先生は私の記者人生を豊かにしてくださった恩人。これからもますますお元気で、山梨の文化を、そして山梨日日新聞を、ついでに村上をよろしくお願いいたします。

# りとむ古参のつぶやき

矢後千恵子 Chieko Yago
（歌人・俳人）

平成四年創刊の「りとむ」はかなり風通しのいい雑誌だ。私は俳句にも関わって二刀流だからそのことがよく分かる。選歌と無選歌の二つの所属欄は自己選択、掲載も五十音順なら、歌会でも「先生」ではなく、「さいぐささん、こんのさん」。歌の仲間としてフラットな関係を大切にしたいという二人の思いからだが、それだけに年長会員の信望の厚さは涙ぐましいほど。同世代や年下の会員にとっては兄貴兼飲み仲間だ。「先生」と呼ばれることもときにはあるが、居心地が悪そうだ。外では先生と呼ばれることが多いし、先生は先生なのだから、もういい加減に観念してもいいのに。

こうした三枝さんの姿勢は、しかしながらいいことばかりとはいえない。創刊時から接してきた私のような「りとむ」会員から見れば、三枝さんは頑固なのにどこか弱気、そして人が善すぎる。これは弟の浩樹さんも同じだ。だから頼まれると断り切れない。その結果幾つもの仕事や役回りを引き受けてしまう。だから身内の私たちの前では疲れを隠しきれない。そうした近年の姿を危ぶむ余計な老婆心が古くからの会員には少なくない。

けれどもこれも歌人三枝昂之の業のようなものであり、歌への思いの深さからだろう。大家の作も市井の人々の作も対等に取りあげて昭和という時代の精神史を短歌という伝統詩によって構築してみせた大著『昭和短歌の精神史』がそのことを雄弁に物語っている。

若い日に若山牧水のようにあくがれ出でた故郷の県立文学館館長として、甲斐の山河を愛し、酒を愛し、もちろん何よりも歌を愛して忙しく活躍する三枝さんは仲間として誇らしいが、私たちにとってはまず「りとむのさいぐささん」。歌会の後の居酒屋での談論はみんなが楽しみにしているのに、その機会が少なくなったのは困る。仕事量を減らすことも大切ではないか、もう少し悪者になって。

# 風生れて麦も家族もそよぎたり季節みじかきものなびき合う

## 『太郎次郎の東歌』

ピーピー泣くし、手間暇がかかるし。子どもが欲しいとは特に思わなかったが、ある日生まれた。いや授かった。授かってみるとやはりかわいい。抱くとその理由がよく分かる。私に対する信頼度が二百パーセントなんだから。これは他にはない体験だ。連れ合いの今野寿美が「みどりごはふと生れ出でてあるときは置きどころなきゆゑ抱きゐたり」と詠った気持ちがよく分かる。可愛くてしかたがないからずっと抱いていたいのである。だから「置きどころなきゆゑ」と韜晦する。その時期よりもう少し経ったわが子を私は「男児(おのこ)わらいてわが膝の上にくずるれば獅子身中の花のごとしも」と描く詠っている。

さて掲出歌だが、五月晴れに誘われて家族で近くの丘陵をミニハイキングした折の一首である。幼稚園の友達はみんな連休を楽しんでいるからウチもどこか行こうと息子にせがまれて、苦肉のプランでもあった。遊園地など人込みは避けたいから。おにぎりと飲み物を持ち、木立を縫っていくと麦畑がひらけた。心地よい風が麦を揺らし、幼い者のやわらかな髪が風に応える。

どの家庭にもありそうな一コマをありのままに詠った一首だが、素直な表現だから、あのときの風景がありありと蘇る。麦と風と幼子の髪と、そのやわらかなつかの間。短歌はこうしたささやかな幸福を永久保存する詩型でもあると、この歌はそんなことを私に教えているようにも感じる。

静かなる沖と思うに網打ちて海に光を生む男あり　『農鳥』

ＮＨＫＢＳに以前「短歌王国スペシャル」という生放送の番組があり、何度か現地歌会を主宰したことがある。北九州でのそれは２０００年春だった。八幡や若松、関門海峡などを取材、特に印象に残ったのが鹿児島本線の始発駅門司港駅の水飲み場だった。大正文化を思わせるモダンでレトロなデザインが人目を引くが、敗戦後の引き揚げ者が上陸し、安堵の思いで喉を潤したところから誰いうともなく「帰り水」と呼ばれるようになったという。このエピソードも心に残った。その「帰り水」をベースにした一連が掲出歌を含む「水をめぐる遠景集」十七首。全体に流れる水はここでは海の水ということになる。

波も立たない静かな海。そう見ていたら沖にきらりと光が生まれ、目を凝らすと広がる投網。シンプルで場面はよく伝わると思うが、詠いたかったのは人の営みへの共感である。ひと掬いの水が潤す喉の背後に生死の境を歩んだ辛苦があり、日々の暮らしにはまた別の辛苦と喜びがある。人々のそうした現場を視野に入れながら、できれば人間の営みを愛でる歌を詠みたい。そんなモチーフが「光を生む男」という選択に作用しているのではないか。

しずかなる全力ありて咲き初むるまず紅梅の二輪三輪　『上弦下弦』

これは季節と受験生へのエール。一点集中のその静かさ美しさ。短歌や俳句は短くて端的だから共感とエールが深部に届く。そう信じて歌と向き合う。

## こんなにも広き空ありて地平ありてこの世の誤解は解く術がない　『世界をのぞむ家』

しみじみ独りだ。そう感じる時がある。一人ぼっちというと寂しさがつきまとうが、それとは違う静謐な充実。空を仰ぐと、ときにそんな心が訪れる。

丘陵のうねりの向こうにさがみ野が広がる。南正面には横浜のランドマークタワーが立ち、視線を少し東に移すと冬ならば房総半島が遠く浮く。わが家は多摩丘陵の尾根筋にあるから空が広く、部屋から眺めていると、大空の下の独りを実感する。人々と賑やかに盛り上がるのは好きだし、よく楽しむから、自分を孤独癖のある男とは思わない。しかし大空の下の独りはこよなき時間でもある。そんなときによく思う。この世に正解というものはあるのだろうか、と。

世の中にはいくつもの正解がある。私に見える正解があり、別の人の正解があり、組織の正解があり、権力には剝き出しの正義と正解がある。だから「こんなにも広き空ありて地平ありて」という嘆きが生まれる。

ひとり識る春のさきぶれ鋼(はがね)よりあかるくさむく降る杉の雨　『水の覇権』

ゆっくりと悲哀は湧きて身に満ちるいずれむかしの青空となる　『甲州百目』

こういう感じ方はいつから私に訪れたのだろうか。早大時代の学園闘争のころからとも思うし、もっとずっと前の、空を眺めて過ごす他なかった少年時代からとも思う。風景は人を独りにする。再び言えば、これは寂しいという気持ちとは違う。生まれた時からの心の原形かとも思う。だから歌が生まれる。

ワインなら二人、日本酒なら一人いずれがよきかそれは決めない　『世界をのぞむ家』

酒は強くないけれども好きだからよく飲む。適量は日本酒で一合半というところだろう。その少し手前で晩酌を切り上げると夜の仕事がほどよく進む。しかし場の勢いに呑まれやすいところもあって、気が置けない人との席では飲み過ぎることが多い。特に息子との時はついついペースを合わせてしまうから、歳を考えよ、張り合ってどうする、といつも連れ合いに叱られる。

日々の夫婦二人の食卓では、連れ合いは日本酒を飲まないから独酌、ワインはたしなむから二人のミニパーティとなる。彼女は白、私は赤が好みだが、料理との相性が優先で二人とも特にこだわらない。故郷の甲州ワインに好みの赤があるが銘柄は言わない。蘊蓄を傾けがちなワイン党とは無縁でいたいから。手近な一本でも十分に楽しめる。

好みの日本酒をゆっくり楽しむのも至福のひとときだが、本当は二人のミニパーティの方が楽しい。しかし例えば「やはり二人のワインがよろし」と受けたら歌にはならない。「それは決めない」と軽く宙吊りにするから、一人の至福と二人の至福が、つまり酒を楽しむ至福が広がる、のではないか。

食べること飲むことそして歩くこと冬陽のように人を恋うこと

数年前にこんな歌を詠んだ。生きることとは食べること飲むこと、そしてやはり人を淡く恋うこと。ほろ酔いの中に誰か浮かぶのか否か、それは言わない。

## この浜によみがえるべし少年の少女の祖父の祖母の足跡

歌集未収録

東日本大震災が発生した平成二十三年三月、私は五反田の日本歌人クラブ事務所にいた。立っていられず屈み込んで机の脚に摑まっていたが建物は古く、まず外へ出るべきだったと反省もしたが、体はそう冷静に動くものではない。

事態を知ってまず浮かんだのが気仙沼である。近代短歌の発端を担った落合直文の生地があり、震災の数年前に直文を顕彰する短歌大会に招かれ、直文生家煙雲館の鮎貝文子さんとも親しくなった。気仙沼は「りとむ」の高橋晃の故郷でもある。晃からは家族と連絡がつきませんと報告があり、鮎貝家の皆さんの安否も気になる。津波は近くまで襲ったが煙雲館は小高い丘にあり、人々の避難先にもなった。けれども海辺の街は丸ごと津波にさらわれた。

掲出歌はあの海辺の街への願いであり、心寄せである。元の活気ある街に戻って欲しい。言葉にすれば言霊の力で願いは実現する、のだろうか。それでも、言葉と歌の力を信じたいという気持ちが、私のどこかにはある。

街が消失し、再訪した煙雲館からは以前見えなかった海が広がる。土地の嵩上げは進むが、少年たちの元気な足跡は戻るのだろうか、あの浜に。

落合直文記念館の計画があり、場所の目途が付いた段階で震災が襲い、白紙に戻った。気仙沼の人々は再度チャレンジに着手しているが、直文は近代短歌の祖、歌人たちの広い協力が望まれる。

## 『太郎次郎の東歌』

# 人生に向かう姿刻む

塚本　邦雄

甲斐ケ嶺を雨はつつみて六歳のおのこがくれし葉書三枚

ただ一度、数年前飯田龍太氏との対談のために訪れたのみではあるが、初冬の甲斐の国の美しさはいまも脳裏に鮮やかに蘇る。巻中には「甲斐駒は雪をほのかに脱ぎながら姿まぢかくわれを依らしむ」なる秀歌もあり、歌人は「ふるさと」を歌う時、本然の韻律を誇るものだ。冒頭引用歌もその一首である。

世紀末の日本の壮年、ますらおと呼ぶべき花盛りの作者が、抗しがたい悪気流、雑音、病魔と戦いつつ、真実の人生に近づこうとするすがたが、一首一首にくっきりと刻印されている。たとえば「家庭」を象徴する一群の作品にも、普遍的に、強くてもろく、情熱的で、しかも「醒（さ）めた」「父・夫・息子」の像が、見事に作品化されている。やや武張った調べも、三枝昂之ならではのひびきを秘めて快い。近来の収穫である。

太郎次郎は一歩世界を変えなむか風よ風よと鯉泳ぐ空
連れ合いて十四五年の梅熟す空それぞれのもの思いあり
折々の遠き電話に不可思議の諫めを母は忘れたまわず
丘寒し　こたつに沈む大寒の立たぬ卵の父と息子は
自転車を漕ぐ子と父の夏果てて坂の上なるかなかなしぐれ

まことに古風に「連れ合い」と呼ばれるのはベスト・ハーフ今野寿美。その処女歌集に「きみが手の触れしばかりにほどけたる髪のみならずかの夜よりは」と歌った才媛。
二歳年少の三枝浩樹も『銀の驟雨』なる歌集名そのままの清新な文体、いささかも衰えぬ好漢。万葉の東歌には登場せぬ「甲斐」、ならば二人の甲斐男子が、声高らかに「なまよみの甲斐性アレクサンドリア葡萄三人がかりで植ゑむ」などと歌ってみてはいかが。

三枝昂之の傾聴に値する「論」も『現代定型論』『正岡子規からの手紙』等、あまたあり、ようやく歌界をリードしはじめつつあるが、私の殊に高く評価したいのは、まさにその「志」を以て書きついでいる「前川佐美雄論」である。古来このような作家研究は、いきおい「我家の仏尊し」流で、大結社の守り本尊的歌人を、弟子達がここを先途と褒めたたえるたぐいのものばかりで、このパターンから逸れるのは、現在でも例外に近い。

三枝昂之は敢然と、『植物祭』論から始めて、今日も孜々とその道を歩みつつある。直系の弟子の一人である私自身が、愛憎の霞に隔てられて見喪い見過していた核心の部分まで、彼は的確に論証する。

敗戦の因幡の国の山川のここよりさきは佐美雄なき夏
花の吉野にわれらを率いし痩身のひとつ影あり前川佐美雄
佐美雄逝きてあまねき夏の坂東のくにはら広し海山広し

第一歌集から第六歌集まで、歌集の「顔」としてのタイトルが抜群である。曰く『やさしき志士達の世界へ』『水の覇権』『地の燠』『暦学』『塔と季節の物語』。いずれも敢然毅然として、快い苦みと痛みがある。
'92年7月、夫妻相はかり精鋭相寄って新誌「りとむ」を創刊した。知命もいよいよまぢか、甲斐性を誇示する季節の到来である。

冬の樫　あれは砦にあらざれば窓に炎の髪うつしいる　『やさしき志士達の歌』
突破して行かざる恋の一千の玉藻なす髪沖までなびく　『水の覇権』
実朝のためわれのため飲む水の寒さを宋の雪渓として　『地の燠』
真に偉大であった者なく三月の花西行を忘れつつ咲く　『暦学』
男児わらいてわが膝の上にくずるれば獅子身中の花の

ごとしも　『塔と季節の物語』

歳時記を知らざる空の高さまで帰れぬ樹々のひとつかわれは　『太郎次郎の東歌』

（初出　山梨日日新聞93年4月27日）

## 『前川佐美雄』

# 精巧な爆薬

菱川　善夫

十五年の歳月をかけてうみだされた精巧な爆薬――『前川佐美雄』が、とうとうわれわれの机上に飾られる日がやってきた。

三枝昻之が、「かりん」誌上に「前川佐美雄論」の連載を開始したのが一九七九年。黙々と連載の筆を進める著者の姿に、何事かを期さんとする挑戦の熱意を感じ、感動をもって見つめた日々がよみがえってくる。

本書は書きおろしだが、ここには十五年間の時間の蓄積がある。その蓄積の中から生みだされたこの論集こそ、一九九〇年代における、〈前川佐美雄学〉の指標となるべき、記念碑的労作と呼んでよい。

前川佐美雄を、不当な評価から奪回しようとする救出運動は、村上一郎、斎藤正二等によって、一九六〇年代に火がつけられたが、前川佐美雄研究の上に、重要な転機をもたらしたのが『新風十人』再評価の問題である。美の創造と分析の課題が、現代短歌の重要な主題として自覚されるようになった時、昭和期の美の前衛が果した役割に、あらためて光を投げかけることが必要となった。特にも、昭和十年代の危機的な時代の中で、なぜ象徴的な美の達成が可能であったのか、その問いは、一作家の資質の問題を越えるものを孕んでいるが、その頂点に立つ歌人として、前川佐美雄に注目が集まることになった。つまり前川佐美雄は、個人的にも謎の多い歌人だが、文学史的にも、きわめて重要な存在として位置づけられることになったのだ。

　三枝昂之の『前川佐美雄』が、ほかの類書と異っているのは、現代短歌史研究が確保したこの視点を、誰よりも鮮明に自覚し、その視点を、本書の基底部に埋めこんだところにある。『新風十人』世代が、戦争と直面せざるをえなかった世代であるだけに、〈戦争〉の問題は不可避の課題といってよい。戦争は国家の問題であり、民族の問題であり、文芸の命運に関する問題である。だから、個人の内面を辿れば、時代の全体が見えるというものではない。そのつかみにくい〈全体〉と、前川佐美雄はどうかかわったのか、一歌人の内面にいかなる精神のドラマが内蔵されていたのか――そうした根本のところに触れることなしに、事実の表面をなぞると、とんでもない誤解を生みだすことになる。三枝昂之は、本書の中で、その誤解のいくつかを、誤解として冷静に批判しながら、前川佐美雄を歴史の文脈の中に据えなおし、前川佐美雄の〈新風〉が、抒情詩の〈正風〉にほかならなかったことを、丹念な読みを通して実証するとともに、前川佐美雄の栄光と受苦の深層にメスを入れようと試みた。本書に〈昭和短歌の精神史〉なる副題を与えたのも、むべなるかなである。

　著者は、本書の刊行に先立つ「佐美雄的なもの」（「日本歌人」'91・7）の中で次のように語っている。「短歌はシュールレアリズム運動をどのように吸収したか、昭和十年代の時代圧力の昂進の中で短歌はいかに美の象徴性を獲得したか、敗戦後の歌人はどのような自己切開の中で様式を再生させたか、（中略）佐美雄を通すとこういった昭和短歌にとって不可欠の問いとそれへの応えは見事に鮮明な姿をして浮かびあがってくる。そこに他の歌人とちがう佐美雄の特異と偉大さがあるといっていい」と。

　この〈特異と偉大さ〉の解明に、渾身の力を傾注したのが本書。ぜひ一読をすすめたい。（五柳書院刊　三八〇〇円）

（初出　「短歌往来」94年4月号）

『昭和短歌の精神史』

# 三枝昂之『昭和短歌の精神史』

姜 尚中

読み進むうちにさざ波のように押し寄せる圧倒的な感慨に言葉を失う。そんな経験を久しぶりに味わうことができた。

短歌を通じてこれほど見事に昭和史を語り尽くした本を、わたしは知らない。伝記や日記、個人史や社会史、政治史や軍事史、民衆史や国際政治史など、夥しい数の在野の、そして学問的な研究や記録が、昭和について語ってきた。だが、戦争期と占領期を通して有名、無名の人々が短歌にこめた魂を通じて、昭和史とは何であったのかを浮き彫りにしている点で、本書はひときわ高くそびえ立つモニュメンタルな意義を有している。

戦場で銃後で、そして占領期の混乱の中で、人々は何を考え、どう感じ、何を表現しようとしたのか。その内奥に仕舞い込まれた一人一人の魂を、激動の歴史の荒波から掬い上げ、そのかけがえのない「墓碑銘」を今に蘇らせている点で、三枝氏の不屈の意志と技量には並々ならぬものがある。

本書が何よりも意義深いのは、アカデミックな学問研究者でなくても、同時代史への深い洞察と弛まぬ研鑽を通じて、高い水準の学芸書を世に問うことができることを実証したことである。それは、現在の細分化され、専門化された人文・社会科学的な研究に対して新しい刺激を与えることになるとともに、学芸や学術の根っこにあるべきものが何であるのかを、問い糾す契機にもなるのではないか。

この意味で、今回の本書の受賞は時宜にかなっていると言える。本書に刺激を受けて、歴史と文化、社会に関するより骨太の学芸書が世に出ることを期待したい。

（初出　角川財団学芸賞選評）

『昭和短歌の精神史』

# この仕事を推す

山折　哲雄

『昭和短歌の精神史』は短歌の領分をはるかに越えて、昭和という時代をベースにした深みのある精神史の域にとどいているのではないか。その点でこれは、たんに短歌界にとどまらない、その枠組をふみ破っている仕事といっていい。昭和時代における思想的課題を鋭いかたちでつきつけているからだ。

昭和というのは、戦争、敗戦、戦後にわたる危機の時代だった。そこに登場するさまざまなタイプの歌人たちが、その危機をどのように受けとめ、またどのように挫折しあるいはそれを克服していったか、その精神のドラマがかれらの歌を通して克明にあとづけられている。「時局便乗」型の人間（歌人）は戦中にも戦後にもいた、開戦歌や敗戦歌には駄作もあれば良い作品もある、といった印象的な指摘がそこからつむぎ出されていく。

著者は本書の仕事に着手して十年の歳月をかけたという。そのためであろうか、戦争期から戦後にかけて活躍する数多くの人間群像を舞台にのせ、随所に歌を盛りこみつつ一つの物語世界をつくりあげた手法は鮮やかである。一瞬、『源氏物語』の本歌取りかとも思わせる「兵士物語」にもみえてきたのであるから面白い。佐佐木信綱の敗戦歌を論じてはるか『万葉集』に言及している息の長さが、そのような感興を私に強いたのかもしれない。

いずれにしろ、周囲の歌壇からは魂をゆさぶる叙情のひびきがほとんどきかれなくなっている今日、本書のような作品によって歌の調べの正統な源流を探ることができるようになったことが、何よりも嬉しいのである。

（初出　角川財団学芸賞選評）

# 著書解題

和嶋勝利

## 第一歌集『やさしき志士達の世界へ』

・昭和四八（一九七三）年五月一〇日　反措定出版局
・A5判変型上製カバー装　一七〇ページ　一九九首
・定価一〇〇〇円
・大学闘争や七〇年安保等、時代の流れに巻き込まれていく作者の内面的な揺れを作品世界に構築すべく、前衛短歌的手法や現代詩的抽象性を取入れながら表現した。

## 第二歌集『水の覇権』

・昭和五二（一九七七）年一〇月二〇日　沖積舎
・A5判並製カバー装筒函入り　一五六ページ　一九九首
・定価一八〇〇円
・前歌集からの手法をさらに押広げ、イメージから触発される事象や観念的な世界に精神の救済を求める。感覚の純粋性が切ない。

## 第三歌集『地の燠』

・昭和五五（一九八〇）年四月二一日　沖積舎
・A5判上製カバー装　一九〇ペー

ジ　二五八首

・定価二五〇〇円

・これまでの作品における世界観を曳きながら、しかしその観念性は風景や季節との親和に趣く。史的時間を意識することで思索の機会を深め、表現はいよいよ成熟度を高めてゆく。

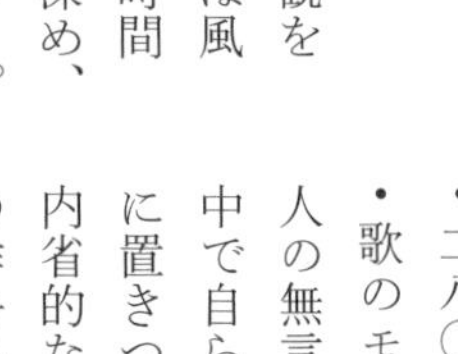

## 第四歌集『暦学』

・昭和五八（一九八三）年一〇月二六日　五柳書院

・A5判上製カバー装函入り一八四ページ　二四九首

・二八〇〇円

・歌のモチーフは詩の希願か、市井人の無言の絶対性か、作者は歌集の中で自らに問う。悠久の時間を視野に置きつつ育む暮らしの健やかさを内省的な抒情で綴る作品は、その後の作者の基本的な作歌スタンスとなっていく。

## 第五歌集『塔と季節の物語』

・昭和六一（一九八六）年一二月二〇日　雁書館

・A5判上製カバー装　一八八ページ　三二八首

・定価二五〇〇円

・歌の二重性に鑑み、かつて檄詩と呼び思想やこだわりを織り込んだ歌と折々の歌が二部構成で編集された。すなわち前半を〈塔の物語〉、後半を〈季節の物語〉と呼ぶ。作者の歌が暮らしの詩へと移行してゆく過程が見え隠れする。

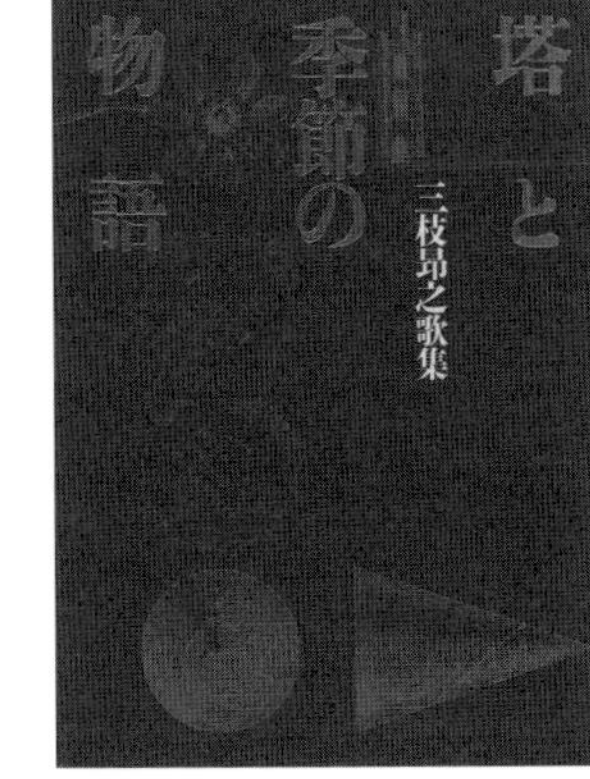


## 第六歌集『太郎次郎の東歌』

・平成五（一九九三）年三月三一日　ながらみ書房

・A5判上製カバー装　二二八ページ　四八五首

・定価二四二七円
・前歌集から七年ぶりとなる歌集。この間昭和の終焉、東欧社会の崩壊、また「りとむ」創刊等、作者をとりまく環境に小さくない変化が生じた。それらを踏まえ、世界に対する市井人としての問いかけが切実である。

## 第七歌集『甲州百目』

・平成九（一九九七）年一二月二四日　砂子屋書房
・四六判上製カバー装　二八八ページ　四五五首
・定価三〇〇〇円
・前歌集から引き続き、「時禱集」という表題で編集され、折々の歌を中心に構成された。折々の歌を彩る修辞とのバランスがスリリングである。本歌集以降、三冊続けて故郷をよりどころとした歌集名となっている。

## 第八歌集『農鳥』

・平成一四（二〇〇二）年七月一五日　ながらみ書房
・四六判上製カバー装　二五四ページ　三八九首
・定価二八〇〇円
・齢九〇を重ねた母への思いが、作者の意識を故郷に向かわせる。その中にあって、巻末の9・11を題材にした作品が読後の強い印象となる。伝統に基づいた自己表現を作者は模索する。

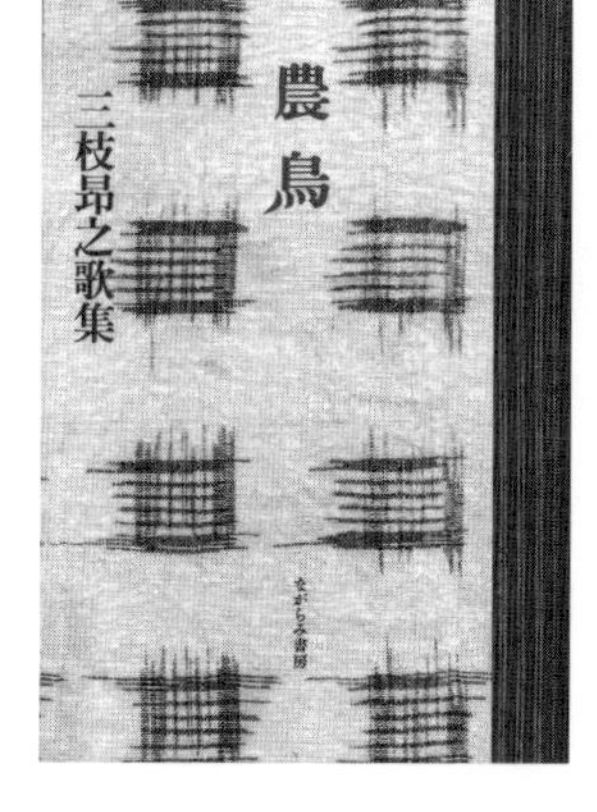


## 第九歌集『天目』

・平成一七（二〇〇五）年一一月二二日　青磁社
・四六判上製カバー装　二三八ページ　三七八首

・定価三〇〇〇円
・〝短歌は人間の体温にもっとも近い詩型〟という信念に基づきながら暮らしに現れる小さな変化に作者は心を砕く。しかし本歌集では、連作における実験的な試みも存分に味わうことができ、作者の作歌に対する果敢な姿勢が、なお健在であることがわかる。

第十歌集『世界をのぞむ家』
・平成二〇（二〇〇八）年六月一六日　短歌研究社
・四六判上製カバー装　二二四ページ　三七六首
・定価三〇〇〇円
・歌集名の構想は、一九六〇年代からすでにあったもの。雑誌の連載を中心に編集された。作者は〝短歌は眼前の小さな一点を通して世界を見つめる詩型〟という考えに基き、飯田龍太の作品を意識しながらその可能性をさらに追い求める。

第十一歌集『上弦下弦』
・平成二二（二〇一〇）年八月八日　角川書店
・四六判上製カバー装　二一〇ページ　三四六首
・定価二五七一円
・悠久の時間を念頭に、ひととの邂逅や運命を滋味に富んだ修辞で表現した。巻頭の連作にも巻末の竹山広の挽歌にも、その意識は貫かれている。

第十二歌集『それぞれの桜』
・平成二八（二〇一六）年四月一五日　現代短歌社
・四六判上製カバー装　一七六ページ　二七〇首
・定価二三一五円

「現代短歌」の連載（八回分）を一部、『上限下限』以降の「りとむ」の作品を二部として構成された。故郷の自然と向き合い、折々の暮らしを見つめる作者は、短歌という詩形への信頼をますます深めている。

**『現代定型論』**

・昭和五四（一九七九）年一二月二五日　而立書房
・四六判上製カバー装　三六一ページ
・定価一八〇〇円
・「短歌的喩」を基に、多くの作品を検証しながら短歌の定型表現の特徴について具体的に述べた著者の第一評論集。

**『うたの水脈』**

・平成二（一九九〇）年一一月二五日　而立書房
・四六判上製カバー装　二八三ページ
・定価二五〇〇円
・喩意識の変遷にスポットをあてて近代以降の短歌の軌跡を論じた短歌表現史論。

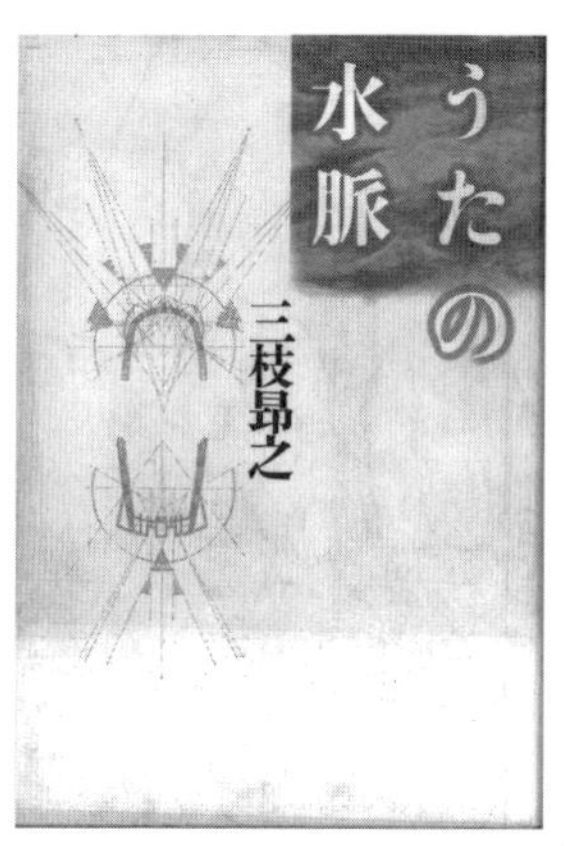


**『正岡子規からの手紙』**

・平成三（一九九一）年三月三一日　五柳書院
・四六判上製カバー装　二二四ページ
・定価一七四八円

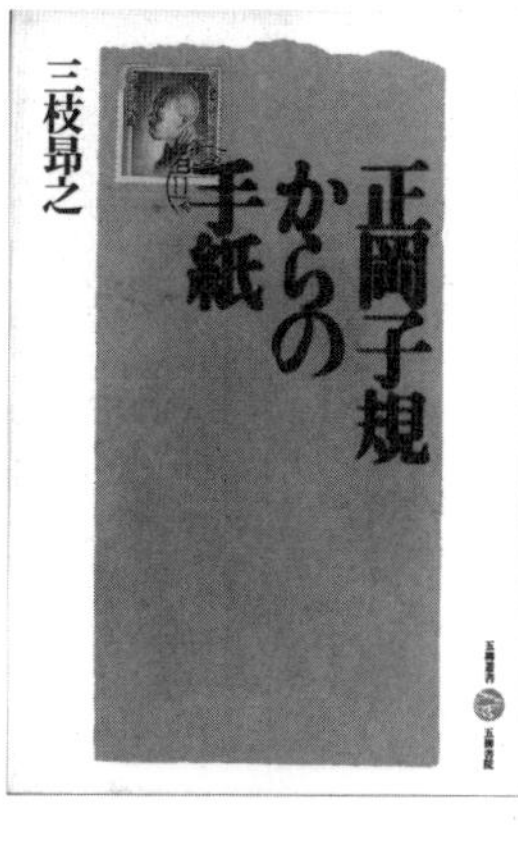

・既発表論文（一九八二年～九〇年）の中から編集者が抜粋し、四部に構成した本書は、正岡子規の近代から俵万智の現代におよぶ喩意識の変遷について論じられた。『うたの水脈』の応用編。

## 『前川佐美雄』

・平成五（一九九三）年一一月二一日　五柳書院
・四六判上製カバー装　四四八ページ
・定価三六八九円
・前川佐美雄作品の精読を行うとともに実証を踏まえた佐美雄の軌跡をたどりながら昭和短歌史について言及する評伝評論。

## 『現代短歌の修辞学』

・平成八（一九九六）年三月二六日　ながらみ書房
・四六判並製カバー装　一九八ページ
・定価一七四八円
・近代短歌の読み方ではうまく捉えられなくなった平成という時代の新しい短歌について11人の歌人たちと討論しながら読解きの手掛かりを探るインタビュー集。

## 『歌人の原風景』

・平成一七（二〇〇五）年三月二〇日　本阿弥書店
・四六判上製カバー装　三八〇ページ
・定価三〇〇〇円
・大正生まれの歌人の足跡を踏まえながら、昭和という時代を見つめ直すインタビュー集。

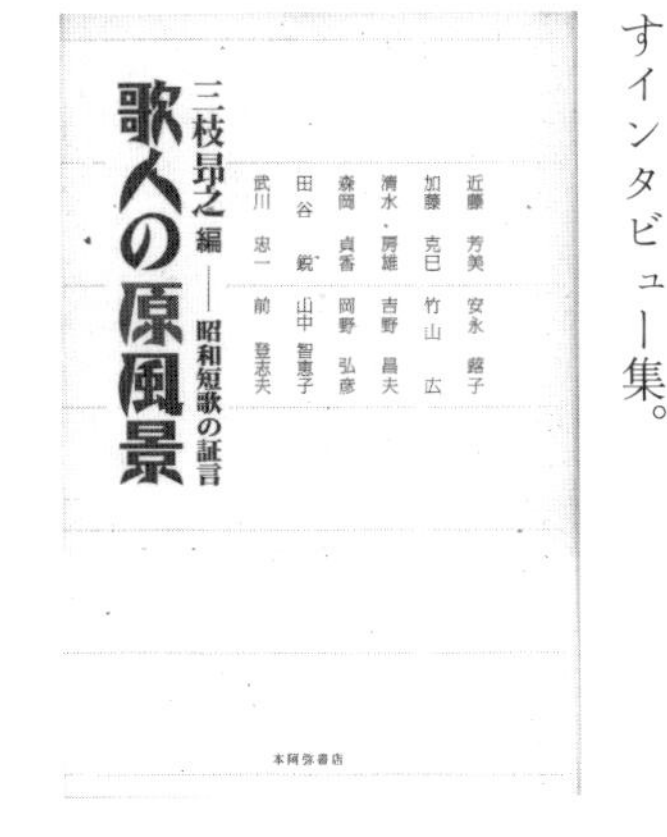


## 『昭和短歌の精神史』

・平成一七（二〇〇五）年七月二〇

日　本阿弥書店
・四六判上製カバー装　五二四ページ
・定価三八〇〇円
・昭和の大戦に起因する短歌の戦争期と占領期の大きな裂け目を一つの視線で描きだすべく、昭和短歌の歩みをあるがままに描いた三枝版昭和短歌史。

『啄木―ふるさとの空遠みかも』
・平成二一（二〇〇九）年九月三〇日　本阿弥書店
・四六判上製カバー装　三八四ページ
・定価二八〇〇円
・石川啄木が文学で身を立てるため函館港を離れてからこの世を去るまでの一四五〇日に迫った評伝評論。

# 三枝昂之自筆年譜

**一九四四（昭和十九）年　〇歳**
一月三日、甲府市柳町に生まれる。父三枝福武・母ふじ子の四男。父は東山梨郡天目に生まれ十三歳で甲府の衣料品店住込み店員となり作歌を始めた。師は植松壽樹。戦後「沃野」創刊に参加、筆名清浩。昭和八年独立、市内桜町で洋服店開業、鰍沢町の山下ふじ子と結婚。

**一九四五（昭和二十）年　一歳**
七月六日深夜から甲府空襲、七夕空襲と呼ばれる。母は私を背負い二人の兄の手を引いて焼夷弾の中を富士川小学校北の川に逃げた。記憶にはないが母から何度も聞きき母の背中で見た空の花火が脳裏に焼き付いた。これが私の戦争体験である。甲府は壊滅、店も家も焼失。終戦秋まで箱原、後の一年ほどを今の笛吹市上曽根で過ごし二十一年秋、甲府に移り弟の浩樹が生まれた。数年後に桜町の店を住居兼用に改築、私たち五人兄弟はそこで育った。

**一九五〇（昭和二十五）年　六歳**
甲府市立春日小学校に入学。鳥小屋のような校舎の前で撮った集合写真の記憶があるが残っていない。

**一九五一（昭和二十六）年　七歳**
二階窓から店の前の通りに背中から落ちた。ほとんど気を失ったが父が抱きかかえながら「しっかりしろ」と呼び続ける声が遠くから聞こえていた。

**一九五三（昭和二十八）年　九歳**
五月のある朝右足が動かなくて起きられず甲府市立病院へ。右下腹部に溜まった膿が神経を圧迫したのが原因と診断。検査結果は脊椎カリエス、即刻入院。二年前に背中を打ったのが遠因。二年半自宅療養。ギブスで仰向けに固定されたまま少年少女向きの童話全集や文学全集を読んで過ごした。漫画雑誌「冒険王」では「イガグリくん」のファンだった。そのため春日小学校には八年間在籍した。

**一九五八（昭和三十三）年　十四歳**
四月山梨大学附属中学入学。武田神社南の高台に自転車通学。クラブは卓球部。大下弘と西鉄ライオンズのファンで巨人との日本シリーズは岡島百貨店のテレビ売り場で観戦した。

**一九六一（昭和三十六）年　十七歳**

高い山に囲まれた甲府盆地が息苦しく東京の早稲田大学高等学院入学、渋谷区千駄ヶ谷一―五―八の緑苑荘に大学生の三兄と住む。サークルは歴史部歴史班。

**一九六三（昭和三十八）年　十九歳**

前年三月に父清浩死去。四月刊行の遺歌集『三枝清浩歌集』に刺激を受けて弟の浩樹と作歌を始める。八月、朝日歌壇五島美代子選歌欄に入選し「沃野」入会、植松壽樹の指導を受ける。高等学院の図書室で読んだ窪田章一郎著『現代秀歌』の武川忠一作品に感動、本校古典教師であることも知り歌集『氷湖』をいただく。

**一九六四（昭和三十九）年　二十歳**

三月、師の植松壽樹が旅先の伊豆で急死。四月、早稲田大学政経学部経済学科に入学、早稲田短歌会入会。大学院の佐佐木幸綱、三年生の福島泰樹など先輩に刺激を受け現代短歌を吸収。機関誌「二七号室通信」と「早稲田短歌」で活動。秋の東京五輪開会式で自衛隊機が描いた五輪の輪をアパートから一人眺めていた。

**一九六五（昭和四十）年　二十一歳**

法政大学英文科に入学した浩樹と緑苑荘で同居、二人で大江健三郎など新しい小説を読み始める。秋から早大の学費学館闘争が広がり、学部の討論集会にも出るようになる。政経学部の自治会は社青同解放派の指導下にあった。

**一九六六（昭和四十一）年　二十二歳**

一月、大学闘争が本格化し全学スト。二月からはバリケード破りなど非常事態に備えよく学部に泊まり込んだ。入試直前二度の警官隊導入により大学から排除され、学部集会でもスト反対が多数となりバリケード解除。当時の私はマルクス主義よりもフランス実存主義のアンガージュマン、特にアルベール・カミュの〈革命よりも反抗〉という主張に傾倒していた。三月、高等学院時代からの友人たちと京都吉田山の学生向の貸室をひと月借りて滞在。真如堂への朝の散歩が日課。十一月、早稲田祭参加の短歌会主催講演会を高橋和巳・山崎正和・佐佐木幸綱三氏を招いて実施。

**一九六七（昭和四十二）年　二十三歳**

八月、秋の教員採用試験準備のため南アルプスの麓に一週間籠もる。

**一九六八（昭和四十三）　二十四歳**

三月、卒業。このとき高等学院時代からの友人と卒業記念のスキーに長野県白馬に行っており、私が代表して卒業式に出席、みんなの卒業証書を受けとって戻り、みそら野で仲間だけの卒業式をした。四月、北区西が丘の都立赤羽商業高校定時制に社会科教師として赴任。

**一九六九（昭和四十四）年　二十五歳**

四月、福島泰樹、伊藤一彦、三枝浩樹らと同人誌「反措定」創刊。七〇年安保闘争を控え、全共闘時代の青春を模索する雑誌となった。翌年五月、深作光貞氏プロデュースの運動誌「Ｒｅｖｏ律」を編集。

**一九七二（昭和四十七）年　二十八歳**

夏、福島泰樹と宮崎県串間に伊藤一彦を訪ね、酒宴の勢いのまま「反措定叢書」刊行を決める。

**一九七三（昭和四十八）年　二十九歳**
五月、第一歌集『やさしき志士達の世界へ』を反措定叢書として刊行。出版には元「短歌」編集長冨士田元彦氏の協力があった。判型も氏の提案だった。
**一九七四（昭和四十九）年　三十歳**
三月、所沢市花園二丁目に転居。最寄駅は新所沢。小中英之、福島、伊藤、永田和宏・河野裕子夫妻が泊まりに来た。七月末から職場の同僚や卒業生と欧州・北アフリカ旅行約四十日間。カミュのアルジェリアと地中海が私の目的の一つ。
**一九七六（昭和五十一）年　三十二歳**
二月、シンポジュウム出席のために永田和宏と札幌へ。菱川善夫氏との歓談の中で全国規模のシンポジュウム構想が持ち上がる。十月、早稲田大学と俳句文学館で現代短歌シンポジュウム。まだ完全復活をしていなかった岡井隆氏を講演講師として招いた。企画実行は永田と三枝。
**一九七七（昭和五十二）年　三十三歳**
十月、第二歌集『水の覇権』刊、翌年の現代歌人協会賞を受賞。装丁を長尾信が担当、以後長い付き合いとなる。
**一九七八（昭和五十三）年　三十四歳**
三月、埼玉県和光市に転居。最寄駅は東上線成増。五月、歌誌「かりん」創刊に参加。十一月、今野寿美と結婚、新婚旅行は長崎。今野とは「源氏物語を読む会」で知り合った。
**一九七九（昭和五十四）年　三十五歳**
十二月、第一歌論集『現代定型論』刊
**一九八〇（昭和五十五）年　三十六歳**
四月、第三歌集『地の燠』刊
**一九八三（昭和五十八）年　三十九歳**
七月、川崎市麻生区千代ヶ丘に転居。十月、第四歌集『暦学』刊
**一九八四（昭和五十九）年　四十歳**
一月、長男悠誕生。前年の転居は静かな環境での子育てが目的だった。
**一九八五（昭和六十）年　四十一歳**
四月、赤羽商業高校から世田谷区梅ヶ丘の都立明正高校定時制に転任。
**一九八六（昭和六十一）年　四十二歳**
十二月、第五歌集『塔と季節の物語』刊
**一九八七（昭和六十二）年　四十三歳**
四月、山梨医大附属病院に入院。息子の幼稚園入園式の日だった。病床で飯田龍太の俳句を熟読、感銘を受け、歌人としての転機ともなった。身体不調は前年十二月から。以後入退院を繰り返す。
八月、現代短歌文庫『三枝昻之歌集』刊
**一九九〇（平成二）年　四十六歳**
四月、悠が川崎市立千代ヶ丘小学校に入学。七月、毎日新聞の短歌トピック欄を担当、年末まで。十一月、第二歌論集『うたの水脈』刊。
**一九九一（平成三）年　四十七歳**
二月、産経新聞が短歌時評欄新設、九十六年十二月まで担当。三月、第三歌論集『正岡子規からの手紙』刊。九月、「かりん」を退会。
**一九九二（平成四）年　四十八歳**
一月、仲間と歌会を始める。会場は新宿モノリス二九F。七月、歌誌「りとむ」を三枝浩樹、今野寿美、和嶋勝利らと創

刊、「現代短歌の修辞学」連載開始。夏休みに家族で北海道自動車旅行をした。

**一九九三（平成五）年　四十九歳**

三月、第六歌集『太郎次郎の東歌』刊。七月、四国へ家族自動車旅行をしたがこの夏は梅雨明けがなく長雨で天候最悪。十月、「新潮」臨時増刊号「短歌俳句川柳の101年」の短歌部分編集を担当。矢後長純教授の紹介で聖マリアンナ医大第二内科に転院。血圧の下の値が高く、高血圧の薬を処方、以後常用となる。十一月、書下ろし評伝評論『前川佐美雄』刊。年来の課題だった。

**一九九四（平成六）年　五十歳**

四月、跡見学園女子大国文科に新設の短歌創作実習の講座を担当。

**一九九五（平成七）年　五十一歳**

四月、東京都立立川高校定時制に転勤。この夏病状回復。以後問題なくなった。

**一九九六（平成八）年　五十二歳**

三月、「りとむ」連載を『討論現代短歌の修辞学』として出版。四月、谷川健一氏と私がレギュラーの座談会「歌の源流を考える」第一回目。ゲスト来嶋靖生、小笠原賢二両氏。「短歌往来」で年に二回ほどの割合で継続。七月、橿原市の現代歌人集会主催のシンポジウムで山中智恵子氏と公開対談。八月、群馬県立土屋文明記念文学館の開館記念短歌講座を担当。講座のあと家族、りとむ有志と伊香保に遊ぶ。十月、沼津の牧水祭短歌大会で講演。十二月、二十日過ぎに篠弘氏から三省堂現代短歌事典編集に加わるよう誘いを受け、既に参加が決まっている岩波現代短歌辞典と重なるから辞退。重ねて要請を受け岩波書店と監修の岡井隆氏の了承を得て参加。

**一九九七（平成九）年　五十三歳**

一月、「歌壇」座談会。五月、「短歌」座談会。帰路編集長の山口十八良氏から新しい共同研究企画への協力要請があり素案作りを引き受ける。六月、群馬県桐生市短歌大会で講演、老いの歌について。七月、山梨県立文学館館長の紅野敏郎氏と新宿中村屋で会食。今野寿美も一緒。文学館企画展への出品要請を了承。八月、十九日神奈川新聞の夫婦紹介シリーズ「ふたり」の取材。三十日橿原市の橿原ロイヤルホテルでりとむ五周年記念歌会。二日目に塚本邦雄講演「水葬物語はなぜ書かれたか」。帰りの新幹線テロップが英国のダイアナ妃事故死を告げていた。十月、一日「短歌」共同研究の打ち合わせ。小池光、永田和宏、島田修三、山田富士郎各氏と私と山口氏。テーマ「昭和短歌の再検討」と決定。十二日群馬県立文学館の土屋文明『六月風』シンポジュウム、岡井隆、鶴岡善久、逸見喜久雄氏と。二十五日、三田市短歌大会前夜祭、翌日授賞式。十一月、二日NHKBSの松阪歌会を主宰。即題は商人の町松阪から〈商い〉。十二月、三日「短歌往来」「歌の源流を考える」座談会「与謝野鉄幹」。十一日「国文学」別冊「短歌の謎」企画会議。佐佐木幸綱氏と編集部。二十四日第七歌集『甲州百目』が届く。この年以後岩波の現代短歌辞典、雄山閣の現代短歌ハンドブック、三省堂現代短歌大事典の編集会議が続く。

**一九九八（平成十）年　五十四歳**

一月、「郷土」短歌会新年歌会で講話。二月、山梨県立文学館で鼎談「山梨を歌う、山梨を詠む」紅野敏郎館長、広瀬直人氏。四月、名古屋朝日カルチャーセンター柳橋で講義。終了後徳川美術館見学、伊勢へ回って翌日伊勢神宮見学。十一日日本歌人クラブ南関東ブロック創設大会で講演「前川佐美雄」。二十四日朝日カルチャーセンター湘南の秀歌鑑賞シリーズ佐佐木信綱第一回目。二十五日NHKBS「短歌王国スペシャル」のため福岡入り。平和台球場解体がはじまり想いは中学時代の西鉄ライオンズに及ぶ。二十六日生中継福岡歌会主宰。即題は〈百済〉。五月、九日山梨文学館短歌講座「短歌の二十世紀」が始まる。年八回。十五日『甲州百目』の寺山修司短歌賞授賞式、神楽坂出版クラブ。十六日朝日カルチャーセンター横浜で岡井隆氏と対談「短歌の未来」。三十日「国文学」別冊「短歌の謎」三十枚。六月、「短歌往来」「望郷論」十七枚。「文芸春秋」七首。二十六日朝日カルチャー湘南講座佐佐木信綱最終回。七月、十六日「短歌」座談会。八月、岩波の講座「短歌と日本人」座談会。九月、五日鎌倉の方代忌で講演。二十七日浜松の和嶋勝利・永田明子結婚式に媒酌人として出席。この月シャープメビウス一体型パソコンを使い始める。十月、九日「海市」全国大会で講演。十一日読売新聞日曜版エッセイ「食卓のある風景」始まる九回。二十二日鈴鹿市の佐佐木信綱記念館訪問、辻正氏から多くの便宜を頂き、山中智恵子氏と会食。二日間調査。二十四日「短歌人」記念号座談会。十一月、十一日NHK歌壇安永蕗子氏にゲスト収録。十二月、二十六日から悠と学友三人を連れ軽井沢プリンスH四泊。彼らはスキー。私と今野は野鳥観察と仕事。

**一九九九（平成十一）年　五十五歳**

一月、十五日「短歌」共同研究座談会。ゲスト佐佐木幸綱氏。二月、十日「短歌往来」座談会寺山修司。四月、十二日「短歌朝日」七首。十七日小浜の山川登美子記念短歌大会に選者として出席。十八日ながらみ書房『歌の源流を考える』刊。五月、八日山梨県立文学館の短歌講座開始「近代歌人を読み直す」全八回始まる。六月、二十日雄山閣『現代短歌ハンドブック』刊。八月、九日岩波短歌辞典の最終チェックと日本詩歌文学館の紀要三十枚のため横浜ベイシェラトンホテルに三泊。十六日富士吉田市の麓南短歌会で講演中城ふみ子。二十一日「音」全国大会で講演、二十二日「未来」全国大会で鼎談、岡井隆、小池光両氏。九月、二十四日伊豆山名月歌会。十月、十日国際啄木学会天理大会シンポジウムに出席、学会入会。十六日三田市国際万葉コンクール前夜祭、翌日短歌大会。二十六日「短歌往来」座談会・斎藤史。十一月、二十七日NHK全国大会NHKホール。十二月、十日岩波書店『現代短歌辞典』刊。二十四日浩樹、岩内敏行君と松本の窪田空穂記念館へ。この年は岩波現代短歌辞典査読が続いた。

**二〇〇〇（平成十二）年　五十六歳**

一月、八日岩波「文学」十枚メール送信。九日「短歌」座談会、ゲスト岡井隆氏。二十六日NHK歌壇・佐佐木幸綱氏のゲストとして収録。二月、十二日山梨県立文学館「近代歌人を読み直す」講座最終回。二十六日「短歌研究」座談会。三月、六日立命館大学図書館白楊荘文庫の閲覧調査翌日も。今野同行。瀧本和成助教授が便宜を図ってくれた。帰る頃雪が舞う。十四日「月光領」十首、現代歌人協会「西美をうたう」一首投函。二十二日「短歌研究」七首とエッセイ、「鉄幹と晶子」歌壇時評。四月、三日「短歌」の「短歌総合誌の昭和史」投函。五日「短歌往来」「歌の源流を考える・土屋文明」座談会。八日小浜へ。山川登美子歌碑除幕式、午後短歌大会。十五日母ふじ子死去。五月、一日「短歌」十四首投函。十三日山梨県立文学館「戦後歌人を読む」第一回。二十日土屋文明記念文学館講座「短歌の二十世紀」一回目。二十二日「短歌」エッセイ、二十六日NHKBS「短歌王国スペシャル」主宰のため小倉へ。門司港駅の「帰り水」が印象に残る。二十七日BS本番。六月、二十一日「歌壇」二十首送信。二十四日文明記念文学館講座石川啄木。七月、七日「短歌」座談会昭和短歌再検討最終回。八日山梨県立文学館講座・富小路禎子。八月、二日「短歌往来」座談会「歌の源流を考える・君が代」。七日から四日間浩樹の小淵沢山荘を借り、昭和短歌書下ろしに着手。十四日今野と五山送り火見物を兼ね京都ホテル三泊。二十八日「樹海」夏季大会講演、石和。九月、十七日「りとむ」五十号記念歌会新宿モノリス。十月、八日坪内稔典「俳句的人間・短歌的人間」書評投函「図書新聞」。十五日現代短歌シンポジウムin熊本Ⅱ、パネル一部に今野、二部に私が出る。二十九日名古屋「愛知2000短歌大会」で講演「次世紀に伝えたい歌」。十一月、十日呉市短歌大会講演のため呉へ。十一日午前中江田島見学。一時から講演「大西民子の世界」。十二日広島へ。「りとむ」広島・岩国合同歌会に参加。十八日山梨県立文学館講座。二十五日土屋文明記念文学館講座。二十七日「短歌」新年号七首。十二月、六日「短歌往来」「歌の源流を考える・前田夕暮」。十五日日本経済新聞年間展望。二十八日「短歌」二月号評論FAX送信。

**二〇〇一（平成十三）年　五十七歳**

一月、十三日山梨県立文学館講座最終回塚本邦雄。十九日短歌現代三月号十首、ゆまに書房塚本邦雄全集栞五枚。二月、七日短歌往来三十一首。二十四日文明記念文学館講座最終回佐佐木幸綱。三月、二日ACC名古屋で講義、終わって今野と山川登美子短歌大会前夜の「お水送り」に参加、翌日大会。六日俳句朝日（五句+ミニエッセイ）投函。十一日「白南風」五月号招待評論啄木論。二十二日「短歌研究」七首＋エッセイ。第一回短歌四季大賞選考会。四月、二十三日「短歌研究」エッセイ、「短歌」評論。二十八日「短歌往来」「歌の源流を考える」若山牧水。六月、十日山梨日日新聞「甲州街道四〇〇年特集」エッセイ。二十二日「短歌研究」八月号エッセイ。二十五日「短歌現代」八月号エッセイ。七月、二十二日今野と山中湖のホテルマウント富士二泊、野鳥観察と蛍狩り。八月、二日「短歌往来」「歌の源流・現代メディアと歌人の風土」。六日「短歌朝日」エッセイ、十一日浩樹の小淵沢別荘でりとむ若者と合宿。九月、十一日TVでニューヨーク貿易センタービルへのハイジャック飛行機二機目突入を生放送で見る。十月、六日明大学外講座小樽で講演「啄木の新しい魅力」。終了後札幌でりとむ会員と歌会。十五日角川短歌年鑑「作品点描」。歌壇十二月号年間時評。二十日三田国際短歌コンクール前夜祭と授賞式一泊。二十六日立川高校沖縄修学旅行引率三泊。十一月、七日NHK歌壇道浦母都子にゲスト出演。十日新大阪で「玲瓏」若手と歌会、十一日講演「水葬物語五〇年」。十二月、三日「短歌」一月号「今月の短歌レビュー」。四日「歌の源流を考える」「新風十人」。

### 二〇〇二（平成十四）年　五十八歳

一月、五日神奈川新聞「なるほど短歌館」連載開始、毎月第一第三土曜日。十二日国際啄木学会東京支部会でレポート「前川佐美雄の中の啄木」。二月、五日「大法輪」エッセイ。十六日神奈川私立国語研究会で講演、横浜。三月、五日「短歌」五月号佐佐木幸綱インタビュー。十四日新宿モノリスで「りとむ」十周年記念号鼎談、佐佐木幸綱・永田和宏氏と。四月、一日悠の卒業・入学祝いの札幌旅行三泊。五日ながらみ書房で佐佐木幸綱、及川隆彦両氏と前川佐美雄賞の相談。六日悠がつくば市桜へ引っ越し。八日酒折連歌選者となりプレス発表のため山梨学院へ。十三日小浜、山川登美子短歌大会で講演。二十一日関西啄木懇話会で講演「新世紀の啄木像」大阪。二十七日国際啄木学会台湾大会出席三泊。五月、二日「短歌往来」「歌の源流・竹山広」座談会。四日土屋文明記念文学館講演「斎藤史」。十一日今野と赤坂プリンスHで夕食、今年度で都立高校退職のOKもらう。二十日「短歌」八月号竹山広特集執筆、二十四日「短歌研究」二十首。七月、四日第八歌集『農鳥』届く。二十日りとむ十周年記念歌会及び記念パーティー、新横浜プリンスH。八月、九日「歌壇」評論。十九日「短歌」十月号塚本邦雄特集評論。二十四日「心の花」全国大会で講演前川佐美雄、中野サンプラザ。二十六日筑波大学図書館で短歌雑誌の調査、コピー、翌日まで。九月、十七日「新潮」十月号岡井隆書評七枚。二十日「短歌現代」十一月号加藤克巳エッセイ。二十三日「短歌新聞」富小路歌集書評、三十日「短歌往来」十二月号七首。十月、十日「短歌朝日」一・二月号三十首。

「短歌四季」一月号時評、角川「短歌年鑑」評論。十四日今野と筑波大学学園祭へ。二人でプリクラを撮る。二十二日「歌の源流・アニミズム」。近代文学館館報エッセイ。二十五日国民文化祭前夜祭のため鳥取倉吉へ。二十六日大栄町で大会。十一月、三日「ミューズ」春号五首。十五日翌年三月での退職願を教頭に提出。二十日「路上」十五首、二十三日新潟へ、山田富士郎氏と福島潟見学、二十四日新潟市で講演「前川佐美雄」。二十五日「短歌」一月号十四首＋エッセイ。十二月、六日「歌壇」〇三年四月号から連載「作家の原風景」インタビュー第一回目近藤芳美、成城学園サクラビア。二十六日今野とサントリーホールで第九。

**二〇〇三（平成十五）年　五十九歳**

一月、三十一日黒岩剛仁歌集『天機』出版記念会に発起人として出席。二月、二日京大短歌会主催の島田幸典歌集『ｎｏ ｎｅｗｓ』批評会出席。十二日第七回若山牧水賞授賞式のために今野と宮崎入り。青島、鵜戸神宮を見学、ホテルシェラトンへ。夜、松形知事招待夕食会。十三日授賞式、十四日東郷町の牧水生家と記念館見学ののち延岡で受賞記念講演「楽しむ牧水」、りとむ会員と高千穂へ、かっぽ酒を呑みながら夜神楽を楽しむ。三月、一日第一回前川佐美雄賞選考会、大口玲子『東北』。十一日「歌壇」「作家の原風景」加藤克巳。十三日立川高校定時制卒業式、担任として最後の卒業生を送る。二十日「星座」七首。二十八日退職記念の家族旅行宮古島二泊那覇一泊、サイクリングとドライブを楽しむ。四月、十九日なまよみの甲斐歌人懇話会発会式記念講演、県立文学館。二十二日「短歌四季」森岡貞香インタビュー。休載していた神奈川新聞「なるほど短歌館」連載再開。隔週土曜日。五月、五日六日筑波大学図書館で戦前の短歌資料の調査。十日「詩と思想」座談会・全共闘をめぐって。二十一日日経小島記者取材、機会詩について。六月、八日窪田空穂記念館開館十周年シンポジュウム司会。九日『論集石川啄木』座談会。十日「歌壇」清水房雄インタビュー。十六日相武台の近藤典彦氏宅へ。啄木執筆を強く勧められる。七月、二十四日「歌壇」吉野昌夫インタビュー。山梨日日新聞エッセイ「こころの贈り物」連載開始、隔週土曜。八月、九日実朝祭短歌大会で講演、鶴岡八幡宮。二十三日「塔」全国大会で永田和宏氏と公開対談、東京。二十五日「歌壇」田谷鋭インタビュー。三十日富小路禎子全歌集解説。九月、十一日熱海伊豆山神社の名月歌会。十三日新潟へ、福島潟を今野と散策、十四日国際啄木学会出席。二十七日小浜の山川登美子記念短歌大会。十月、十日「歌壇」武川忠一インタビュー。十八日塩尻短歌館の塩尻短歌大学で講演。二十四日三田市国際短歌コンクール前夜祭、翌日大会。三十一日「歌壇」安永蕗子インタビュー。十一月、十日「解釈と鑑賞」「近現代短歌史の中の石川啄木」三十枚。二十六日今野と長崎へ。原爆資料館、平和記念公園、浦上天主堂見学、稲佐山で長崎の夜景。二十七日「歌壇」の奥田編集長と合流、竹山広インタビュー。終了後、竹山氏、馬場昭徳氏と長崎へ出て会食。二十八日唐津へ。二十九日NHKBS短歌スペシャル唐津歌会。終了後、久津晃・山埜井喜美枝夫妻と会食。十二月、十二日筑波大学図書館で昭和十年代短歌の動向調査。二十二日新百合ヶ丘で共同通信新年用の一首とエッセイ、顔写真撮影、杉本新氏。終了後「短歌四季」四月号三枝特集の打ち合わせ、山下雅人氏。二十七日りとむコレクション白川朝子歌集の跋文執筆。この年左膝痛に悩む。

**二〇〇四（平成十六）年　六十歳**

一月、三日りとむ有志による還暦を祝う会、新百合ヶ丘ホテルモリノ。三月、一日「歌壇」インタビュー・山中智恵子。十六日今野と飯田龍太インタビュー、山梨日日新聞。二十九日「歌壇」インタビュー岡野弘彦。四月、四日小浜山川登美子記念短歌大会。十一日岩手大学の啄木学会春のセミナー。十二日啄木忌前夜祭で講演。十六日NHKBS歌会のため山形へ。十七日BS歌会山寺芭蕉記念館。二十日朝日新聞八首。五月、六日三省堂飛鳥勝幸氏と『現代短歌大事典』普及版付録CDの打合わせ。十日今野の誕生祝い、横浜ランドマークタワーのル・シェールでペリーのさすけはな号晩餐会メニュー。六月、一日「短歌」座談会。二十一日「短歌研究」春日井建追悼文。二十二日「歌壇」最後のインタビュー前登志夫。吉野の前宅。終わって黒滝の宿舎で前氏、娘のいつみさん、本阿弥書房社長、奥田編集長、今野と会食。宿舎前の川でほたる鑑賞。二十五日「短歌四季」二十首。七月、二日今野と千歳空港へ。レンタカーを借りて支笏湖の野鳥の森散策。札幌戻り、三日りとむ札幌歌会。四日北海道歌人協会講演。「現代短歌の課題」。九月、十四日「短歌往来」山本友一追悼論文。十五日「俳句界」座談会。二十二日筑波大学中央図書館で調査。二十二日永田和宏NHK短歌ゲスト出演。二十五日「詩学」座談会。十月、四日「短歌」二十六首。八日「歌壇」二十首。十四日筑波大中央図書館で調査。二十六日NHK仲松氏から来年四月からのNHK短歌選者依頼。十一月、二十日「路上」二十一首。当月から立川のケアハウス・スミオで歌会指導。人生のラストメッセージを短歌に託したいという要望を受けて。二十二日「短歌」十首。二十八日兵庫県浜坂前田純孝短歌祭で講演「前田純孝の時代」。十二月、六日家のリフォーム始まる。

**二〇〇五（平成十七）年　六十一歳**

一月、五日悠を送りがてら三人でつくばへ、寿美と筑波山神社へ初詣。六日筑波大学中央図書館で昭和期の新聞中心に調査。二月、十四日春日小学校時代の担任小澤貞夫先生の記念誌の打ち合わせ。三月、十日熱海の信綱邸凌寒荘見学。十一日本阿弥書店に『昭和短歌の精神史』入稿。印字原稿とフロッピーディスク三枚。十六日近くの島崎医院へ。血圧が高く、いつものノルバスク五mgにミカルディス二十gを追加。二十日『歌人の原風景』刊。四月、十三日NHK短歌収録第一回目、ゲスト原田大二郎氏。放映は第三土曜日朝。十七日山川登美子短歌大会のため小浜へ。二十六日俳人福田甲子雄氏通夜に今野と。五月、十一日NHK短歌収録。ゲスト上田博氏。六月、八日NHK短歌収録ゲスト森岡貞香氏。十二日塚本邦雄氏通夜。二十五日りとむの高橋晃・真砂結婚式、仙台。七月、六日NHK短歌収録ゲスト神野藤昭夫氏。八日「短歌」永田和宏氏と塚本邦雄について対談。十三日奥付七月二十日の『昭和短歌の精神史』が届く。八月、三日『昭和短歌の精神史』の取材を受けるために山梨日日新聞社へ山本久美子記者。終了後、山本さんの案内で福田甲子雄氏の墓参、今野と。十日NHK短歌収録ゲスト澤地久枝さん。十一日青磁社の永田淳氏来宅。第九歌集『天目』の原稿を渡す。二十七日小淵沢の浩樹宅でりとむ若手宿泊歌会。九月、七日NHK短歌ゲスト佐々木幹郎氏。十月、一日大館能代空港から白神山地ブナ林散策、角館泊。二日角館の平福百穂記念短歌大会で講演「現代の短歌を考える」。翌日田沢湖見学。五日NHK短歌ゲスト品田悦一氏。二十一日三田国際短歌大会前夜祭のため三田へ。翌日大会。二十三日昭和三十九年入学・四十三年卒業の年次同窓会のパネル「定年後の生き甲斐探し」出席のため早大学生会館三Fへ。二十九日『昭和短歌の精神史』再版届く。十一月、九日NHK短歌ゲスト芳賀徹氏。十五日『天目』届く。二十三日日本短歌雑誌連盟で講演「現代短歌の周辺」ニュートーキョ数寄屋橋店九F。十二月、十一日NHK短歌ゲスト天草季紅氏。十三日佐佐木幸綱氏の「歌壇」インタビューシリーズで対談、テーマ『昭和短歌の精神史』。十八日新宿モノリス最後のりとむ歌会と忘年会。二十六日「歌壇」連載啄木第二回目送信。二十七日「短歌研究」二月号からの作品連載三十首一回目送信。

**二〇〇六（平成十八）年　六十二歳**

一月、一日夕方悠帰宅、購入してきてくれたルイガノがわが愛車となる。十日朝日新聞三回連続エッセイ一送信。十一日NHK短歌収録ゲスト坂井修一氏。十三日朝日新聞エッセイ二・三送信。十四日NHK全国短歌大会、NHKホール。十八日「短歌人」に『レキオ』書評投函。二十一日沼津御用邸歌会。二月、八日NHK短歌ゲスト塚本青史氏。十六日近藤信行山梨県立文学館長から電話、『昭和短歌の精神史』第十四回やまなし文学賞決定。二十日山梨日日新聞社でやまなし文学賞受賞インタビュー、赤池部長、山本久美子記者。終わって駅ビルに入ったところに文化庁から連絡ありと今野の電話。文化庁担当者に電話、『昭和短歌の精神史』が第五十六回芸術選奨文部科学大臣賞に決定（評論等部門）。二十六日山形県職員から電話。第十七回斎藤茂吉短歌文学賞『昭和短歌の精神史』が決定。二十八日やまなし文学賞プレス発表、飯田龍太先生からお祝いの電話。三月、八日NHK短歌ゲスト見城美枝子氏。十七日やまなし文学賞授賞式。終わって龍太先生に報告のため山廬へ。麦酒で乾杯をして喜んでくださる。二十日「短歌研究」三十首。二十二日三時半から芸術選奨授賞式。赤坂プリンスホテル。二十三日「歌壇」寺山修司論送信。四月、二日競馬サンケイ大阪杯観戦のため阪神競馬場へ。未勝利馬レースで万馬券、配当一五万一一〇〇円。サンケイ大阪杯外れ。五日日経郷原さんのインタビュー、斎藤茂吉文学賞受賞に関して。十二日NHK短歌収録ゲスト辺見じゅん氏。四月十三日跡見と二松学舎講座開始。この四月から二松学舎柏校舎で「短歌作法実践」担当。十四日聖心女子大講座開始。十六日りとむ歌会。この月から明治大学駿河台校舎研究棟四F会議室。りとむ会員池田功教授の協力による。十九日NHK文化センター光が丘短歌講座開始。二十三日「短歌」近藤芳美論、「短歌研究」山中智恵子論送信。跡見女子大学川平ひとし氏死去。二十四日神奈川新聞「紙面直言」を担当、第一回目送信。二十九日中尊寺の西行祭短歌大会で講演。「現代に生きる西行」。五月、十日NHK短歌収録ゲスト高山鉄男氏。十四日斎藤茂吉の墓前祭に出席、午後第十七回斎藤茂吉短歌文学賞授賞式。十五日りとむ仲間、「歌壇」奥田洋子編集長と大石田の聴禽書屋など茂吉足跡を訪ねる。大石田歴史博物館とそば屋「きよ」で求められて即詠、色紙を書く。十七日新橋の山梨日日新聞東京支社で岡井隆氏と対談茂吉の魅力について。二十日信濃町の東医会館で第四回日本歌人クラブ評論賞授賞式。六月、七日NHK短歌収録ゲスト小池光氏。七月、一日山中智恵子追悼会で講演、日本出版クラブ。五日NHK短歌収録ゲスト松本健一氏。十二日山梨日日新聞や山梨放送など山日グループ主催の野口賞授賞式。出席の前に飯田龍太先生に報告のために山日の中村誠出版部長と山廬へ。三十日富山県短歌連盟主催短歌大会で講演「短歌の昭和をふりかえる」。八月、五日「短歌人」全国大会で講演「土屋文明の戦中作品を考える」。九日NHK短歌収録、ゲスト小池昌代氏。十一日「赤旗」の啄木対談碓田のぼる氏と。九月、三日「未来」全国大会で岡井隆氏と対談、中野サンプラザ。六日NHK短歌収録ゲスト道浦母都子さん。九日国際啄木学会東京大会でミニ講演「季節の発見」。二十六日早稲田大学オープンカレッジ短歌講座をこの日から担当。二十九日落合直文顕彰短歌大会のために気仙沼へ。今野同行。直文生家見学。三十日短歌大会で講演「明治の青春・落合直文の魅力」。十月、六日角川財団から電話、『昭和短歌の精神史』が第四回角川財団学芸賞に決定。九日神奈川県主催第二回シニア短歌大会で講演「いのちを歌う—老いの歌の魅力」横浜。十一日NHK短歌収録ゲスト平岡敏夫氏。十五日山梨県立文学館で開催中の正岡子規展関連企画鼎談、近藤館長、広瀬直人氏と。二十五日「解釈と鑑賞」藤沢周平特集「白き瓶」解説送信。二十七日関宮の山田風太郎記念館見学、二十八日兵庫県短歌大会で有本倶子さんと対談「東の啄木、西の純孝」。城崎泊。二十九日余部鉄橋、豊岡のこうのとりの郷公園見学。十一月、一日山中智恵子全歌集栞送信。八日NHK短歌収録ゲスト桶谷秀昭氏。十日明大の社会人講座「現代に生きる啄木」。十五日山梨県文化賞特別賞授賞式のために甲府へ。二十一日日本歌人クラブ主催第四回国際交流日米短歌大会参加のためハワイホノルル三泊。今野同行。二十二日大会記念講演「歌人・英文学者半田良平の昭和」。十二月、四日角川財団学芸賞授賞式東京會舘。六日NHK短歌収録ゲスト広瀬直人氏。九日早大のオムニバス講座「近代文藝の百年・斎藤茂吉と窪田空穂」講演。十三日「短歌」二月号のグラビア撮影のために多摩川サイクリングロードで自転車を漕ぐ姿中心に撮影。二十五日来年一月から日経九回掲載「夫婦で楽しむ短歌」二回まで送信。

**二〇〇七（平成十九）年　六十三歳**

一月、三日「短歌」二月号グラビア用の一首とエッセイ。十日NHK短歌ゲスト加藤治郎氏。十五日神奈川新聞「紙面直言」送信。二十日NHK全国短歌大会NHKホール。二十二日神奈川新聞「なるほど短歌館」送信。二月、七日NHK短歌収録ゲスト小説家高樹のぶ子氏。二十六日夜山日文化部から二十五日に飯田龍太先生逝去の連絡、コメントを求められる。三月、一日神奈川文学館へ禅寺丸柿のエッセイ送信。六日龍太先生葬儀。甲府アピスセレモニーホール天昇殿、今野と参列。七日NHK短歌最終回ゲスト秋山佐和子氏。十二日から三年間選考委員を務める詩歌文学館賞選考会、岡野弘彦『バクダッド燃ゆ』に決定。二十四日啄木学会の春のセミナーでミニ講演。三十日神奈川新聞の連載二つ終了、篠原慎一郎部長と服部宏氏の慰労会、関内。四月、十一日現代歌人協会主催「この歌人に迫る―現代短歌を創った人々Ⅱ」第一回目「三枝昂之氏に聞く／実作・批評・短歌史観のトライアングル」。質問者小島ゆかり、渡英子、穂村弘各氏。十二日「現代詩手帖」別冊飯田龍太追悼座談会。笛吹市広瀬直人宅。二十一日小浜の山川登美子短歌大会。二十四日目黒ウエストで岡野弘彦氏から歌会始選者就任要請あり二十六日了承を伝える。五月、一日「短歌研究」三十首送信。二日「俳壇」飯田龍太追悼文送信。三日「短歌ヴァーサス」終刊号エッセイ送信。五日「NHK短歌」連載送信。十三日斎藤茂吉短歌文学賞授賞式で記念講演「斎藤茂吉と短歌の戦中戦後」。終了後今野と新庄経由で鶴岡。湯野浜温泉宿泊。十四日湯田川温泉、藤沢周平関連の各地と鶴岡市内見学。二十日新日本歌人協会主催啄木祭で講演「啄木の新しい魅力」。六月、全国大学国語国文学会全国大会の近代詩歌をめぐるパネルに参加、二松学舎大学。十日若山喜志子忌で講演「私の短歌を語る」塩尻短歌館。二十五日市原市ちはら台の佐藤佐太郎資料館へ。三十日今西幹一『佐藤佐太郎の短歌の研究』栞文。「短歌」佐藤佐太郎特集総論送信。七月、十八日宮内庁で歌会始選者会議。二十八日「短歌研究」三十首送信。八月、十二日松山の子規記念博物館で講演「和歌革新の青春群像」。終了後玉井清弘氏と会食。十三日「坂の上の雲ミュージアム」、松山城、県立美術館を見学。十七日甲府の駿台甲府高校で開かれた文芸道場山梨大会で講演「短歌の魅力を考える」と歌会指導。二十一日から小淵沢の浩樹の山荘で三泊。二十六日「短歌」二十六首送信。九月、二十九日山梨県民講座講演「山崎方代の魅力と素顔」山梨学院で。十月、三十日「短歌研究」三十首送信。十一月、七日群馬県の高校生短歌大会で講評とアドバイス。渋川市市民会館。十一日八千代市短歌大会で講演「短歌の楽しみ方」。二十日歌誌「谺」へ「木俣修『昭和短歌史』再読」郵送。十二月、五日歌会始選者会議。宮内庁で十時から三時まで。八日堺市の与謝野晶子倶楽部主催講演会。今野とミニ講演と対談。十一日冬の福島潟でひしくいと白鳥見学。村杉温泉の環翠楼泊。菅野勝洋夫妻たちと。

＊連載、「歌壇」の「あたらしい啄木」続行。「ＮＨＫ短歌」は三月で放送用のテキスト連載が終わり、四月から第二部「ここが知りたい作歌の急所」連載開始。

**二〇〇八（平成二十）年　六十四歳**

一月、四日今野と鎌倉文学館の与謝野晶子展へ、鎌倉大仏と長谷観音へ回る。十六日歌会始「火」・「迎へ火は今年も焚かずちちははは自ら点る螢であらう」。十八日「短歌」「晴の歌」特集評論。二十六日ＮＨＫ全国短歌大会。二月、二十日皇居で茶話会。両陛下と前回選者安永蕗子氏及び今回の選者五人。三月、七日「短歌往来」菱川善夫追悼特集エッセイ。十日詩歌文学館賞選考会、清水房雄氏。十五日「心の花」晋樹隆彦論。十六日埼玉新人賞授賞式で講演「柳澤桂子短歌の魅力」。四月、十二日若狭の山川登美子記念短歌大会へ今野と日帰り。十五日ＮＨＫ文化センター青山の新規講座開始。十九日角川通信講座スクーリングで講演、江戸東京博物館。二十六日ＮＨＫＢＳ「短歌スペシャル」現地歌会を主宰。加藤治郎、春日いづみ、和嶋勝利、佐藤弓生、平岡ゆい各氏、京都東本願寺別院。五月、二十四日北上の詩歌文学館賞授賞式記念講演「歌の昭和を振り返る」。二十五日秋田へ、秋田魁新報社の短歌大会で講演、象潟泊。三十一日菱川善夫を偲ぶ会に発起人として出席。アルカディア市ヶ谷。六月、十六日静岡新聞志賀雄二氏と打合せ。八月から静岡新聞に毎週日曜日「詩歌逍遙」連載を決める。二十五日山梨学院で酒折連歌の講演。二十八日ＮＨＫ学園の海外スクーリング同行講師としてクロアチアへ。今野同行。

成田↓ウィーン↓スロベニア↓クロアチア。七月、六日ウィーンから成田へ朝到着。八日から日本歌人クラブ中央幹事を引き受け、中央幹事会に出席、五反田の歌人クラブ事務所。八月、一日新しいデスクトップパソコン届く。富士通デスクパワーF。五日全国高等学校総合文化祭文芸部門短歌の講師として七日まで群馬の渋川市へ。十日静岡新聞「詩歌逍遥」連載開始。二十四日塩尻市の塩尻短歌館の塩尻短歌大学で講演。二十八日角川短歌賞選考会。この年から三年間選考委員を担当。九月、二日富山市八尾の風の盆へ四日まで。十四日伊豆山名月歌会、熱海でミニ講演の後伊豆山神社へ、名月上る。二十七日歌誌「華」の企画で伊藤一彦氏と対談鹿児島へ、二十八日川涯利雄氏の案内で知覧見学。十月、八日町田市民文学館で近代短歌講演一回目。十三日「短歌」一月号の座談会。十五日NHKラジオ「カルチャーアワー」収録用の公開講座「歌の昭和を振り返る」開始。NHK文化センター青山二〇〇九年二月まで月一回。十八日大阪歌人クラブで講演「歌のこれから」中之島。二十七日角川書店の俳句講座三巻本へ俳句論二十一枚。二十九日「短歌往来」十二月号三十三首、「短歌」十二月号二十六首送信。三十一日歌誌「弦」八首郵送。十一月、八日日本近代文学館の朗読「声のライブラリー」に参加、終わって紅野敏郎氏と渋谷で会食。十二日町田市民文学館の講演第二回目。十四日「但馬文学の集い」で講演のため豊岡市へ。コウノトリ公園から城崎温泉三木屋泊。十五日「但馬文学の集い」で講演。十九日「NHKラジオカルチャーアワー」収録。二十八日結婚三十周年の会食を一家で、はるひ野のイタリアンレストラン。十二月、二日歌会始選者会議。十七日「カルチャーアワー」収録。二十三日サントリーホール「メサイア」今野と。

**二〇〇九（平成二十一）年　六十五歳**

一月、九日聖心から最後の二松学舎大学へ。四月からの講師は前年秋に辞退。十日群馬の土屋文明記念文学館企画展記念講演「土屋文明の戦中を読み直す」。十五日歌会始。「生」「この丘に生きるものみないとほしく木の実がこぼれ茶の花が咲く」。二十一日NHK青山カルチャーアワー収録講座「短歌の戦後を振り返る」。二十四日NHK全国短歌大会NHKホール。二十八日紅野敏郎先生を囲む「生前お別れの会」に今野と出席、リーガロイヤルホテル早稲田。二月、十八日NHK青山カルチャーアワー収録講座。十九日山梨学院の酒折連歌記念碑の除幕式へ。二十一日メルシャン鎌倉研修センターで講演「佐佐木信綱の世界」鎌倉カルチャー主催。二十二日「りとむ」百号記念歌会。東京駅富士屋ホテルで二日間。三月、十日詩歌文学館賞選考会。橋本喜典『悲母像』。二十一日前川佐美雄賞選考会石川不二子歌集『ゆきあひの空』、特別賞渡英子『詩歌の琉球』。二十七日二十八日岩国の蜀紅短歌会記念大会、記念講演「魅力的な短歌の作り方」。二十九日りとむ岩国の会員と周南市大津島の回天記念館見学。四月、九日「歌壇」連載「あたらしい啄木」に加筆し本阿弥書店に入稿。二十一日歌誌「央」記念大会で講演。二十九日品川短歌連盟大会で講演。六月、十二日本阿弥書店三十周年記念パーティで挨拶。十五日「短歌往来」座談会列島の文化をめぐって。二十五日山梨学院で酒折連歌のガイド講座。七月、五日今西幹一氏お別れの会、呼びかけ人として。二松学舎大学講堂。十九日小浜の山川登美子短歌大会。八月、六日短歌研究評論賞選考会。この年から選考委員。七日ＮＨＫ学園の郡上八幡短歌大会講演のため郡上へ。古今伝授の里ミュージアム、郡上踊りなど市内を観光。八日郡上八幡短歌大会で講演。二十日翌年一月からの「短歌」連載企画前衛短歌の打ち合わせ。佐佐木幸綱、永田和宏、杉岡編集長。二十二日から二泊京王プラザホテル八王子でＮＨＫ出版の原稿整理。九月、五日国際啄木学会函館大会。立待岬、函館山など見学。十二日大阪弥生会館、歌人クラブ近畿大会で講演「空穂と啄木をつなぐもの」。二十八日「短歌」十二月号対談「素顔の佐太郎」、秋葉四郎氏と。この月下旬に『啄木—ふるさとの空遠みかも』刊行。十月、八日歌人クラブの全九州短歌大会長崎で講演「歌の魅力—橋本喜典『悲母像』を読みながら」。九日長崎くんち見学の後、長崎新聞論説委員川崎雅典氏の案内で遠藤周作文学館、沈黙の碑、ド・ロ記念館、黒崎教会など外海を見学。十一日歌人クラブ主催国際交流短歌大会記念対談俵万智氏と。十二日歌人クラブ三重短歌大会で講演「歌の原点を考える—佐佐木信綱を読みながら」。十五日「短歌」一月号鼎談「前衛短歌とはなんだったのか」佐佐木幸綱氏、永田和宏氏と。二十五日国民文化祭短歌大会熱海に選者として出席。十一月、八日塩尻短歌大学で講演「歌のある人生—柳澤桂子歌集を読みながら」。十三日朝佐佐木幸綱氏から現代短歌大賞に決定との電話。『啄木』及びそれまでの全業績が理由。竹山広氏と同時受賞とのこと。町田市民文学館の講座「大正期の短歌—斎藤茂吉、写生の完成」。十二月、四日歌会始選考会。十一日町田市民文学館講座「関東大震災と短歌」。十七日学士会館で現代短歌大賞の授賞式とパーティ。

**二〇一〇（平成二十二）年　六十六歳**

一月、三日誕生日。高石神社に初詣。夜は家族三人で誕生祝いの晩餐。悠が高級シャンパン用意。十四日歌会始「光」「あたらしき一歩をわれに促して山河は春へ光をふくむ」。二十三日ＮＨＫ全国短歌大会ＮＨＫホール。二十五日「ＮＨＫ短歌」連載『作歌へのいざない』刊行。二月、十一日「短歌」共同研究「前衛短歌とは何だったのか」一回目座談会。十八日菱川和子氏と刊行中断の菱川善夫著作集相談、新宿住友ビルみの吉。十九日安永蕗子氏祝賀会へ今野と日帰りで参加熊本。三月、十三日前川佐美雄賞選考会楠見朋彦『塚本邦雄の青春』。二十八日「茂吉を語る会」設立総会、及び記念シンポ「茂吉と晶子」進行役。四月、四日りとむ有志と境川へ。龍太師墓参の後即詠歌会を山廬で。十七日ACC横浜特別講座「石川啄木の歌と生涯」。二十三日角川「短歌」座談会。二十五日和歌山県歌人会短歌大会で講演。五月、十二日「赤旗」インタビュー、啄木と『作歌へのいざない』について。十四日共同通信取材啄木について。二十日「歌壇」竹山広氏追悼鼎談、佐佐木幸綱、小島ゆかり氏。「短歌」竹山論二十枚。二十一日詩歌文学館の『一握の砂』刊行百年記念シンポに参加。六月、十二日銚子の歌人クラブ南関東ブロック短歌大会講演「啄木短歌の魅力」。十五日歌人クラブ文学散歩谷根千で啄木のミニ講演。十七日「短歌」前川佐美雄特集対談穂村弘氏と。二十四日山梨学院で酒折連歌作句講座。七月、二日明大オープンカレッジ講座「『一握の砂』の今日的な意義」。四日現代歌人集会春季大会講演「前衛短歌に思うこと」大阪弥生会館。十日「短歌」座談会。二十一日「短歌研究」評論賞選考会。二十五日小浜の山川登美子短歌大会講演「作歌の心構え」。八月、八日歌集『上弦下弦』刊行。十七日から京王プラザH新宿三泊。十八日読売新聞短歌五首。二十日「歌壇」明治四十三年特集総論。二十六日角川短歌賞選考会、大森静佳「硝子の駒」。九月、三日啄木一禎の歌碑建立一周年記念講演のため高知へ。龍馬記念館や啄木一禎歌碑見学。四日高知県立文学館で講演「現代に生きる啄木」。五日日本歌人クラブ北関東ブロック短歌大会講演「作歌について思うこと」。二十日桐生で講演「作歌の心がまえ」。三十日神奈川文化賞受賞決まり県と神奈川新聞が伝達と取材に来宅。十月、九日山梨英和高校出前講座「作歌のたのしみ」。十七日群馬県立土屋文明記念館の土屋文明生誕一二〇年記念企画展「茂吉と文明」対談秋葉四郎氏と。二十八日赤坂御所の園遊会、自然の豊かさに驚いた。三十一日斎藤茂吉記念館で講演「茂吉の大きさ」。十一月、三日神奈川文化賞贈呈式神奈川県民大ホール、終了後神奈川フィルの祝賀音楽会モーツァルトのヴァイオリン協奏曲第五番とセレナード第十三番。七日本居宣長顕彰短歌大会講演「作歌のたのしみ」。十二日町田市民文学館短歌講演「昭和の短歌―半田良平」。十四日歌人クラブ甲信越ブロック優良歌集表彰式講評とミニ講演「河野裕子さんのこと」松本。二十日日本歌人クラブ短歌セミナー松山で対談「子規と現代短歌」秋葉四郎氏と、市立子規記念博物館講堂。二十三日「短歌」の前衛短歌座談会、ゲスト穂村弘氏。二十八日アルカディア市ヶ谷で紅野敏郎先生お別れの会。十二月、七日歌会始選者会議。十日町田市民文学館短歌講演「昭和の短歌二土屋文明の戦中戦後」。十二日「NHK短歌・恋のことなら短歌にきこう」のため取材に来る。放映は三十一日。

**二〇一一（平成二十三）年　　六十七歳**

一月、五日広瀬悦哉句集帯文送信。神奈川県庁「かもめ」エッセイ送信。七日「歌壇」三月号エッセイとグラビア「わが作歌工房」郵送。十四日歌会始「葉」「哀楽の年々を積みあゆみゆく銀杏並木の今年の黄葉」。十八日NTV「皇室日記」で歌会始作品の解説収録。二十二日NHK全国短歌大会NHKホール。二月、十六日斎藤茂吉短歌文学賞の選考会、品田悦一『斎藤茂吉』。二十五日「NHK短歌」父三十首選とエッセイ送信。二十六日「大法輪」エッセイ投函。二十七日前川佐美雄賞選考会、「牧水研究」に。三月、一日「短歌」座談会。二日紫綬褒章内定電話文化庁から。伝達式五月十七日の予定が東日本大震災で六月。十一日東日本大震災に五反田の日本歌人クラブ事務所で遭遇。この日は帰宅できず、翌朝超満員の小田急線で新百合ヶ丘へ。三月四月予定の講演等多くは中止となる。二十七日父五十回忌、甲府の瑞泉寺で。四月、二十九日日本短歌雑誌連盟総会で講演「新風十人」。五月、十八日現代歌人協会公開討論会「啄木VS寺山」、佐佐木幸綱、東直子、穂村弘各氏と。三十一日『昭和短歌の精神史』の角川ソフィア文庫化内定。六月、五日「水甕」全国大会で講演「短歌の力」豊橋。十一日茨城県歌人協会総会講演「作歌、もう一歩の工夫」水戸。二十三日「短歌」前衛短歌座談会。二十七日土浦市短歌講演会。二十八日歌人クラブ文学散歩・鎌倉でミニ講演「鎌倉の佐佐木信綱」。三十日「短歌研究」対談関川夏央氏と。七月、三日啄木学会夏のセミナーで講演「現代に生きる啄木」。二十二日神奈川近代文学館来年の企画展「茂吉再生」の編集委員会。尾崎左永子さんと私が編集委員。三十一日山川登美子短歌大会で今野、安田純生氏と鼎談「河野裕子さんを偲んで」。八月、十六日から京王プラザホテル新宿に四泊、『昭和短歌の精神史』文庫化のため総点検。十九日両毛線駒形駅の共愛国際大学で関東高校生短歌大会の講演と選評。二十八日上林暁忌短歌大会で講演「作歌、もう一歩の工夫」高知県黒潮町。九月、四日塩尻短歌館講演「作歌の工夫を考える―震災の歌に即して」。十月、二日広島県歌人協会短歌大会で講演「短歌の魅力を考える」。十日「短歌往来」十二月号二十一首。十二日「抒情文芸」十首。二十六日「短歌」前衛短歌最終座談会。二十七日歌人クラブ全九州短歌大会のため宮崎へ。翌日講演「現代に生きる啄木」。二十九日五足の靴顕彰短歌大会のため宮崎から天草へ。三十日講演「歌の力―柳澤桂子と河野裕子を読む」。翌日天草見学。十一月、六日国際啄木学会盛岡大会の学生短歌大会盛岡大学。十九日歌人クラブ短歌セミナーで震災をめぐる鼎談、山梨市市民会館ホール。二十三日日本短歌雑誌連盟秋の大会で講演「新風十人・佐美雄と哲久」、有楽町ニュートーキョーステラ。十二月、二日歌人クラブ四国ブロック短歌大会のため松山へ。子規庵見学。三日講演「作歌の原点―暮らしの中から詠う」。五日鎌倉歌壇の源実朝顕彰歌会で講演「時代の中の短歌」。六日歌会始選者会議。十一日りとむ若手による近代短歌研究会第一回目に出席。新宿ルノアール。十四日毎日新聞新春対談のため京都へ。毎日京都支局で山折哲雄氏と。十六日三月放映予定の「NHK短歌」「うた人のことば」収録。聖心女子大学と自宅で。

**二〇一二(平成二十四)年　六十八歳**

一月、十二日歌会始「岸」「なほ朽ちぬこころざしありふるさとの岸辺に灯る甲州百目」。二十一日NHK全国大会、NHKホール。二月、二十日三枝編角川短歌ライブラリー『今さら聞けない短歌のツボ一〇〇』見本が届く。二十一日短歌研究茂吉鼎談吉川宏志・石川美南氏と。二十六日茂吉忌講演「茂吉に学ぶ―困難と向き合う力」上山市体育文化センター、雪多し。三月、十四日角川ソフィア文庫『昭和短歌の精神史』届く。二十四日龍太忌講演会講演「龍太俳句の魅力」笛吹市境川図書館。二十五日この日掲載分で静岡新聞毎日曜連載「詩歌逍遙」終える。四月、二十日朝日新聞インタビュー啄木について。二十二日「沃野」全国大会講演「半田良平の昭和」甲府富士屋ホテル。三十日「むらさき」短歌大会で講評、鹿嶋市。五月、六日神奈川近代文学館特別展講演「茂吉が生きた時代」。二十八日「俳句α」鼎談「東日本大震災で俳句は変わったか」長谷川櫂、高野ムツオ両氏。六月、十六日土浦市短歌講演会「短歌、レベルアップの工夫」。七月、二日角川短歌九月号佐佐木幸綱特集インタビュー神楽坂。五日歌話集『百舌と文鎮』届く。六日柴舟会総会で講演「滅亡論の行え方」中野サンプラザ。二十二日小浜の山川登美子短歌大会。二十八日二十九日りとむ二十周年記念歌会つくば国際会議場。オークラフロンティアホテルエポカル泊。八月、七日「潮音」全国大会で講演東京ベイ幕張。十二日りとむ若手と佐藤佐太郎資料館見学。十五日京王プラザホテル十八日まで、カルチャーラジオテキスト「啄木」執筆に着手。二十五日「心の花」全国大会鼎談、佐佐木幸綱、伊藤一彦氏と名古屋、信綱歌集『新月』をめぐって。九月、二十三日島根県文化祭講演「短歌一三〇〇年の魅力」島根県芸術文化センター「グラントワ」。終わって石正美術館見学。荒磯温泉泊。二十四日柿本人麻呂神社などを見学。二十七日翌年一月からのカルチャーラジオ講座・啄木再発見収録講座第一回目、NHK文化センター青山。十月、七日沼津の牧水祭で講演沼津市立図書館。十四日松本市窪田空穂記念館で講評。十一月、九日町田市民図書館で戦後短歌講演・富小路禎子。二十三日日本歌人クラブ甲信越ブロック大会で講演「柳澤桂子」、山梨県立文学館。二十九日日本歌人クラブ国際交流短歌大会パネル、アーサービナード、秋山佐和子、中川佐和子氏と湘南国際村。三十日「未来」桜木由香歌集『連禱』批評会で講演、中野サンプラザ。十二月、六日歌会始選者会議。七日町田市民図書館戦後短歌の講演・塚本邦雄。二十日ACC新宿斎藤茂吉講座「茂吉六十代の世界を読む」。カルチャーラジオ講座テキスト「啄木再発見」届く。二十七日カルチャーラジオ講座啄木再発見最後の六回目。

**二〇一三（平成二十五）年　六十九歳**

一月、三日悠と藤沢の遊行寺初詣。箱根駅伝見物を兼ねて。十三日俳誌「炎環」創刊二十五年記念パネル・長谷川櫂、高野ムツオ、小澤實各氏と高輪プリンスホテル。十六日歌会始「立」「すずかけは冬の木立に還りたりまた新しき空を抱くため」。十七日山梨県の岩波教育次長と学術文化財課高橋一郎課長来宅。県立文学館の館長就任要請。昨年十二月電話で内々の打診あり。正式要請を受け受諾。十九日NHK全国短歌大会NHKホール。二月、二十二日多摩区の土井医院土井義之医師に主治医を依頼。二十七日両陛下と歌会始選者の茶話会皇居で。三月、二十日角川「短歌」座談会「赤光と桐の花」。四月、一日山梨県庁で文学館館長辞令交付式。終了後飯田龍太師に報告のため山廬。この年は桜と桃が同時開花、甲府盆地は桃の花に染まっていた。四日県立文学館へ初出勤一時。職員へ挨拶。三時読売の取材。五日短歌研究社へ菱川善夫歌集原稿渡す。二十四日NHK学園笛吹市短歌大会で岡井隆氏と対談。二十六日書道美術館の書道大会審査、常盤台。五月、七日毎日新聞インタビュー「富士山と私」。十三日佐佐木信綱歌碑の候補地金桜神社等三個所巡る。佐佐木幸綱、頼綱、及川隆彦の各氏と浩樹。六月、十四日今野と上田の無言館取材、「現代短歌」九月創刊号「無窮」二十首に。十五日城山公園から開智学校見学。空穂シンポへ今野が鼎談。二十五日ソニーのモバイルパソコンVAIO・PRO13購入。二十九日聖心女子大日本文学科主催講演会で講演「現代の短歌」。七月、六日吉野秀雄忌の講演鎌倉の瑞泉寺。二十二日土浦市短歌大会PRのための講演会。二十七日隅田川花火大会見物磯田ひさ子さん宅。開始三十分後に夕立で中止、初めての事。三十日県立図書館で県立館長四人の公開座談会。八月、七日エッセイ集『夏は来ぬ』届く。二十八日から三泊甲府富士屋ホテルで仕事。九月、八日歌人クラブ甲信越ブロック大会で講演「作歌のポイント」。十八日最後のNHK光が丘講座。二十四日短歌研究年鑑座談会、如水会館。二十八日県立文学館秋の企画展「与謝野晶子展」開始、林真理子氏講演。途中で抜け、甲府から羽田、米子へ。二十九日海士町観光協会主催の隠岐後鳥羽院短歌大賞表彰式ミニ講演。三十日隠岐の島観光の後フェリーで境港へ。水木しげる記念館など見学。十月、十三日十四日歌人クラブ東北セミナーのため仙台へ。前夜祭、秋葉四郎氏との対談「啄木と茂吉」。十九日伊丹の柿衛文庫で講演「飯田龍太」。二十二日『夏は来ぬ』取材読売新聞。三十一日園遊会赤坂御所。十一月、七日飯田龍太文学碑建設委員会第一回会合。八日小淵沢の棒道を歩き唐松の落葉を楽しむ。十日山梨市の国文祭で対談小島ゆかり氏と。十四日県立文学館で晶子展関連の講演「きみ星なりき—晶子、晩年の魅力」。十八日平山良明氏企画「ひめゆりの苦難の道を歩む」に参加。ひめゆり平和祈念館で島袋館長が迎えてくれる。二十八日県立文学館協力会で講演。十二月、二日角川「短歌」二月号座談会。十日歌会始選者会議。十三日町田市民文学館で講演「佐佐木幸綱」。

＊山梨県立文学館登館は月に五日、毎週木曜プラス一日が基本。

**二〇一四（平成二十六）年　七十歳**

一月、三日藤沢の遊行寺初詣。六日「梧葉」五首。十五日歌会始「静」「から松の針が零れる並木道みんな静かな暮しであつた」。十八日NHK全国短歌大会NHKホール。二十八日日経エッセイ送信。二月、三日菱川善夫歌集書評を北海道新聞送信。四日山梨県立文学館「資料と研究」の与謝野晶子論送信。八日大雪。十二日やまなし文学賞研究評論部門選考会学士会館。十三日「星座」対談尾崎左永子氏と。十四日から大雪、甲府盆地は孤立。十六日の茂吉賞選考会中止。二十日やまなし文学賞小説部門選考会学士会館。三月、十三日やまなし文学賞表彰式文学館講堂。十五日NHK学園講座。二十日ピロリ菌除去の薬一週間服用、失敗。四月、五日神奈川県歌人会講演「茅ヶ崎の前川佐美雄」、終わって但馬湯村温泉へ、湯村観光協会の招待。十一日山梨県立文学館村岡花子展開幕、六月二十九日まで入館者三万五千。五月、二日東京新聞取材。十日群馬土屋文明記念文学館短歌講座、終わって山形へ回り、十一日茂吉賞表彰式。二十日「歌壇」村岡花子論送信。三十一日文学館で講演「歌人村岡花子」。六月、一日歌人クラブ四国セミナー徳島で講演「村岡花子の記録短歌について」。二日渦潮見学。四日府中市生涯学習センターで講座「石川啄木を知る」初回、全六回。八日歌誌「創生」全国大会で講演「筏井嘉一晩年の魅力」京王プラザ八王子。十四日文学館協力会総会で講演。二十日毎日新聞「山崎方代の魅力」送信。荻窪の井伏鱒二家敬弔訪問。二十二日山梨文芸協会で講演「短歌の魅力を考える」。七月、六日土浦市講演「短歌に親しむ」。三十日山梨県の教員研修で講演。八月、八日ACC新宿講座「花子と白蓮」。九月、一日「美知思波」大会で講演「歌の魅力を考える」石和。十四日与謝野晶子サロンで講演「晶子と花子」荻窪。十八日藤野市観光協会の白蓮吟行ツアー同行講師。二十六日文学館「谷崎潤一郎展」開幕。二十七日落合直文短歌大会講師として気仙沼二泊し市内も見学。十月、二日山梨県立文学館初心者短歌講座全四回の初回。三日四日山川登美子短歌大会小浜。五日富士山ホールで藤巻亮太ライブ見学。七日「短歌研究」年鑑座談会。八日歌人クラブ山梨で講演「最近の歌集を読む」。十一日十二日国文祭秋田、仙北市。二十一日から二十三日歌人クラブ全九州短歌大会。講演「短歌で楽しむ白蓮と花子」、佐賀見学。干潟よか公園のシチメンソウが見事。二十五日現代短歌セミナー岐阜で座談会「春日井建」進行役、終わって金沢へ。二十六日日本歌人クラブ北陸大会で講演。二十八日山梨アドバンスクラブで講演「歌会始のことなど」。十一月、九日北杜市十周年記念講演会「短歌で楽しむ花子と白蓮」。十一日飯田龍太文学碑の除幕式が文学館の庭で。二十四日山口県短歌大会岩国で講演「歌のある人生」。二十七日鎌倉文学館の山崎方代展の鼎談。尾崎左永子、大下一真両氏と。二十八日甲斐市敷島総合文化会館で講演「言葉の力」その後阿刀田高県立図書館館長と対談。十二月、八日歌会始選者会議、今回から今野も選者として参加。十一日県立文学館協力会講演「投稿歌から見る時代」。

＊ＮＨＫ朝ドラの影響もあって前年当年と村岡花子関連の講演が多かった。

【編者プロフィール】

## 和嶋勝利（わじま・かつとし）

1966年　東京都生まれ

「りとむ」所属

歌集に『天文航法』（1996）、『雛罌粟（コクリコ）の気圏』（2009）、など。

◆本書に、「故郷の甲州ワインに好みの赤があるが銘柄は言わない。蘊蓄を傾けがちなワイン党とは無縁でいたいから。」という三枝さんの記述がある。これは純粋に好みのワインを楽しみたいよという思いからの言葉だが、三枝昂之の文芸への姿勢はこんな記述からも読み取れるだろう。世の中は映画通やジャズフリークはたまたガールズユニットのオタクまで、自分の主張に固執しがちである。しかし、そんな権威を質す三枝昂之の仕事の成果は既にみなさんのご承知のとおりである。

本書は、三枝さんの幼少からの写真を見て楽しい、三枝followerでなければ読めなかった評論等の掲載があり読んで楽しい、さらに交遊録等では、その硬質な作品や重厚な考察を加えた評論から、ひょっとしたら気難しいと思われているかもしれない三枝さんのお茶目な姿が体感できて楽しい一冊となっている。

本書で三枝昂之を丸ごと愉しんでいただけたらと思う。　（和嶋）

◆大幅に刊行が遅れてしまったことを、著者の三枝さん、そして編者を務めてくださった和嶋勝利さん、ならびに本書に寄稿くださったすべての執筆者の方々、さらには刊行を心待ちにしてくださっている読者の方々にお詫びいたします。

伊藤さんとのインタビューで三枝さんは何度も自分の体が弱いことを述べておられるが、最終校正のゲラにすべて目を通したいま、三枝さんのこれまでの膨大な仕事量に圧倒されるばかりである。そんな三枝さんのごく一部ではあるが、本質的なところは本書ですべて掬い取られているだろう。三枝さんの変わらぬ信念は「短歌の言葉のもつ力」ではないか。そんなことも同時に思っている。大震災後の、そして不安定な政治状況である現在、その力はますます大切になるだろう。

今回も監修の伊藤一彦さんには大変お世話になりました。また編集の和嶋さん、すべての執筆者、三枝さんにこの場を借りて御礼申し上げます。　（永田）

## 牧水賞シリーズ既刊紹介

### 高野公彦【三刷!】 Vol.1

伊藤一彦監修・津金規雄編集
インタビュー：高野公彦×伊藤一彦
エッセイ：加納重文、高橋順子、坪内稔典
高野公彦論：柏崎驍二、櫻井琢巳、穂村弘
対談：高野公彦×片山由美子
交友録：奥村晃作、影山一男、大松達知
作家論：津金規雄
代表歌三〇〇首選・自歌自注　他

### 佐佐木幸綱 Vol.2

伊藤一彦監修・奥田亡羊編集
インタビュー：佐佐木幸綱×伊藤一彦
エッセイ：鎌倉英也、平野啓子、石川連治郎
佐佐木幸綱論：高柳重信、晋樹隆彦、塚本邦雄、菱川善夫
対談：佐佐木×寺山修司
交友録：馬場あき子、冨士田元彦、小野茂樹
作家論：奥田亡羊
代表歌三〇〇首選・自歌自注　他

### 永田和宏【三刷!】 Vol.3

伊藤一彦監修・松村正直編集
インタビュー：永田和宏×伊藤一彦
エッセイ：矢原一郎、樋口覚、柳澤桂子　他
永田和宏論：塚本邦雄
対談：永田和宏×有馬朗人
鼎談：永田和宏×小池光×小高賢
三人の師：片田清、高安国世、市川康夫
作家論：松村正直
代表歌三〇〇首選・自歌自注　他